Bergljot Hobæk Haff.

Die norwegische Autorin Bergljot Hobæk Haff wurde 1925 geboren. Ihr erster Roman erschien 1962. Seitdem hat sie zahlreiche Romane veröffentlicht, die oft ungewöhnliche und originelle Themen behandeln und sich durch ihre kunstvolle Sprache und ihre Mischung aus Dichtung, Wahrheit und Mythologie auszeichnen. Ihre Werke sind in Norwegen mehrmals mit angesehenen Literaturpreisen ausgezeichnet worden und wurden darüber hinaus auch für den Literaturpreis des Nordischen Rates nominiert, Skandinaviens höchster literarischer Auszeichnung. Bergljot Hobæk Haff lebt in Oslo.

Bergljot Hobæk Haff

Hexenaugen

Aus dem Norwegischen von
Gabriele Haefs

BLT

BLT
Band 92 020

Originaltitel: HEKSEN
Originalverlag: Gyldendal Norsk Forlag, Oslo

Lizenzausgabe für BLT
BLT ist ein Imprint der Verlagsgruppe Lübbe
Printed in Germany, Juli 1999
Einbandgestaltung: Gisela Kullowatz
unter Verwendung von Peter Paul Rubens' Gemälde
»La Toilette de Venus« (Ausschnitt), 1614/15,
Vaduz (Liechtenstein), Fürstliche Sammlung/AKG
Autorenphoto: © Gyldendal Norsk Forlag
Satz: hanseatenSatz-bremen, Bremen
Druck und Bindung: Elsnerdruck, Berlin
ISBN 3-404-92020-1

Sie finden uns im Internet unter
http://www.luebbe.de

Der Preis dieses Bandes versteht sich einschließlich
der gesetzlichen Mehrwertsteuer.

TEIL 1

Im Pfarrhaus

1. Kapitel

September 1598

Ich habe ein blaues und ein braunes Auge, ansonsten ist kein Fehl an mir. Die Pastorenfrau, bei der ich in Diensten stehe, sagt, sie hätte niemals auch nur einen Gedanken an meine Herkunft verwandt, wenn ich nicht diese Augen hätte.

Sie ist im siebten Monat in Hoffnung und liegt seit Mittsommer zu Bett, und deshalb hat sie Zeit genug, um sich alle möglichen Gedanken zu machen. Sie erwartet zum dritten Mal ein Kind, seit sie in unser Land gekommen ist, und diesmal besteht die Hoffnung, daß sie bis zum Ende ihrer Zeit durchhalten und ein lebendiges Kind gebären wird. Sie selber scheint das nicht sehr zu bewegen, sie sieht jedenfalls nicht danach aus. Aber ich weiß, daß es der Pastor sehr schwer nehmen würde, wenn die Schwangerschaft abermals ein böses Ende nähme.

Ich muß darauf aufpassen, daß sie im Bett bleibt, und das ist keine leichte Aufgabe, denn die Herrin ist wie ein ungebärdiges Kind, dem man keine Sekunde den Rücken zuzukehren wagt. Daß sie bereits neunzehn Jahre und damit genauso alt sein soll wie ich, begreife ich nicht.

Sie ist von zartem Körperbau und schmächtig wie ein Kind, selbst jetzt in ihrer dritten Schwangerschaft noch. Wenn ich morgens ihr Bett machen will, hebe ich sie vorsichtig heraus und ermahne sie, ganz still zu stehen. Aber kaum habe ich mich umgedreht, schon steht sie am Fenster und will sehen, was wir für Wetter haben, oder sie kriecht unter das Bett, um ihr Kätzchen hervorzuholen, oder sie fällt weinend unter dem neuen Christusbild auf die Knie.

Sie hatte lange Zeit ein Bild der Jungfrau Maria mit dem Kind über ihrem Betschemel hängen, aber sie war dermaßen vernarrt in die Heilige Jungfrau, daß der Pastor ihr dieses Bild mit Gewalt wegnehmen mußte. Er kann sehr streng sein, wenn er bei ihr solche katholischen Grillen feststellt, und ich habe ihn bei Gott und dem Teufel schwören hören, daß er ihr diese Klosterpossen schon austreiben will. Es ärgert ihn, daß sich dieses ganze katholische Unwesen in einem Jungfernstift versteckt halten konnte. Seit die Herrin bettlägerig geworden ist, hat er ihr ganz und gar verboten, zur Jungfrau Maria zu beten, und als er sie eines Tages mit dem Rosenkranz in der Hand ertappt hat, hat er ihn ihr aus den Händen gerissen und ins Feuer geworfen.

Oft finde ich, daß er allzu streng mit ihr umgeht. Er sollte doch daran denken, daß sie noch das pure Kind ist, und daß sie als kleine unschuldige Jungfrau von fünfzehn Jahren aus dem Stift genommen und in dieses fremde Land gebracht wurde. Vorher hatte sie ihren Bräutigam nicht kennenlernen dürfen, und niemand hatte sie gefragt, ob sie überhaupt so weit in den Norden ziehen wollte. Ich muß allerdings sagen, daß sie mit ihrem Gatten Glück hat, auch wenn er doppelt so alt ist wie sie. Ich finde, sie hat sogar sehr großes Glück gehabt. Aber wenn ich ihr gegenüber den Pastor lobe, zieht sie nur die Decke bis zur Nasenspitze hoch und sagt auf ihre verängstigte, kindliche Weise: »Wenn er nur nicht so verrückt nach mir wäre! Wenn er nur nicht so trampeln würde. Wenn er nur nicht so laut sprechen würde und nicht so entsetzlich viele schwarze Haare und so einen wüsten Bart hätte!«

Doch, wir alle sehen wohl, daß der Pastor zu alt für sie ist. Aber es muß doch groß und herrlich sein, von einem Gatten in Gebrauch genommen und so heiß und feurig umarmt zu werden, wie er sicher eine Frau umarmt. Seine Augen funkeln so seltsam, wenn er Frauen begegnet, ja, sogar, wenn er in meine Nähe kommt. Das soll nicht heißen, daß er auf irgendeine Weise ungeziemend aufträte. Aber er erfüllt das ganze Haus mit einer Schöpfungskraft – wenn er die Schwelle übertritt, dann scheint er die Botschaft von baldiger Empfängnis und Geburt mit sich zu bringen.

Ich bitte zu Gott, sie möge ihr Kind lebend zur Welt bringen, und es möge ihm ähnlich sein. Ich glaube, es wird eine harte Geburt, schon im sechsten Monat war sie so schwer, als ob sie ein gewaltig großes Kind in sich trüge. Es ist fast erschreckend, sie zu sehen, wie sie in ihrem Nachthemd dasteht und wartet, während ich ihr Bett mache. Ihre Schultern sind so schmal und ihr Gesicht ist so verträumt und kindlich, daß sie aussieht wie eine kleine Klosterfrau, die von bösen Mächten geschändet wurde, die das selber aber gar nicht weiß.

Ab und zu frage ich mich, ob sie vielleicht einfach nur ein Kissen unter ihr Hemd gesteckt hat und uns alle zum Narren hält. Sie steckt so voller Grillen und Einfälle, daß ihr das durchaus ähnlich sehen würde. An einem Tag ist sie mild und anmutig wie ein Engel, am nächsten faucht sie und zeigt wie eine Katze ihre Krallen. Wir wissen nie, in welcher Stimmung wir sie vorfinden werden, wenn der Pastor morgens ihr Gemach verlassen hat und wir hineingeschickt werden. Ich habe gehört, wie sie ihn angefleht hat, sie doch bis zur Geburt allein schlafen zu lassen. Aber daraus wird wohl nichts – und jedesmal, wenn sie sich bei mir ausgeweint und sich beklagt hat, dann seufzt sie am Ende doch sanft und meint, der Pastor sei ja schließlich vor Gott ihr Gatte.

Sie ist ein seltsam untertäniger und trotziger kleiner Mensch. Aus der Heiligen Schrift hat sie gelernt, daß der Mann das Haupt der Frau ist, so wie Christus das Haupt des Mannes ist. Sie würde nie auf die Idee kommen, sich ihm zu widersetzen, jedenfalls nicht in der Öffentlichkeit. Sie ist eine aufrichtige Christin, und wenn der Pastor ihr befiehlt, vor dem Gekreuzigten zu knien, dann kniet sie morgens und abends dort. Aber ich spüre ihre Angst vor dieser gequälten und verzerrten Mannsgestalt, und ich weiß, daß sie nur aus Gehorsam morgens und abends vor ihm auf die Knie fällt. Sie kann nicht begreifen, daß das kleine, lachende Christuskind auf dem Arm der Madonna derselbe Mensch ist wie dieser entsetzliche gekreuzigte Menschensohn.

Ich muß ja zugeben, daß das auch nicht leicht zu verstehen ist und daß ihr katholischer Glaube in vieler Hinsicht milder und barmherziger ist als die neue Lehre. Aber der Pastor sagt, die Kirche habe lange genug nach Weihrauch und Myrrhe gestunken, als Martin Luther aufgetreten sei. Es sei höchste Zeit gewesen, daß sie ihrer Eitelkeit beraubt und zum wahren Erlöser am Kreuz zurückgeführt wurde.

Er selber bezeichnet die neue Lehre als so grob und umgänglich wie ein Axthieb. Sie ist eine Art geistige Volkserhebung, sagt er, und deshalb ist es nur natürlich, daß ihre Priester sich selber alles beigebracht haben und aus dem Volk stammen. Zwar blickt er oft voller Sorge auf seine Amtsbrüder in anderen Gemeinden und grämt sich über deren Unwissen und Unzucht. Aber das bezeichnet er als Jugendsünde der Reformation, und er sagt, daß sich ein ganz anderer Pastorenstand finden wird, wenn einige Jahrzehnte ins Land gegangen sein werden und das Luthertum Sitte und Brauch im Volk durchsäuert hat.

Besonders aufsehenerregend an der neuen Lehre ist, daß sie die fleischliche Lust segnet, wohlgemerkt, wenn diese innerhalb der ehelichen Grenzen gepflogen wird. Der Pastor hat mir einmal vorgelesen, was der Dr. Luther über den Ehestand sagt, und es ist eine so grobe und kräftige Rede, daß ich die Augen niedergeschlagen hätte, wenn ich nicht als Kind auf der Landstraße einhergezogen wäre und aus dem, was ich dort zu sehen bekam, meine Lehre gezogen hätte. Mein Vater, ein Landfahrer, und der sinnliche deutsche Mönch sind zwei grobe Extreme, die sich in der Person des Pastors begegnen.

Wenn er in seinem knielangen Amtsgewand durch die Gemeinde geht, macht die Sünde auf den Hofwegen kehrt, als ob sie ihre Stärke mit der kräftigen Gestalt des Pastors messe und unterliege. Aber er will kein reformierter Papst sein, und er versucht, den Leuten im Dorf ihr Kriechen abzugewöhnen. Von der Kanzel herab erinnert er die Bauern an ihre große Zeit, als sie wie kleine Könige auf ihren Höfen thronten.

Wenn der Pastor sonntags auf die Kanzel steigt, dann ist die Kirche immer überfüllt, denn er ist genial darin, die Menschen aus ihren Häusern zu holen und sie aus ihrem hundertjährigen Schlaf zu reißen. Seit er zum Pastor dieser Gemeinde bestellt wurde, ist der Schlaf in die Himmelbetten verbannt worden, und nicht oft muß der Küster mit seiner langen Stange einen Schläfer zur Ordnung rufen.

Der Pastor sagt, es gebe keine bessere Arznei gegen den

geistigen Schlaf als die Furcht vor dem Teufel. Und deshalb beginnt er seine Predigten immer mit einer wahren Höllensalve, bei der der Erzfeind und seine zottigen Handlanger unter der Kirchendecke hervorwimmeln. Oft können wir hören, wie eine Frau wie in den Wehen stöhnt, und auf der Schwertseite jammert ihr Mann so laut, als zwicke ein Teufelchen ihn mit einer glühenden Zange.

Ach, sicher gibt es Leute, die die milden Fürbitten der Jungfrau Maria vermissen, und es ist ein seltsamer Anblick, wieviele noch immer suchend ihre Brust nach dem Rosenkranz abtasten. Aber seit der Pastor hier ist, sind die Bauern klüger geworden und hüten sich besser vor den Listen Satans, und wenn sich unter ihnen irgendein Teufelswerk verbirgt, dann werden sie schon wissen, wie sie es ans Tageslicht zerren können.

Ich bin das, was der Pastor als »widernatürlich« bezeichnet, und das ist mir auch deutlich anzusehen. Ich habe ein blaues und ein braunes Auge, weil mein Vater einst seinen dunklen Blick auf eine blauäugige Bauerntochter warf und ihr Geschmack am wechselhaften Leben auf der Landstraße beibringen konnte. Ich muß unter dem Fluch leben, daß ich das Heidentum meines Vaters geerbt habe, und da zählt es kaum, daß meine Mutter ihr Leben lang eine fromme Christin war.

Ihr kann ich dafür danken, daß ich Lesen und Schreiben gelernt habe, auch wenn es der Pastor lieber so darstellt, als habe er mich wild eingefangen. Ich lasse ihn gern in dieser Vorstellung, denn er hat viel für mein geistiges Wachstum getan, und es war wirklich nicht leicht, mir Latein beizubringen und mich zu seiner Schreiberin auszubilden.

Mehr ärgert es mich schon, daß die Herrin so herablassend tut und offenbar nicht glauben will, daß es möglich ist, auch ohne Bücher Lesen und Schreiben zu lernen. Sie selber ist kindisch stolz darauf, daß sie im Jungfernstift gelernt hat, ihren Namen zu schreiben, und sie leiert Gebete und lange lateinische Sprüche herunter, um mich mit diesen Fertigkeiten zu beeindrucken.

Ich bringe es nicht übers Herz, ihr zu erzählen, daß ihr Stiftslatein das reine Kauderwelsch ist, weil es jahrzehntelang von Ungelehrten weitergegeben worden ist. Oft sind lange Endungen weggefallen, und der Wortstamm ist entstellt worden, so daß es fast unmöglich ist, das ursprüngliche Wort zu ermitteln. Aber wenn ich sie ab und zu korrigiere, dann verzieht sie ihr Gesicht und sagt, sie begreife nicht, warum der Pastor mir Latein beigebracht hat, wo das doch die Sprache der Mutterkirche ist, die die Lutheraner wie die Pest scheuen. Gegen dieses Argument kann ich kaum etwas vorbringen, und deshalb schweige ich und bleibe ihr die Antwort schuldig.

Darüber freut sie sich dann so, daß sie mich bittet, ihre Schreibfeder zu holen, und dann lugt ihr die Zunge aus einem Mundwinkel, während sie in Großbuchstaben ihren Namen auf ein Stück Papier setzt und ihn mit dem Doppeladler einrahmt, der das Adelszeichen ihres Geschlechtes ist. Ich halte es dann für angebracht, sie daran zu erinnern, daß sie ihren Adelstitel durch ihre Heirat mit dem Pastor eingebüßt hat. Aber entweder hört sie mir nicht zu, oder sie verachtet ihren neuen Stand, denn sie schneidet eine Grimasse und schreibt ihren Namen noch einmal, umrahmt von noch prächtigeren Adlerschwingen.

»Und du?« fragt sie mit dem liebenswürdigen Hohn der Adelsdamen. »Wie hast du auf der Landstraße lernen können, deinen Namen zu schreiben?«

Ich erkläre ihr, daß ein langer Zweig sehr wohl als

Schreibfeder dienen kann, und daß es sich im Staub der Landstraße mit größter Leichtigkeit schreiben läßt.

»Aber das wird doch verweht«, beharrt sie. »Am nächsten Tag kann niemand mehr sehen, ob es richtig oder falsch geschrieben ist.«

Meistens gebe ich mich dann von ihrer umwerfenden Logik geschlagen. Denn was hilft es schon, eine vornehme Dame über den Staub der Landstraße zu belehren und ihr erzählen zu wollen, daß es durchaus ein Vorteil sein kann, wenn unsere Fußspuren hinter uns immer wieder weggeweht werden.

»Da siehst du's«, sagt sie überzeugt und kitzelt sich mit dem Gänsekiel die Lippen. »Auf der Landstraße kann man einfach nicht lesen und schreiben lernen.«

Nun gut, dann habe ich mich eben bei dem Pastor für alles mögliche zu bedanken, und diese Ehre gönne ich ihm gern. Er hat mit Gottes Hilfe meinen Geist aus der freien Luft geholt und ihn in der windstillen Studierkammer eingesperrt. Hier steht jede von mir geschriebene Zeile für die Ewigkeit fest, und das ist ja nur gut so, da ich die Wahrheit selber kopiere und aus dem Lateinischen in die Sprache des Volkes setze. Wie sollte es denn aussehen, wenn sie jedem Wind ausgesetzt wäre und jeden Tag neu geschrieben werden müßte?

Nein, die Herrin hat schon recht, auf der Landstraße ist es sinnlos, etwas schreiben zu wollen. Die frische Luft ist wie ein wildes Wetter, das alles mühsam aufgezeichnete Wissen tilgt.

Im letzten halben Jahr war der Pastor ganz und gar in die Teufelslehre vertieft. Er hat eine gewaltige Menge an Stoff darüber von nah und fern versammelt, den ich nun ordnen soll.

Wenn ich allen Berichten glauben will, in denen ich täglich blättere, dann ist der Böse überall am Werk und läßt sich nicht einmal durch Gebete und fromme Lieder abschrecken. Und wie die Frau im Garten Eden den Mann zum Sündenfall verführt hat, so ist sie auch noch heute das gebrechliche Gefäß, in dem der Teufel leicht seine Wohnstatt finden kann. Ihre einzige Rettung liegt darin, so früh wie möglich verheiratet zu werden, damit ihr Mann ihren Leib zu christlichem Leben und Wirken in Gebrauch nehmen kann. Denn jedes Kind, das sie in Angst und Schmerzen gebiert, läßt eine neuerschaffene Seele vor den Thron des Herrn treten, die für sie Fürbitte einlegen kann.

Deshalb ist es ein großes Unglück, wenn eine Ehe unfruchtbar bleibt, oder wenn eine Jungfrau nach ihrem zwanzigsten Jahr noch immer unverheiratet ist. Kein Wunder, daß die Hochzeit zu einem dermaßen ausgelassenen Volksfest geworden ist und daß die Predigt des Pastors für das Brautpaar oft so wollüstig ausfällt. Es ist seine Christenpflicht, die jungen Leute für das Ehebett aufzugeilen, damit die Natur nicht mit ihnen in einem zuchtlosen Lotterleben durchgeht. Wenn er seine Predigt mit lüsternen Anspielungen spickt, dann geschieht das im Dienste der christlichen Sitten, und immer wieder folgt eine neue, wenn eine Hochzeit erst zu Ende gefeiert worden ist.

Wir können überhaupt die neue Lehre als Freundin des zeugungsfähigen Alters bezeichnen, während Jugend und Greisentum Lebensabschnitte sind, die unter ständigem Argwohn stehen. Vor allem sind Witwen und alte Jungfern gefährdet, die oft unter kümmerlichen Bedingungen leben und sich von Bettelei und Kräuterkocherei ernähren müssen. Wie leicht kann da der Böse sein Gift in ihre Kessel träufeln oder ihnen einen Fluch in den Mund legen, wenn sie von einer Küchentür verjagt werden. Und ehe eine solche Frau sich's versieht, hat sie ihre Seele schon an Beelzebub verkauft und hilft ihm, seine Herrschaft auf Erden zu vergrößern. Von vierzehn Hexen, die im letzten Jahr auf dem Scheiterhaufen starben, waren zwölf alte Frauen, die am Stock gingen, während die beiden letzten, und das sollten wir uns merken, junge Zauberinnen von siebzehn und neunzehn Jahren waren.

Es scheint also zu stimmen, daß der Ehestand vor Satans Listen schützt, und ich habe den Pastor gebeten, sich meiner Sache anzunehmen und mir rechtzeitig einen Gatten zu verschaffen. Aber es scheint ihm nicht eilig zu sein, mir zu meinem Seelenheil zu verhelfen, und er sagt auf verblümte Weise, es werde gar nicht leichtfallen, einen passenden Mann für mich zu finden.

Ich weiß nicht, ob er sagen will, ich sei durch mein blaues und mein braunes Auge zu sehr entstellt, oder ob er mich an den Haß erinnern will, den die Bauern den Landfahrern gegenüber empfinden. Oder vielleicht will er einfach seine Schreiberin nicht verlieren, da es sehr lange dauern würde, eine neue anzulernen. Solange ich unter seinem Dach weile, sagt er, habe ich nichts zu befürchten, und manchmal kneift er mich in die Wange und sagt, den Bauerntölpel würde er gern sehen, der es wagt, einen Blick auf mich zu richten.

Ich wüßte gern, ob er wohl meint, ich sollte mit einem gelehrten Herrn verheiratet werden, oder ob er mich schonend auf die Landstraße zurückverweisen will. Vermutlich hat er mich nur unter argen Zweifeln gerettet und mich wie ein eigenes Kind in seinem Haus aufgenommen. Das hat ihm auf den Höfen der Gegend sicher viele Kommentare eingetragen, und vielleicht gibt es Menschen, die es ärgert, daß ich von der Küche in die Studierkammer des

Pastors befördert worden bin. Wenn Herr Peder mich auf seine amtlichen Fahrten mitnimmt, wagt niemand, auch nur mit einem Finger auf mich zu deuten. Aber ich spüre doch, wie sie hinter meinem Rücken schnauben, und der Pastor braucht nur wenige Schritte von mir wegzugehen, und schon fühle ich mich wie eine Vogelfreie.

Ich weiß nicht, ob ich mir das einbilde, aber im Moment geht im Pastor irgendetwas vor, eine düstere Anfechtung, die seine Gemütsruhe zu zerfetzen droht. Seit er sich für die Teufelslehre interessiert, hat er etwas Verquältes, und wenn ich morgens meinen Dienst in der Studierkammer antrete, liegt er oft auf Knien und ruft den Erlöser an, weil seine Seele in großer Gefahr schwebe. Ich begreife nicht so recht, wie ein so großer und robuster Mann wie Herr Peder solche Angst vor dem Teufel haben kann. Aber ihn kann eine so überwältigende und große Angst überkommen, daß er am ganzen Leibe zittert.

Über den Pastor läßt es sich ja gut sagen, daß er in der Ehe kein Glück hat und daß ihm der Schutz fehlt, den ein gesegnetes Familienleben bietet. Er muß wohl etwas zu oft an die beiden Kinderleichen denken, die er vor der Kirche vergraben mußte, und dann kommt ihm die Angst, der Herr sei ihm nicht ganz gnädig gesonnen. Ab und zu fragt er mich, wie ich über diese beiden Totgeburten denke, und ich antworte ihm wahrheitsgemäß, daß ich die Herrin für noch zu schmächtig zum Gebären halte, aber daß sie mit Gottes Hilfe sicher noch kräftiger werden wird.

Vor kurzem brütete der Pastor so lange mit in die Hände gestützter Stirn über einem Dokument, daß ich ihn schließlich fragen mußte, was sein Gemüt dermaßen belaste. Er rief mich zu sich und ließ mich über den Prozeß gegen eine junge Bürgersfrau lesen, die ihrem Eheherrn viermal ein totgeborenes Kind geschenkt hatte. Scheinbar war sie ohne Makel und ganz unschuldig an dem Unglück, das sie da über ihr Haus brachte. Aber dann geriet sie doch in Verdacht, und bald stellte sich heraus, daß sie mit dem Teufel im Bunde war und Hexenkünste betrieben hatte, seit sie unter das Dach ihres Mannes getreten war. Der sicherste Beweis gegen sie war, daß sie acht Tage vor der Hochzeit das Ehebett mit der Elle hatte messen lassen. Listig, wie sie war, hatte sie vorgetäuscht, neue Bettvorhänge nähen zu wollen. Aber ihre List wurde schließlich durchschaut, und sie wurde sechs Wochen, ehe sie ihr fünftes Teufelskind gebären sollte, auf dem Scheiterhaufen verbrannt.

Als der Pastor das Dokument beiseite legte, sah ich, daß seine Hand zitterte, und dann fiel er auf die Knie und flehte mit lauter Stimme den Herrn an, in Gnade auf ihn zu schauen und Sein Licht nicht fortzunehmen. Daß er mich jetzt zur Kammerjungfer der Herrin gemacht hat, erklärt er damit, daß er mich nicht mehr den ganzen Tag in der Studierkammer braucht. Aber ich weiß, daß ich sie überwachen soll. Sonst würde er mich nicht so oft zu sich rufen und meine wahre Meinung über sie hören wollen.

Ich antworte ihm immer wahrheitsgemäß, daß es schwer ist, die Herrin zu hüten, weil sie noch so kindlich ist, daß sie immer wieder ihren Zustand vergißt. »Der Herr weiß ja gar nicht, auf was für Streiche sie verfallen kann«, sage ich verzweifelt.

Aber ich sollte wohl besser meine Zunge hüten, denn der Pastor sieht in allem die Finger des Teufels und fragt mich genau danach, was für Streiche ich denn meine.

»Erzähl mir von deiner Landfahrersippe«, sagt sie und hebt

verträumt ihren Blick von ihrer Näherei. »Stimmt es, daß dein Vater sich Herzog Melchior genannt hat und auf einem Schimmel geritten ist?« Ich gebe vor, ihre Frage nicht gehört zu haben, denn der Pastor hat es mir verboten, meine Vergangenheit zu erwähnen, damit das Gerede über meine Herkunft endlich verstummen kann. Also bitte ich sie, an ihre Näherei zu denken und fleißig zu arbeiten, solange das Tageslicht uns noch das Sehen erlaubt. Sie näht sich eine Halskrause und eine weiße Frauenhaube, denn der Pastor findet ihre Halsketten zu prunkvoll und ihre kleinen Perlkappen zu weltlich für eine junge Pastorenfrau. Wenn sie ihr Kindbett verläßt, soll sie sich nach Landessitte kleiden, und ihre acht Seidenkleider sind schon auf dem Söller weggeschlossen.

Es ist wohl nicht leicht für die Herrin zu verstehen, welches Aufsehen ihre Kleidung erregt hat. Sie ist doch Tochter eines Adligen und brachte eine Brautausstattung mit in unser Land, bei der die ganze Gemeinde die Augen aufriß. Ja, selbst ihre Wäsche ist so dünn und fein, daß sie im Waschhaus von Hand zu Hand geht, ehe eine wagt, sie in die Seifenlauge zu tunken.

Ich würde sie gern einmal fragen, wie sie zur Gattin des Pastors werden konnte, denn das paßt zu nichts, was wir sonst gesehen oder gehört haben. Aber ich glaube nicht, daß es dem Pastor recht wäre, wenn ich sie ausfragen würde – und außerdem redet sie oft so locker drauflos, daß ich sie zum Schweigen mahnen muß, damit sie nicht zuviel sagt. Sie verfügt einfach nicht über den Anstand, der sich für eine Pastorengattin geziemt. Entweder ist sie so hochmütig, daß mein Gesicht dabei glüht, oder sie schmiegt sich an mich wie ein schmeichlerisches und redseliges Kind.

»Du bekommst meine Seidenschuhe, wenn du mir etwas über die Landstraße erzählst«, sagt sie und zupft ungeduldig am Faden, um ihn von einem Knoten zu befreien. Als der Faden reißt, atmet sie erleichtert auf und wirft die verhaßte Halskrause ans Fußende ihres Bettes. »Wenn dein Vater Herzog war, dann sind wir ja vom gleichen edlen Blut und könnten fast Schwestern sein.«

Wie immer, wenn sie mir etwas in höhnischem Tonfall mitteilen will, ändert sich ihre Stimme unterwegs, und sie legt schließlich ihren Mund an mein Ohr und flüstert vertraulich mit mir wie mit einer lieben Freundin.

»Komm, wir schließen Blutsschwesternschaft«, sagt sie mit plötzlich heftiger Stimme und reißt sich mit der Stickschere den Unterarm auf. Ab und zu hat sie eine seltsame Macht über mich, und dann gehorche ich ihr, auch wenn ich das überhaupt nicht für gut halte. Ich spüre, wie mir ein Schauer über den Rücken läuft, als sie ihren Arm gegen meinen preßt und ein Tropfen unseres vermischten Blutes auf die Bettdecke fällt.

»Hahaha«, lacht sie etwas zu überschwenglich, »jetzt hat die Grafschaft des weißen Adlers auf immer und ewig Frieden und Freundschaft mit dem Herzogtum des Schimmels geschlossen!«

Ich sehe, wie ihr Gesicht sich abermals höhnisch verzieht, und als ich meinen Arm zurückreiße, beißt sie sich auf die Lippen und weiß nicht so recht, ob sie zu dem stehen soll, was sie gerade getan hat.

»Ich kann dir sagen, im Stift hatte ich auch eine Blutsschwester«, flüstert sie und saugt sich am Unterarm die Stelle, wo sie sich mit der Schere verletzt hat »Wir sind zusammen mit elf Jahren dort hingekommen und haben unser Bett geteilt, bis ich verheiratet wurde.«

Ich wende mich ab und mache mich im Zimmer zu schaffen. »Seltsam, daß Ihr im Kloster wart«, sage ich. »wo

Eure Familie doch zu den ersten gehörte, die zur neuen Lehre übergetreten sind.«

»Hahaha«, lacht sie und läßt sich aufs Kopfkissen zurückfallen. »Weißt du nicht einmal, was ein Jungfernstift ist, du, wo du doch so klug bist, daß du vor Gelehrsamkeit fast schon triefst? Ein Jungfernstift«, ruft sie mit beißendem Spott in der Stimme, »ein Jungfernstift ist ein Ort, an dem Brüder ihre Schwestern einsperren, um deren Erbe an sich zu reißen.«

Stillschweigend hebe ich ihre Halskrause vom Bett hoch und ziehe die jämmerlichen Stiche auf, für die sie den ganzen Nachmittag gebraucht hat. Sie hat mir einmal ihr Zeugnis aus dem Stift gezeigt, ein lächerlich geschwollenes Dokument, das in langen Umschreibungen die Tatsache zu verhehlen versucht, daß sie für alle häuslichen Tätigkeiten unbrauchbar ist.

Sie fährt sich immer wieder mit den Händen über die Stirn, dann macht sie sich an ihren Haaren zu schaffen und amüsiert sich damit, lange Locken unter ihrer straffen Haube hervorzuziehen. »Ach nein«, sagt sie nachdenklich und schlingt eine Ringellocke um ihren Zeigefinger. »Ach nein, du weißt wohl nicht, was das heilige Ackergut ist, wo du doch dein Eigentum in einem Bündel über die Landstraßen getragen hast.«

Aber sie konnte mir immerhin erklären, daß so ein Gut nicht in alle Winde zerstreut werden darf. Wenn ein Adliger sieben Kinder hat, dann kann er sein Eigentum nicht in sieben gleich große Teile zerschneiden. Nein, einige Kinder müssen von Anfang an lernen, auf ihr Erbe zu verzichten. Als es noch Nonnenklöster gab, war das nicht so schlimm, denn damals wurden Unverheiratete hoch geachtet, und wer auf Erden keine Erbschaft bekam, konnte jedenfalls im Himmel einen Schatz ansammeln. Aber was kann eine arme Frau in einem lutherischen Jungfernstift erwarten? Sie kann sich nicht einmal ihrer Jungfräulichkeit erfreuen, denn die ist in den Augen der Reformation etwas Entsetzliches. Auf ihr irdisches Erbe hat sie verzichten müssen, als sie eingetreten ist, und niemand kann ihr das himmlische noch fest versprechen. Mit anderen Worten: Sie ist eine elende Gefangene, die aus weltlichen Gründen eingesperrt wurde. Angeblich kann sie das Stift zwar wieder verlassen, aber dann muß ein guter Mann bereit sein, sie auch ohne Mitgift zu nehmen.

Sie fährt mit einem Ruck im Bett hoch, und ich kann sehen, daß ihre Wangen lodern und ihre tiefliegenden Augen unnatürlich glänzen. Ohne zu fragen weiß ich, daß der Pastor der gute Mann war, der sie ohne Mitgift genommen hat, und daß sie ihn deshalb haßt.

»Doch, sie hätten mir immerhin eine Brautausstattung geben können, die einer Jungfrau von Geblüt würdig war. Sie waren mich ja schon los und konnten ihre Kräfte dazu verwenden, sich gegenseitig zu bestehlen!«

Lange starrt sie ins Halbdunkel, und ihr bleiches Gesicht leuchtet vor dem dunklen Kopfende des Bettes wie ein Mond.

»Wie es meinem Blutsschwesterchen wohl geht«, sagt sie mit seltsam zärtlicher Stimme. »Wie kann sie einschlafen, wenn es Abend wird, wenn niemand sie jetzt noch wärmt. Ach, wenn ich nur gewußt hätte, wie anders es ist, bei einem Mann zu schlafen! Ach, wenn mir das nur jemand gesagt hätte!«

Ich sehe die kleine weiße Hand, die sich auf der Bettdecke zur Faust ballt, und ich bin entsetzt über die wilde Glut, die in diesem bleichen Kind eingesperrt ist.

»Das darf die Gnädige Frau doch nicht sagen«, sage ich leise und mit halbwegs abgewandtem Gesicht. »Sie sollte lieber den Herrn Jesum Christ bitten, sie vor allem Übel zu bewahren.«

Seit die Herrin bettlägerig ist, passiert mir bisweilen etwas, und bei dem Gedanken daran wird mir heiß und kalt.

Ich erwache mitten in der Nacht mit dem Gefühl, daß mir etwas Großes und Unerklärliches passieren wird. Immer fängt es auf ganz und gar erklärliche Weise an, ich höre, wie die Tür zu meiner Kammer mit einem gedehnten, quietschenden Geräusch geöffnet wird. Kurz darauf höre ich jemanden oder etwas über den Boden schleichen, etwas, das ich weder als gut noch als böse zu bezeichnen wage, denn es erschreckt mich und erfüllt meine Seele doch mit großem Jubel. Ich setze mich im Bett auf und taste nach meinem Nachtlicht, aber im selben Moment fängt mein Herz wild an zu hämmern, ich sinke zurück auf mein Kissen und öffne mich zitternd diesem Gewaltigen, dem ich mich einfach nicht widersetzen kann. Ein fremdes Wesen scheint durch meine Kehle zu atmen, und ich kann hören, wie sich mein Atem hebt und senkt, wie er sich zum Freudenschrei hebt und zur schmerzhaften Klage senkt.

Wenn ich sagen wollte, dies geschehe nur mit meinem Körper, dann wäre das eine zu unvollständige Erklärung. Aber es wäre ebenso unzureichend, es als rein geistiges Erlebnis darzustellen. Meine Seele scheint sich für einen kurzen Moment in Fleisch und Blut zu hüllen und mein ganzes Wesen mit einer überempfindlichen Haut zu überziehen. Mein irdisches Leben wird für einen Augenblick von der höchsten Gnade gestreift, und ich fühle mich durchstrahlt von einer Kraft, die aus der Zeit vor der Erschaffung der Welt zu stammen scheint.

Ich habe versucht, den Pastor zu fragen, was ich davon halten soll, aber er weist mich auf fast schroffe Weise ab und rät mir, meine Traumgesichte für mich zu behalten. Sein grobes, pockennarbiges Gesicht schließt sich zu einer unergründlichen Maske voller Schwermut und gefesselter Kraft. So, wie er dasitzt und ins Feuer starrt, scheint der streitbare deutsche Mönch aus seinem Rahmen an der Wand zu treten und die Züge des Pastors mit seiner schweren, robusten Männlichkeit zu erfüllen.

Wenn er so versunken dasitzt, weiß ich, welche Angst sich in ihm rührt, und wenn ich nur lange genug warte, dann kommt sie immer in irgendeiner Form zum Vorschein. Mir ist klar, daß diese Traumgesichte nicht nur mich beunruhigen, sondern daß auch der Pastor seit seiner frühesten Jugend von ihnen heimgesucht worden ist.

Als er neunzehn war, kam die große Pest über das Land, und er überlebte als einziger aus seiner Sippe. Drei Tage lang rang er mit seinem von Beulen übersäten Körper um sein Leben, und ein Heer von Teufeln schien sein Lager zu umschwirren und Spieße und Gabeln in seine schmerzenden Glieder zu stechen. In der letzten Nacht zogen sie sich plötzlich mit schallendem Gelächter zurück, und ein großer, schwarzer Frauenvogel kam auf lautlosen Schwingen angeflogen und kreiste lange über seinem ausgestreckt daliegenden Körper. Bald flog sie so tief, daß er ihre Krallen spürte, die sein Gesicht zerkratzten, bald umkreiste sie ihn und strich ihm mit ihrem düsteren, vertraulichen Flügelschlag über die Wange. Als er sich von seinem Krankenlager erhob, hatte er lange Krallenspuren im Gesicht, und am Hals saß eine seltsame blutunterlaufene Wunde, eine Art unheimlicher Knutschfleck, so, als ob jemand während seines Fiebers versucht habe, sein Blut zu trinken.

Diese vielen Fiebergesichte nimmt der Pastor in seine Verkündigung auf, und sie stärken seine kraftvolle, bildreiche Sprache. Wenn man ihn reden hört, dann möchte man oft glauben, Gott und der Teufel seien eins, so eng sind ihre Wesen in seiner Phantasie verschlungen, und so dunkel ist das Seelenlicht, das den einen vom anderen trennt. Der letztere erscheint als der Schatten des ersteren, als eine Art formloser Sack aus Dunkelheit und Grauen, zu dem die Gottheit sich nicht bekennen will.

Ich weiß, daß ich vielleicht nicht so über Gott denken sollte, der doch der Vater des Lichtes und der freigiebige Herr der Schöpfung ist. Aber etwas sagt mir, daß jedes Ding durch sein Gegenteil im Gleichgewicht gehalten wird und daß es im Innersten des großen Lichtmeeres einen dunklen Punkt geben muß, der mit der Ganzheit im Streit liegt und Ringe aus Trotz und Widerstand aussendet.

Aus diesem dunklen Punkt in Gottes Wesen ist Luzifer gestürzt und hat seine Herrschaft auf Erden begründet. Alles Blut, das über die Erdoberfläche strömt, alle Schreie, die unseren Kehlen entfließen, alle Angst, aller Schrecken, die uns durchzittern und für Gottes Güte blind machen – was kann das alles anders sein als sein böses Gewissen, das den Himmelsraum verdüstert und uns einen Teil seines komplexen Wesens offenbart.

Diese Gedanken wage ich niemals zu verraten, wenn der Pastor zugegen ist, denn ihm sind sie allzu unbekannt. Wie Gott, so trägt auch er etwas in einem Sack auf seinem Rücken, etwas Ungeheuerliches, zu dem er sich nicht bekennen will, das sich aber in seine Verkündigung einschleicht und seine Rede mit erschütternden Worten und Symbolen füllt.

Ich wüßte gern, was der Pastor in seinem Leben für

geheime Sünden begangen hat, durch die sein Schatten so sichtbar und seine Phantasie so voller lebendiger Teufelei geworden sind. Bei jedem Blatt, das er wendet, höre ich die Scheiterhaufen knistern, und Daumenschrauben werden mit leise knirschendem Geräusch angezogen. Ich warte die ganze Zeit auf den Schrei, der früher oder später aus diesen stummen Blättern herausbrechen und den Schmerz unerträglich machen muß.

Ich begreife mehr und mehr, warum die Herrin mich nach meiner Sippe und dem freien Leben fragt, das ich auf der Landstraße geführt habe, ehe der Pastor mich als sein Pflegekind in sein Haus aufgenommen hat. In dieser Hinsicht ist sie nicht anders als alle anderen: sie versucht, eine Erklärung für ihr eigenes Schicksal zu finden, indem sie von Leben und Herkunft eines anderen Menschen hört.

Seit ich das begriffen habe, macht mich ihre Neugier nicht mehr so verlegen, und ich glaube ihr, wenn sie sagt, daß sie ihre eigene Kindheit wiedererlebt, wenn sie von meiner hört.

Es ist vielleicht nicht so leicht zu begreifen, was eine adelige Dame für Erinnerungen mit einem Landfahrerkind teilt. Aber vom Pastor weiß ich, daß ihre Brüder sie schikaniert haben und daß sie nach dem Tode ihrer Mutter zu Hause auf dem Schloß viel zu leiden hatte. Sie hielt sich wohl mehr in den Ställen auf als in den prachtvollen Schloßsälen, und sie hat angeblich eine Sprache geführt, die die Stiftsvorsteherin ihr mit den strengsten Mitteln austreiben mußte. Von ihrem achten bis zum elften Jahr streifte sie wie ein junges Tier umher und jagte mit weitaus größerer Fertigkeit, als sie heute Zierbänder an ihre Halskrause näht.

Aber sie konnte immer ins Schloß zurückkehren, und

deshalb weiß sie nicht, wovon sie redet, wenn sie ihre Erinnerungen mit meinen vergleicht. Zum Vergnügen herumzustreifen ist nicht dasselbe, wie die Friedlosigkeit im Blut zu haben. Ihr Leben hatte immer einen Ausgangspunkt und ein Ziel, während mein Elternhaus überall und nirgends war. So unerschütterlich, wie ihre Sippe sich hinter ihren Wallgräben und Burgmauern verschanzt hatte, so heimatlos war mein Stamm, und er wurde überall und zu allen Zeiten gejagt und verfolgt. Niemand weiß mit Sicherheit, woher mein Volk stammt, manche meinen, aus Ägypten, andere drohen uns mit der Faust und sagen, wir sollten uns zurück nach Hindustan scheren, wo wir in Wirklichkeit hingehören.

Aber weil wir ohne Heimat sind, haben wir die Nacht zu unserem Königreich gemacht – im Schutze der Dunkelheit haben wir eine Freistätte gefunden, wo wir aufleben und unserer menschlichen Natur gerecht werden. Wenn der Waldkauz in den Baumwipfeln seinen Ruf erschallen läßt, hören wir unseren Hahnenschrei, und dann erwacht unser Feuer und steigt wie eine verhexte Sonne am Horizont auf. Was für die Seßhaften der Sonnenaufgang ist, ist für meine lichtscheue Sippe der Sonnenuntergang. Dann schleichen wir uns aus dem Wald, mit unseren Bündeln und Packen, und nähern uns den Wohnstätten der Menschen.

Ich habe niemals versucht, der Herrin zu verhehlen, daß ich einer düsteren und verdammten Sippe entstamme, während sie sicher auch einiges an Erbe trägt. Was Plündern und Raub angeht, nehmen sich unsere Familien wohl wenig. Der einzige Unterschied ist, daß ihre Familie gesetzestreues und ehrenhaftes Blut an den Händen hat, während unser Blutvergießen verstreuter und zufälliger stattfindet, so wie überhaupt unsere Lebensbedingungen.

Aber ich bin wütend, wenn sie behauptet, mein Volk sei ohne Moral, und ich weiß nicht, wie oft ich ihr schon erklärt habe, daß wir unsere Alten nicht lebendig begraben. Sie selber spüren, daß sie nicht mehr mitkommen, und aus Fürsorge für das Gemeinwohl treten sie mit ihrem Todesurteil beiseite und lassen sich in ein Grab in einem Erdhügel fallen oder springen mit einem Stein im Arm ins Wasser. Sie suchen auf stolze und mit dem Gesetz des Lebens übereinstimmende Weise ihren Tod, und deshalb beweint niemand sie oder versucht, sie zurückzuhalten.

Ich weiß noch gut, wie meine alte Großmutter eines Tages verschwand, nachdem sie wochenlang ganz hinten gegangen war, mit mir an der Hand. Kinder und Alte finden sich oft irgendwo auf ihrem Lebensweg und gehen dann gemeinsam weiter. Aber das dauert selten lange, denn der Schritt des einen wird immer mutiger und kühner, während der des anderen Tag für Tag zögernder und verzagter ausfällt. Eines Abends, als wir unser Lager verließen, ging ich plötzlich allein, und ich weiß noch, wie ich sofort losrannte und meine Mutter rief, die weiter vorn im Zug ging.

So treffen sich bei jedem wandernden Volk zwei Lebenslinien: eine, die vorwärts strebt und ihr Lebensrecht fordert, und eine andere, die langsam verschwindet und kein anderes Ziel hat, als sich zu entfernen und zu verschwinden. Vier Jahre nach dem Tod meiner Großmutter drehte ich mich eines Morgens um und sah, daß meine Mutter sich ganz hinten im Zug dahinschleppte. Nicht, weil sie jetzt alt genug war, um bei den Kleinen zu gehen, die gerade erst gelernt hatten, sich auf eigenen Beinen vorwärts zu bewegen. Sie fiel aus einer seltsamen Schwäche heraus zurück, die sicher der Sehnsucht nach ihrem eigenen Volk und einem seßhaften Leben entsprungen war.

Wir sahen, wie sie sich zusammenkrümmte und dahinschwand wie ein von der Kälte getroffener Schößling an einem Stamm, und wir verließen sie in der Nähe ihres väterlichen Hofes, auf einer Blumenwiese, auf der sie als Kind Schafe gehütet hatte.

Ich sehe, daß die Herrin meiner Erzählung genau zuhört, über ihr Gesicht huscht ein Zug von Glück und Schmerz, und bisweilen bewegt sie die Lippen, als ob sie eingreifen und mir die Worte aus dem Mund nehmen wollte.

Ich frage mich, was sie vor ihrem inneren Auge sieht, wenn meine fahrende Sippe mit Spiel und Lachen durch meine Erinnerung zieht. Sitzt sie vielleicht hinter ihrem Turmfenster und sieht, wie sich die Zugbrücke senkt, während ihr Vater und ihre Brüder mit erhobenen Lanzen in den Krieg ziehen? Vielleicht ahnt sie hinter den Lumpen meines Volkes eine vergoldete Rüstung, die den Körper auch nicht vor allen Verletzungen schützen kann, die jedoch durchscheinen läßt, daß Freiheit nur ein anderes Wort für Gefahr ist. Doch, ich glaube, sie ahnt, daß die Bedingungen dieselben sind, ob wir uns die Freiheit nun von oben oder von unten her erkämpfen. An dem Tag, an dem sich die Zugbrücke hebt, werden alle Wege gangbar, von da an gilt es, sich von Tag zu Tag weiterzukämpfen und sich damit abzufinden, daß der Kopf ziemlich locker auf dem Hals sitzt.

Dann bewegt sich der vogelfreie Zug unter offenem Himmel weiter, bald stolz und unüberwindbar, bald in Lumpen gekleidet und von Sonne und Frost gequält. Wenn er auf einem Hügelkamm auftaucht, bildet er ein prächtiges Bild mit wehenden Fahnen, der Herzog reitet auf seinem Schimmel an der Spitze. Aber im Flachland verschwindet dieser Glanz unmerklich – jede Biegung des

Weges ist wie eine Schraube, die das Bild in anderes, schärferes Licht dreht.

Und da kommen sie endlich auf ihren blutenden Füßen angehumpelt, mit Augen, die vor Erschöpfung brennen, und Kleidern, die zu dünnen verkommenen Wimpeln zerrissen sind. Ein goldener Federbausch weht noch auf diesem oder jenem Kopf, aber das macht den Gesamteindruck nur noch verkommener und läßt die edlen Gesichtszüge unzuverlässig wirken. So geht das eine Heer zugrunde, und ein anderes entsteht, ohne daß sich die angeborene Haltung dem Leben gegenüber jemals ändern würde. Stolz ist und bleibt Stolz, und der Herzog sitzt noch immer auf seinem Roß, auch wenn sein Gefolge zu einer heimatlosen Räuberbande geworden ist. Irgendwo auf den Heerstraßen stoßen sie früher oder später auf einen anderen Zug, der aus der Tiefe des Volkes in die Gegenrichtung, bergauf, wandert. Sie blicken einander voller Argwohn an, verlieren sich dann aus den Augen und wissen nicht, daß sie vom selben Geschlecht sind.

Gestern abend in der Dämmerung schickte mich die Herrin zu Hanna Mann, die in einer Rauchstube auf der anderen Seite des Pfarrwaldes wohnt.

Ich versuchte wirklich, mich diesem Auftrag zu entziehen, denn ich möchte mit der Herrin hinter dem Rücken des Pastors keine Geheimnisse haben. Aber wo wir nun Blutsschwesternschaft geschlossen haben, zieht sie mich immer mehr auf ihre Seite und zwingt mich dazu, die Fügungen des Lebens mit anderen Augen zu sehen. Es vergeht kein Tag, an dem wir nicht die Krusten von unseren Wunden reißen, und ich spüre, wie ich von ihrem Wesen angesteckt werde und alles auf weiblichere Weise betrachte. Plötzlich geht mir auf, wie blind ich gewesen bin und wie wenig Verständnis für mein eigenes Geschlecht ich hatte.

Ich weiß nicht, was mit mir geschieht, aber ich komme mir weicher und runder vor, körperlich und seelisch. Äußerlich bin ich an Brust und Hüften wohl fülliger geworden, und immer wieder muß ich die Haken an meinem Mieder versetzen. Innerlich zeigt sich das eher als eine Art Verletzlichkeit, die mich feinfühliger der Herrin und dem Leiden gegenüber werden läßt, das sie erwartet. Vielleicht hat mich der Pastor endlich zähmen und mit der Unterdrückung meines Geschlechtes vertraut werden lassen können.

Jedenfalls fange ich nun an, krumme Wege zu gehen, wie gestern abend, als ich mich mit einer Talgkerze in der Hand aus der Küchentür schlich und durch den Wald den Weg zu Hanna Manns Haus suchte. Daß ich mich jemals in diesen Teil der Gemeinde trauen würde, hätte ich nie erwartet, denn dieses Frauenzimmer mit der groben Stimme und den Bartstoppeln am Kinn hat mir immer angst gemacht. Die meisten hier am Ort halten sie für einen verkleideten Mann, einen alten Feldscher, der im Krieg überflüssig geworden ist und in den Norden zog, um sich ein friedlicheres Handwerk zu suchen.

Wenn die Bauern betrunken sind, dann ahmen sie ihre gebrochene Sprache nach und schwören, sie eines Tages splitternackt auszuziehen und ihre Schande vor Gott und aller Welt bloßzustellen. Aber wenn sie ihr begegnen, dann weichen sie ihr scheu aus und schleichen mit demütig gesenktem Kopf an ihrem Knotenstock und ihrem Kräuterbeutel vorbei. Alle wissen, daß sie nachts oft auf die Höfe geholt, daß ihre Heilkunst im Verborgenen geachtet und in der Öffentlichkeit gehaßt wird.

Als ich ihre niedrige, verräucherte Hütte betrat, stieg in

mir eine plötzliche Unruhe auf – ein Gefühl, Gottes sonnigen Weg verlassen und mich auf die wilden Pfade des Lebens begeben zu haben. Während ich den herben Duft von Thymian und brennendem Torf einatmete, kam mir der Gedanke, daß hier also der lange, dornige Weg vom Glauben zum Unglauben endete. So tief in die Dunkelheit wagte sich nur, wer sich zuerst vor Gott in den Staub geworfen und um Seine Gnade gefleht hatte. Wieviele Leiden konnte ein Mensch ertragen, solange er sicher war, daß alles einem höheren Zweck diente! Erst, wenn der Glaube verschwand, gewann die Seele die Stärke, der Finsternis zu trotzen und sich den wirrevollen Weg zu Wissen und Heilung zu suchen.

Welch Aufruhr gegen Gott das war, ahnte ich eher, als daß ich es verstanden hätte, als ich mich in der pechschwarzen Hütte umsah, wo das Feuer im Kamin die einzige Lichtquelle war. Wie ein schwaches Licht der Erkenntnis flackerte es über die rußigen Wände und griff die Finsternis auf seine behutsame und unberechenbare Weise an. Bald loderte es auf und erfaßte den ganzen Raum in einem Augenblick der Klarheit. Bald sank es zurück in die Glut und warf nur noch ein spärliches Licht über das Gesicht der Kräuterkocherin. Als ich mich der Feuerstätte näherte, fiel mir ein, daß ich ihr als Kind hinterhergeschrien und daß sie sich umgedreht und mich aus seltsam wissenden Augen gemustert hatte.

»Na sieh an, wer alles unterwegs ist«, flüsterte sie mit ihrer heiseren Stimme, die rauh und weich zugleich war und ganz anders als alle Stimmen, die ich in meinem Leben je gehört hatte. Sie rührte weiter in ihrem Topf herum und blickte nicht auf, und sie gab sich keinerlei Mühe, den Eindruck von rätselhaftem Unbehagen zu mildern, der ihrer Person anhaftete. Ich muß einen Versuch gemacht haben, um mein Begehr vorzubringen, denn plötzlich ließ sie ihren Rührlöffel los, strich sich eine Strähne aus der Stirn und stieß ein leises, fauchendes Lachen aus.

»Gottes Tod und Qual, die Leute kriegen doch, was sie wollen«, murmelte sie, als sie ihr Lachen in ihrem Kopftuch erstickt hatte. Wenn sie erst dem Herrn den Rücken kehrten und sich der Schwarzen Kunst ergaben, dann wollten sie ja nicht den Weg durch den Wald zu einem lieben Mütterchen mit roten Apfelbäckchen gehen. Nein, sie wollten dann eine echte Hexenmutter sehen, bei der es ihnen kalt den Rücken hinunterlief, und spüren, daß sie jetzt den Weg betraten, der geradewegs in Gottes Feuer führte. Sie wollten einen Kessel voller erstickender Dünste finden, und über den sollte sich ein unverkennbares Hexengesicht beugen. Haha, Warzen und Bartstoppeln und gelbe Hauzähne gehörten dazu, wenn sich jemand mit dem Vaterunser messen wollte. Wenn sich die Leute nicht mehr an den Schönsten hielten, dann wollten sie das leibhaftige Häßliche sehen, so waren die Menschen nun einmal. Was nutzte es, Instrumente zu haben, die in die tiefsten Wunden eindringen konnten, wenn die Leute Rauch und Dampf und schwarze Schatten an der Wand sehen wollten? Himmel und Wunder, ohne diesen brodelnden Kräutersud wäre sie übel daran, obwohl der nichts anderes enthielt als durchgekochten Aberglauben. Eine weise Frau zu sein, bedeutete, den Kessel am Kochen zu halten, und was man sonst an ehrlichem Handwerk betrieb, behielt man besser für sich.

»Na sowas, wer heute alles unterwegs ist«, sagte sie noch einmal, diesmal etwas weniger zerstreut, und musterte mich dann. »Wir sind ja alte Bekannte, von damals, als du noch so klein warst und der Pastor dich gerade erst von der Landstraße aufgelesen hatte. Du konntest damals nicht in Frieden durchs Dorf gehen, weißt du noch? Immer hing eine Bande von verdreckten Bauerngören hinter dir, die es nicht ertragen konnte, daß du nicht wie andere Christenmenschen Läuse hattest und stankst. Meine Güte, das konnten sie nicht ertragen, und sie waren versucht, das deinem blauen und dem braunen Auge zuzuschreiben. So ist das nämlich immer. Sie verfluchen dich aus einem Grunde und nennen dafür den anderen. Naja, vielleicht hast auch du den Schnabel ein bißchen weit aufgerissen, wenn du es mit dieser Wiederkäuerbrut zu tun hattest. Jedenfalls mußten sie dich in den Dreck drücken, damit du nicht vergessen konntest, wo du hergekommen warst. Meine Seligkeit, du hast vielleicht ausgesehen, als dir endlich eine alte Schabracke auf die Beine geholfen hat, die gerade vorbeikam. Sie wußte, was es bedeutete, von fremdem Blut zu sein, die Schabracke, und sie wußte auch, was es heißt, mehr in seinem Bündel mit sich herumzuschleppen als die meisten anderen. Und wurde ihr für ihre Wohltätigkeit gedankt, als sie der kleinen Landfahrerdirne geholfen hatte? Nein, was für eine dumme Frage! Wer draußen steht, will nach innen, das ist klar, und hat für andere Ausgestoßene nicht viel übrig. Wer weit genug unten ist, faßt vielleicht die Hand, die Seinesgleichen ihm reicht. Aber wenn er dann auf den Beinen steht, ist er stolz und bedankt sich in der Sprache seiner Quälgeister. Nein, hör weiter zu, dann erkläre ich das genauer. Als du mir damals hinterhergeschrien hast, war ich zuerst ein wenig verletzt, das will ich nicht leugnen. Aber ich wußte ja, daß du mir nur diesen Dank bieten konntest, wenn du überleben wolltest. Gott erbarme sich, du konntest dich doch nicht mit einem alten Spektakel von einem Frauenzimmer zusammentun, das nachts durch die Dörfer zieht und vielleicht nicht einmal eine echte Frau ist. Ach, ich weiß gut, was die Leute reden, und ich merke es den Bäuerinnen an, wenn sie in Kindsnöten sind, daß sie nie das wahre Vertrauen zu mir haben. Es ist fast unmöglich, sie dazu zu bringen, ihren Rock auszuziehen, und wenn sie mir ein seltenes Mal meinen Willen tun, dann schielen sie mich böse an, sowie die Wehen vorüber sind. Eine weise Frau ist in mancher Hinsicht wie ein Henker, das wird mir immer klarer. Niemand soll mir erzählen, daß unser Handwerk nicht große Achtung genießt. Aber es ist eine Achtung, die zu Nacht und Finsternis gehört, und wir sollten uns davor hüten, bei hellichtem Tage vorzutreten und uns zu unseren Taten zu bekennen. Es kommt schon vor, daß Leute Hilfe brauchen, um ins Leben zu treten oder es wieder zu verlassen, aber pfui über die, die mit Leben und Tod zu tun haben!«

Sie sagte das sicher nicht im Zusammenhang, so, wie ich es hier wiedergebe, sondern in Ausbrüchen und verstreuten Andeutungen, während sie im Feuer herumstocherte und neues Wasser in den Kessel goß und dabei mit der schwarzen Katze auf ihrer Schulter redete. Dabei konnte sie auch eine Faust heben und damit drohen, sie dann aber sofort wieder sinken lassen und entschuldigend den Kopf schütteln.

Sie schien in ständigem Gemütsaufruhr zu leben, einem inneren Sturm, der niemals Luft bekam und deshalb niemals Ruhe fand. Ihre Einsamkeit war so groß, daß sie sich wie ein Leerraum um sie herum ausbreitete, und ihre Ausdrucksmittel waren so verschlissen, daß sie keine Überzeugungskraft mehr hatten. Ihre Wut war gleichsam keine echte Wut, und ihre Sanftmut war nur eine Ruhestätte für ihren zerrissenen Geist.

Ab und zu versuchte sie, mir etwas zu erklären, was ihr offenbar auf der Seele brannte. Aber sie schien zwischendurch den Faden zu verlieren, oder einzusehen, wie hoffnungslos der Versuch war, ihre Vorstellungen in Worte zu kleiden. Und dann kam etwas Demütiges, ja, fast Kriecherisches über ihr Wesen, und sie bat mich, doch bitte nicht auf das Gefasel eines häßlichen alten Weibes zu hören.

Ich überlegte mir, sie sei vielleicht an Demütigungen gewöhnt, da sie so plötzlich von einer Stimmung in die andere überwechseln konnte. Ich überlegte mir, daß sie verfolgt und mit dem Tode bedroht worden war, denn ich kannte ihren Hochmut und ihre Selbstauslöschung von meinem eigenen Volk.

»Hast du schon einmal eine Hinrichtung gesehen?« fragt mich die Herrin eines Abends, als ich ihr den Leuchter bringe. Sie ist in vertraulicher Stimmung und nimmt mir den Leuchter ab, ehe ich ihn auf den Tisch stellen kann, und dann bläst sie eine der sieben Kerzen schneller aus als sonst.

Ich weiß nicht, warum sie mich bittet, alle sieben Kerzen anzuzünden, wo sie eine doch immer gleich auspustet, aber vielleicht führt sie eine symbolische Handlung durch, die sie selber nicht begreift. Nachdem sie die siebte Kerze ausgeblasen hat, fährt sie mit der Hand so dicht über die anderen Flammen, daß sie vor Schmerz jammert, und sie macht mit dieser Selbstquälerei weiter, bis ich ihr den Leuchter entreiße und auf die andere Seite des Tisches stelle.

»Du kannst doch unmöglich noch so ein Säugling sein, daß du noch nie eine Hinrichtung gesehen hast«, beharrt sie, als ich versuche, sie auf ein anderes Thema zu bringen. »Ich habe zum ersten Mal gesehen, wie jemand geköpft wurde, als ich elf Jahre alt war. Ich war unterwegs durch die Hauptstadt, weil ich ins Stift sollte. Meine Brüder fanden es wohl ein bißchen traurig, daß ich von zu Hause fortmußte, und um mich aufzumuntern, gingen sie mit mir zum Richtplatz, wo ich Köpfe rollen sehen könnte. Wir standen ganz vorn, und deshalb konnte uns nichts entgehen. Wir standen so dicht dabei, daß ich sehen konnte, wie sich der Todeskampf im Gesicht noch weiter abspielte, nachdem die Köpfe längst gefallen waren. Ich weiß noch, daß ein Kopf dicht an mir vorbeirollte, mit einem ganz seltsamen Lächeln, und ich kann dir nicht sagen, wie mir bei diesem Lächeln zumute war. Als ich mich bei einem meiner Brüder beklagte, weil mir Blut aufs Kleid gespritzt war, versetzte er dem Kopf mit dem Reitstiefel einen Tritt, und ich konnte zusehen, wie der Kopf mit seinem Lächeln weiterrollte und etwas wußte, was kein Lebender je erfahren würde. Ach, vielleicht sind an diesem Tag auch Dinge passiert, auf die ich eher hätte achten sollen. Gegen Ende renkte sich der Henker unglücklicherweise den Arm aus, und er mußte sechsmal zuschlagen, ehe er einer unzüchtigen Frau den Kopf abschlagen konnte. Mein ältester Bruder sagte nachher, ihr Geschrei habe mehr für die Sittlichkeit getan als alle Pranger der Welt. Wenn ich mir das überlege, dann weiß ich noch gut, wie schrecklich sie schrie, aber so richtig eingesunken ist mir das nicht. Ich hatte ja schon den Kopf mit dem unerklärlichen Lächeln gesehen, und danach konnte mich nichts mehr von den Toten aufwecken.

Soll ich dir sagen, was der Schmerz dieser Welt ist?« ruft sie, als ich mich abwende und für ihren Bericht nur taube Ohren habe. »Doch, der Schmerz dieser Welt ist ein Schauspiel, bei dem niemand einen Finger rührt. Sich eine Hinrichtung anzusehen, ist wie zu lange ein Bild mit grellen Farben zu betrachten. Du spürst, daß es nicht gut für die Augen ist, aber es tut viel weher, wenn du dir in den Arm kneifst.

Weißt du, als wir den Richtplatz verließen, habe ich eine abgehackte Diebeshand eingesteckt, die in meinem Perlbeutel lag und einschrumpelte und gelb wurde, während ich mir im Rittersaal die Schuhe zertanzte. Als ich dann endlich ins Stift kam, waren nur noch die Knochen übrig, und die anderen Jungfrauen im Zimmer konnten jede einen Glücksfinger bekommen. Wenn du sehen willst, wie sowas aussieht, dann habe ich ihn noch immer in meiner Brauttruhe. Gott weiß, warum ich ihn noch aufbewahre, wo ich doch weiß, daß er nicht hilft.«

Ich sage ihr, daß ich auch nicht an Diebsfinger glaube, und daß sie sich seiner entledigen sollte, ehe der Pastor ihn findet. Vielleicht redet ihm jemand ein, er stamme von einem Mörder und sei schuld an ihren unseligen Niederkünften. Sie hat doch gesehen, wie düster der Pastor derzeit ist, und Gott gnade ihr, wenn er bei ihr etwas findet, das mit Zauberei zu tun hat.

»Dann ist er selber ein Zauberer, wenn er an Zauberei glaubt«, sagt sie und zwinkert erschrocken mit den Augen, als ob sie ihren Gatten damit restlos entlarvt hätte. Ja, und das hat sie vielleicht, ohne das zu wissen. Jedenfalls muß ihr eine Ahnung von der düsteren Angst gekommen sein, die sich hinter dem Haß des Pastors auf jegliche Magie verbirgt.

»Weißt du noch, die erste Niederkunft«, sagt sie, »wie er sich gegen alle mögliche Hexenkunst schützen wollte? Nachdem die Geburtshelferinnen ins Haus gekommen waren, hat er ihre Beutel geleert, um sich zu vergewissern, daß sie nichts bei sich hatten, was das Kind verhexen könnte. Als die Wehen einsetzten, war er sich seiner Sache so sicher, daß er schon Dankeschoräle anstimmte, obwohl alle sagten, es würde eine schwere Geburt werden. Nicht einmal meine Schreie waren schlimm genug, um sein Mitleid zu erwecken. Als ich am schlimmsten zu leiden hatte, schlug er sich auf die Brust und sagte, solche Geburtsschreie seien eine lebhafte Musik für einen Gatten, der so lange kinderlos gewesen sei. Und er wollte dafür sorgen, daß in diesem Haus jedes Jahr solches Geschrei erklingen würde, sagte er, als er mir auf den Gebärstuhl half, der übrigens ein Stuhl war, der kleine Knaben lieber sah. Nein, ich trage ihm das nicht nach, wenn ich mir das richtig überlege. Die Zeit hatte sich ja einfach nur bewegt und mich in die Mitte des Lebens geschoben. Endlich fand meine Hinrichtung statt, und er stand draußen und war taub für mein Schreien.«

Ihr Bruder ist zu Besuch gekommen und will auf unbestimmte Zeit bleiben. Er hat das Kommando über eines der Schiffe, die der König jedes Jahr ins Eismeer auf Jagd schickt. Diesmal scheint die Expedition von allerlei Ungemach verfolgt gewesen zu sein, und nur mit Mühe und Not konnte er sich retten, ehe der Winter hereinbrach und das Schiff im Eis einschloß.

Vielleicht scheut er davor zurück, ohne Schiff und Beute in die Stadt des Königs zurückzukehren, vielleicht ist es ihm auch egal, es ist schwer zu sagen, was sich hinter einer dermaßen aufgeblasenen Maske wie der seinen verbirgt. Seine Gesichtszüge sind nicht allein wegen seines ganzen Fettes so undeutlich, sie schwelgen auch in einem Übermut, der schlecht zu seinem Versagen zu passen scheint.

Trotz seines elenden Jagdglückes hat er seiner Schwester ein prachtvolles Geschenk mitgebracht. Ich war dabei, als er es überreichte, und ich muß schon zugeben, daß ich große Augen gemacht habe. Erst später habe ich mich gefragt, ob nicht auch die Gier ihre Lebensart hat, die nur ganz anders in Erscheinung tritt als die Freigebigkeit.

Ich weiß nicht, aber vielleicht mußte er irgendwo ein paar Bündel Robbenfell verstecken, da die Jagdbeute so mager war, daß unmöglich alle Teilnehmer ihren Anteil bekommen konnten. Und dann kam ihm der Gedanke, seiner Schwester eine mit Pelz gefütterte Bettdecke zu verehren, wo sie doch soviel zu Bett liegen muß und von so schlechter Gesundheit ist.

Das besonders Kostbare an dieser Decke fiel uns erst auf, als es uns genauer erklärt wurde. Sie war nämlich aus den Fellen von ungeborenen Seehundsjungen hergestellt, die aus dem Mutterleib herausgeschnitten worden waren, ehe ihr Fell steif und grob und stechend geworden war. Oft mußte man ein halbes Dutzend trächtige Robbenweibchen aufschlitzen, um ein brauchbares Fell zu finden, und das erheischte große Robbenvorkommen und führte zu einem beträchtlichen Schwund an Weibchen. Das erzählte er natürlich nicht, um sie unwohl werden zu lassen, sondern nur, um ihr den Wert seines Geschenkes verständlich zu machen. Vielleicht war es nicht so klug von ihm, einer Schwangeren solche Jagdgeheimnisse zu verraten. Ich weiß nicht recht, was ich von diesem Mann und seiner seltenen Fähigkeit halten soll, die Leute an ihrem empfindlichsten Punkt zu treffen.

Dem Pastor gegenüber hat er wieder seinen Umgangston aus der Zeit vor der Hochzeit angenommen, diesen groben scherzenden Ton, der Herzlichkeit zum Verwechseln ähnelt. Es ist fast unglaublich, wie der Pastor einschrumpft und unter den Seidenhandschuhen seines Schwagers zu nichts wird. Ja, und damit nicht genug, er wird plump und lächerlich und benimmt sich einfach wie ein Narr. Ich kann sehen, wie er hinter seinem flammenden Gesicht immer wieder vor Zorn bebt, während er sich mit aller Macht darum bemüht, das Wohlwollen des jungen Grafen zu erzielen.

Gestern, als sie aus der Kirche zurückkamen, machten sie sich über den Gesang der Gemeinde lustig. Nun gebe ich zwar als erste zu, daß der Gesang ausgesprochen erbärmlich ist. Vor der Zeit des Pastors war es überhaupt nicht üblich, daß die Gemeinde in der Kirche den Mund aufmachte, sie saß nur da wie das stumme Vieh, und allen fielen vor lauter Untätigkeit die Augen zu. Es ist Herrn Peders Verdienst, daß die Predigt um die Hälfte verkürzt worden ist, und daß die unbegreiflichsten Wörter und Redensarten vom klaren Sprachgebrauch der Choräle abgelöst worden sind.

Die Gemeinde hat das Singen einfach noch nicht gelernt, oder vielleicht kann sie auch nicht zwischen Kuhrufen und gottesfürchtigem Gesang unterscheiden. Aber ich weiß, daß dem Pastor ihr Gesang sehr am Herzen liegt, und er hat niemals seinen Gemeindekindern zu verstehen gegeben, daß ihre Stimmen etwas anderes seien als himmlisch. Ganz im Gegenteil hat er ihren Gesang immer für schön und Gott wohlgefällig gehalten, denn er ist der Tiefe der Volksseele entsprungen.

Deshalb finde ich es entsetzlich, wenn er da hinter seinem Bierhumpen sitzt und sich über etwas lustig macht, das ihm so vertraut und lieb ist wie sein eigenes Fleisch und Blut. Sein großes glänzendes Gesicht wird ausdruckslos und sieht aus wie eine der Totenmasken, die in Büchern abgebildet sind, wo das Fleisch erst vor kurzem seine Herrschaft aufgegeben hat und die Seele die Gelegenheit ergriff, durch den Mund zu entweichen. Nicht, daß sein

Gesicht sich so sehr von der Miene der Bauern sonntags in der Kirche unterschiede. Sein Gesang ist auch nicht viel anders als der, den die Gemeinde beim Gottesdienst von sich gibt. Der wahre Unterschied liegt in der Nachahmung. Durch seine Versuche, sein Herz zum Narren zu halten, macht sich der Pastor gewissermaßen einer gemeinen und schamlosen Handlung schuldig.

Vielleicht trinkt er deshalb auch so heftig, um sein Gewissen zu betäuben, schließlich begeht er ein Sakrileg. Er sitzt da und macht sich über alles mögliche lustig, hat dem Grafen einen Arm um den Hals geschlungen, und nur der eine oder andere Blick verrät, daß sie nicht gerade Busenfreunde sind. Bei jeder Strophe, die Herr Peder zu Ende singt, versetzt der Graf ihm einen Stoß in den Rücken, so daß das Bier nur so aus dem Humpen schwappt und sich schäumend über das gute Frieswams ergießt. Bald wird er so ungepflegt und abgerissen aussehen wie sein Schwager, aber bisher riecht er wenigstens noch gesünder als er.

Seit ich den Pastor kenne, ist er hier in der Gemeinde ein Vorkämpfer für Reinlichkeit. Jeden Morgen nach dem Aufstehen tritt er vor die Küchentür und gießt sich einen Eimer Wasser über den Kopf, und danach legt er seine Felldecke auf den Ameisenhügel und durchkämmt Haare und Bart nach Ungeziefer. Als er mich vor elf Jahren in jener entsetzlichen Blutnacht in sein Haus gebracht hat, ließ er in der Rauchstube sofort ein Feuer machen, und seine erste Gattin wurde geweckt und zum Waschzuber gerufen, um mich sauber zu schrubben. Ich hatte nach den Hieben und Schlägen der Bauern so viele Wunden am Körper, daß sich die Seifenlauge hellrot färbte – oder vielleicht lag es auch daran, daß ich versuchte, mich vor diesem drohenden Schaum zu wehren, und die alte Frau bis aufs Blut biß, während sie sich um mich kümmerte.

Es ist seltsam, wie die Anwesenheit des Grafen unseren Blick schärft und in unseren schlummernden Herzen frische Vorstellungen erweckt. Damit meine ich nicht, daß er eine solche Wirkung beabsichtigte. Er ist einfach als ein Fremdkörper in unsere Welt getreten, der uns reizt und uns empfindsamer macht. Zum Beispiel wußte ich nicht, wie fromm und seelenvoll der Gesang in der Kirche war, ehe der Graf den Pastor dazu gebracht hatte, ihn durch seine Nachahmerei zu beschämen. Ich hatte auch vergessen, wie mild und gütig die erste Herrin gewesen war, ehe sie zu Spott und Hohn für einen Außenstehenden aus unserem Vergessen gerissen wurde.

Im Grunde sollte es doch nicht neu und unerhört sein, daß ein junger Pastor die Witwe seines Vorgängers heiratet. Aber durch das Dazwischentreten des Grafen wird es in höchstem Grade unerhört und neu. Er zeigt eine unglaubliche Neugier, wenn es um die erste Gattin des Pastors geht, und er will seinen eigenen Ohren nicht trauen, wenn er hört, daß sie über dreißig Jahre älter war als er. Was alle anderen für gut und selbstverständlich halten, wirkt in den Augen des Grafen nur noch verderbt.

Immer wieder macht er Andeutungen über diese ungleiche Partie, und ich habe ihn den Pastor fragen hören, wie so ein Mundvoll ranziges Fleisch denn für einen jungen, saftigen Burschen schmecken mag. Es hilft nichts, wenn der Pastor die Arme ausbreitet und schwört, seine erste Gattin niemals auf diese Weise gekannt zu haben. Immer wieder kann unser Gast diese Proteste so verzerren, daß sie etwas Grobes und Unziemliches zu bedeuten scheinen.

Wenn es dem Grafen gelungen ist, Herrn Peder zu beschämen, legt er ihm vertraulich den Arm um die Schultern und erzählt allerlei über seine Fahrten mit den Kriegsschiffen des Königs. Zum Henker, man habe nun mal diese dringenden Triebe im Leibe, und wenn eine Stadt genommen und die Mauern erstürmt seien, dann sei die Jagd auf Frauen eine willkommene Zerstreuung. Ein verängstigtes Mädchen durch eine geplünderte Stadt zu jagen, sei wie die Verfolgung eines gehetzten Rehs bei einer Treibjagd, wenn es aus dem Dickicht getrieben und auf allen Seiten von Jägern umzingelt ist. Vor allem erregend sei es, unter die Röcke einer ehrsamen Jungfrau zu kommen, die seit ihrer Kindheit in ihrem Käfig gehalten worden sei, um für den Allereinzigen gemästet zu werden. Gott sei Dank, man habe beim Gastmahl des Lebens tüchtig zugelangt und sich an den dampfenden Gerichten bedient. Aber alte Frauen habe er immer verschont, das müsse man ihm schon lassen. Sobald eine Frau das Kap der Dreißig überschritten habe, wirke sie auf ihn wie ein schlechter Geruch. Pfui Spinne, ihm werde ganz schlecht beim Gedanken an all die Eier, die sie schon gelegt hatte, seit sie heiratsfähig geworden war.

Man braucht dem Grafen nicht lange zuzuhören, um zu begreifen, daß es ihm mit der Leidenschaft geht wie mit seinem Magen. Er besitzt die Art des Vielfraßes, das Leben zu verschlingen – einen Hunger, der vor dem ausgiebigen Rülpsen und dem schweren, lärmenden Schlaf im Alkoven gestillt werden muß. Um ihm zu Diensten zu sein, holt der Pastor jetzt abends die Mägde aus der Küche, und sie sollen ihm zur Hand gehen. Sie sind so schüchtern, daß sie kaum wagen, mit dem Nagel des kleinen Fingers an die Tür zu tippen, und wenn der Pastor sie ruft, treten sie vorsichtig über die Schwelle und fragen treuherzig, womit sie den Herren dienen können.

Bei dieser Frage verfällt der Graf in ein grobes Gelächter, und er ruft nach mehr Bier und frischerer Kost und versetzt dem Pastor Rippenstöße und fragt, ob in diesem Haus denn niemals junge Lämmer geschlachtet würden. Wenn dann eine der jungen Mägde wahrheitsgemäß antwortet, daß wir uns mit Dörrfleisch behelfen, dann lacht der Fremde noch lauter und stößt den Pastor auf eine Weise an, die diese Antwort zu einem köstlichen Witz werden läßt.

Ich kann nicht verstehen, warum Herr Peder von diesem vielen Lärm so peinlich berührt wirkt. Dieser Umgangston herrscht doch überall in der Gemeinde, und wenn seine Amtsbrüder aus anderen Gemeinden zu Besuch kommen, dann fehlt es wahrlich nicht an derben Späßen.

Aber der Pastor hat seine Begriffe von Schicklichkeit, die dem Zeitgeist vielleicht widersprechen. Seit ich überhaupt über diese Dinge etwas weiß, ist niemals eine Magd fortgeschickt worden, weil sie schwanger war, und keiner ist ein Ehemann aufgezwungen worden, den sie nicht haben wollte. Herr Peder hat sein Gesinde immer schon sorgfältig ausgesucht, und die Jungfrauen in der Küche sind die schamhaftesten und prächtigsten in meilenweitem Umkreis. Wenn der Graf sie als die jungen Lämmer des Pastors bezeichnet, dann weiß er sicher, wovon er redet, und immer wieder zeigt er mit lüsternem Finger auf sie und macht ihnen in einer Sprache den Hof, die sie zum Glück nicht verstehen. Aber der Pastor erträgt es nicht, wenn sein Gast zudringlich wird, und mehr als einmal habe ich ihn auffahren und dem Grafen eins auf die Finger geben sehen, wenn der eine Magd in die Brust kneifen wollte.

Ich meinerseits finde, er sollte die Mädchen in der Küche bleiben lassen, wenn ihm ihre Tugend so wichtig ist. Aber der Pastor befindet sich in keiner klaren, eindeutigen Lage, das ist deutlich zu merken. Seinen Gesten und seinem verlegenen Mienenspiel ist leicht anzusehen, daß er sich dem Grafen fügt und daß die Machtverhältnisse zwischen ihnen ein für allemal festgelegt sind. Einen kleinen Klaps auf die Finger kann der Graf immer hinnehmen, aber er antwortet dann mit einem Stoß von ganz anderem Kaliber.

Da er sich nicht an den Mägden des Hauses gütlich tun darf, beugt der Graf sich zu Herrn Peder hinüber und fragt, ob er noch weiß, wie er zum ersten Mal lockere Finger hatte. Das muß zu den allerpeinlichsten Erinnerungen des Pastors gehören, denn er bietet einen bemitleidenswerten Anblick, wenn dieses Thema zur Sprache kommt. Der wahre und volle Sachverhalt ist schwer zu durchschauen, einerseits aufgrund der fremden Sprache des Grafen, und andererseits wegen seiner Lachanfälle und seiner zweideutigen Reden. Aber immerhin weiß ich, daß es um die Hochzeitsnacht des Pastors vor vier Jahren geht und daß ihm in dieser Nacht irgend jemand einen Streich gespielt hat, der zu grob war, um in klaren Worten zur Sprache gebracht zu werden.

Nun war ich bei der Hochzeit doch selber als Zofe der jungen Herrin dabei und durfte an der ganzen Aufregung teilnehmen, die ausbrach, als wir das junge Paar in die Brautkammer einsperrten und am nächsten Morgen wieder herausließen. Bei solchen Gelegenheiten fehlt es ja nie an Scherzen und Gelächter, und deshalb konnte ich nicht sofort begreifen, daß hier etwas nicht stimmte. Ich weiß noch, daß der Bräutigam am zweiten und am dritten Tag unwirsch aussah, aber ich habe gehört, daß es nicht immer so leicht für einen starken, feurigen Mann ist, wenn ihm ein Kind als Braut ausgeliefert wird.

Ich fand auch, daß der Pastor in anderer Hinsicht zum

Narren gehalten wurde, und daß er gezwungen wurde, eine Rolle zu spielen, die tief unter seiner Würde lag. Aber zwischen den Ständen klafft nun einmal ein gewaltiger Abgrund, und dem Pastorenstand wird wohl die tiefste Geringschätzung entgegengebracht.

Die meisten protestantischen Pastoren sind ja auch halbstudierte Schelme, die sich mit Hilfe ihrer körperlichen Fähigkeiten ein Amt erschlichen haben. Wenn einer Gemeinde der Hirte fehlt, müssen oft zwei Pastoren um die Wette predigen, und wer die ausladendsten Gesten und die schallendste Stimme aufweisen kann, wird vorgezogen. Es kommt selten vor, daß ein Pastor so viel gelesen und studiert hat wie Herr Peder. Aber das hilft seinem Ruhm nicht weiter, solange andere Vorzüge zählen.

Ich habe Pastoren gesehen, die wirklich närrisch waren und ohne Probleme die Rolle des Possenreißers Gottes hätten spielen können. Bei Herrn Peder ist das anders, er ist gewissermaßen zu stark und zu schwach zugleich. Während der Hochzeit habe ich die gräfliche Familie darüber klagen hören, daß das Schloß keinen Zwerg mehr hatte, der die Gesellschaft mit seinen tiefsinnigen Possen unterhalten konnte. Ich weiß nicht, ob irgend jemandem aufgefallen ist, daß diese Rolle nun dem Pastor zugeteilt worden war. Die ausgelassenen Gäste achteten vor allem auf sein Außeres und fanden seine Gebärden vielleicht zu kraftvoll, um darüber zu lachen. Aber seinen Geist bemerkten nur die wenigsten, denn der paßte sein Licht seiner Umgebung an und flackerte wie ein Talglicht in zu starkem Wind.

Vielleicht war ich die einzige, die begriff, wie der Pastor den Umgangston des Schlosses übernahm und ihn in seiner ganzen verlorenen Pracht sichtbar machte. Scheinbar hielt die Gesellschaft den Pastor zum Narren, und vermutlich kam es ihm auch selber so vor. Aber seine Fähigkeit, Widerschein zu werfen, war ziemlich erschrekkend, und ich glaube doch, daß die eine oder andere scharfsinnige Seele das Fest in dem Gefühl verließ, sich bloßgestellt zu haben.

Ich glaube, es muß diese Fähigkeit sein, die den Pastor so undurchschaubar macht, immer in Verwandlung begriffen, niemals zu einem festen Charakter erstarrt. Er scheint fähig zu sein, alle düsteren und lichten Eigenschaften der Welt auf sich zu nehmen und sie nicht zu bemerken, bis sie eines Tages von außen her bestrahlt werden und sichtbar werden. Er ist wie ein großes Instrument mit vielen Saiten, das an sich nichts darstellt, aber unter dem Kennergriff eines anderen kann es starken Klang erbringen.

Deshalb beunruhigt es mich, daß der Graf ein so durchtriebener Spielmann ist, der die Griffe kennt und verführerisch auf seinen Saiten herumklimpern kann. Es ist ein Abhängigkeitsverhältnis, über das ich mir immer wieder den Kopf zerbreche, bei dem aber zweifellos der Graf im Vorteil ist. Das meine ich, wenn ich sage, daß die Machtverhältnisse zwischen beiden ein für allemal verteilt sind. Was nützt es dem Pastor, einen tiefen, vollen Klangboden zu haben, wenn er den einem solchen leeren Schalk wie dem Grafen gegenüber erklingen lassen muß?

Manchmal, wenn der Herrin und mir die Gesprächsthemen ausgehen, streiten wir uns, welches Land das bessere ist, das Berg- und Waldland meiner Kindheit oder das Flachland ihrer Jugend.

Es ist eine vollständig unmögliche Diskussion, denn wo in aller Welt sollte es einen Beweis dafür geben, daß ein Land besser ist als ein anderes? Das einzige, woran wir uns halten können, sind unsere Erinnerung und unsere schöpferische Phantasie, oder sollte ich wagen, von unserer inneren Landschaft zu reden?

Wenn wir es schaffen, uns zu erinnern, dann steigt die tote Natur aus unserer Einbildung und nimmt Leben an, und unsere Stimmen wogen an Höhenzügen und Hängen auf und ab und geben dem Formlosen Form und dem Farblosen Farbe. Im tiefsten Herzen wissen wir wohl beide, daß wir unsere eigenen Herzensangelegenheiten vertreten, und daß diese Welt öde und kalt ist, bis wir ihr Leben eingehaucht haben.

Ich selber habe den Vorteil, daß ich auf der Landstraße geboren bin und die Welt mir als meine wahre Heimat erscheint. Ich habe am Straßengraben gelegen und den Sternenhimmel von so tief unten gesehen, wie das überhaupt nur möglich ist. Aber das Seltsame ist, daß es in meiner Erinnerung genau umgekehrt wirkt, als sei der Straßengraben der höchste Aussichtspunkt der Welt und als habe ich über seinen Rand in die fernen und unfaßbaren Tiefen des Luftraumes geblickt. Das ist vielleicht eine veraltete Sichtweise, jetzt, ein halbes Jahrhundert nachdem die Welt ihre Position als Mittelpunkt des Universums eingebüßt hat. Aber vielleicht war ja auch Kopernikus an ein System gebunden, in dem seine eigene Verwunderung den Mittelpunkt bildete und in dem das Welträtsel von diesem Punkt aus strahlte wie der Sternenhimmel über unsere armselige Erde.

Ich begreife nicht, wie das Denken der Menschen jemals darüber hinauskommen soll, sich selber als Mittelpunkt zu sehen, wenn es die Welt in Geist und Wahrheit erleben will und nicht nur als bleiches Hirngespinst. Wenn ich das sage, dann mit nicht ganz reinem Gewissen, denn ich weiß, daß ich Kräfte unterstütze, die den Lauf der Welt anhalten und die Menschen im Unwissen halten möchten.

Aber ich frage mich, ob nicht alle großen Wahrheiten zu diesem Punkt des Verschwindens zurückverfolgt werden können, als ein Same seine zarten Wurzeln in einen geheimen Boden steckte. Ich weiß noch, daß der Pastor einmal über mich gelacht hat, als ich sagte, ich selber sei die Welt. Aber gleich darauf schob er den Federkiel ins Horn, daß die Tinte nur so spritzte, und wollte wissen, was die Welt dann für ihn und alle anderen Sterblichen sei.

Ich antwortete ihm, daß für Herrn Peder die Welt zweifellos Herrn Pedersch sei, und daß sie für alle anderen Sterblichen wohl vor allem sterblich sein müsse. Er blickte mich einen Moment lang von der Seite her an, dann hob er plötzlich die Hände über den Kopf und fragte, ob ich mich so sehr nach dem Scheiterhaufen sehne. »Hüte dich davor, diese Welt zu weit oder zu eng zu machen«, sagte er. »Sich selber zu Gott zu erhöhen ist eine ebenso verwerfliche Tat, wie das eigene Denken aus dem Himmelsraum hereinzuholen und zu erklären, es habe dort draußen keinen Gott gesehen.«

Es ist übrigens immer schon ein munterer Sport gewesen, mit dem Pastor zu disputieren. Selbst wenn er die Stirn runzelt und mit dem Zeigefinger droht, hat sein Mienenspiel etwas Lebhaftes, das zeigt, daß er auf mein Denken eingeht. Anderer Meinung zu sein als die Herrin, ist da schon etwas ganz anderes. Aufgrund ihrer hohen Geburt betrachtet sie die Fügungen des Lebens von oben, und ihre Welt ist ein winziges Gewimmel, das sie durch die Fensterchen eines Schloßturms sieht. Bei unseren Diskussionen hat sie außerdem die gesamte Tradition auf ihrer Seite, vor allem, wenn es um die Natur geht. »Wer hätte denn je einen Wald gemalt«, sagt sie höhnisch und hält das wohl für einen ausreichenden Beweis dafür, daß der Wald häßlich ist.

Ich antworte ihr, daß die Menschen des Waldes noch so nahe an der Natur leben, daß sie keine Möglichkeit haben, ihn als Motiv zu sehen. Aber es wird eine Zeit kommen, in der sie ihren Naturzustand verlassen und den Wald aus weiterer Entfernung sehen werden müssen.

Wenn ich ihr erkläre, daß es dasselbe bedeutet wie Heimweh zu haben, wenn man die Dinge aus weiterer Entfernung sieht, dann nickt sie langsam und versteht plötzlich, was ich meine. Ich weiß nicht, was sie über mich und mein Heimweh denkt, aber im Grunde bin ich so wenig ein Naturkind wie sie. Beide sind wir aus der Wirklichkeit herausgerissen worden, die unsere war, und in einen Boden eingepflanzt, der unseren Wurzeln fremd erscheint. Ich glaube, sie sehnt sich noch inniger nach ihren Ursprüngen zurück als ich, ihr fehlen nur die Worte, mit denen sie ihre Erinnerungen liebkosen könnte.

Deshalb blättert sie immer wieder in ihren Almanachen, wo Maler aus ihrem Tiefland die Monate des Jahres dargestellt haben. Diese Bücher hat sie in ihrer Brautausstattung mit hierhergebracht, und es sind zum Teil kostbare Werke, die ihr Vater, der Graf, direkt bei den großen Malern unserer Zeit bestellt hat. Hier entfaltet sich die Landschaft ihres Herzens bis ins Letzte, und sie fährt mit der Hand über deren fruchtlose Anmut wie über ihre toten Kinder.

Mir ist aufgefallen, daß sie vor allem die Winterlandschaften liebt, diese fröstelnden Dörfer aus Vogelperspektive, gewissermaßen eine Art Volksdarstellung in Miniatur. Hier kommen erschöpfte Jäger gesenkten Kopfes mit ihrer Hundemeute von der Jagd, mitten in einem Bach sind ihre Bewegungen erstarrt, während Kinder und unschuldsvolle Seelen sich auf Schlittschuhen tummeln. Im dunklen Licht des Sonnenuntergangs steht ein Bauer und schneidet Pappelzweige, emsige Hausfrauen backen ihre Kuchen draußen über offenem Feuer, und auf einem Hügel in der Ferne sind Galgen und Kirchturm zu sehen. Und über Gutem wie Bösem wölbt sich die Himmelskuppel, auf der einen Seite eisblau, auf der anderen hellrot.

Aber ehe ihre Betrachtungen gar zu überzeugt ausfallen, kann ich mich nicht beherrschen, sondern muß sie mit der Bemerkung verletzen, daß mir ihr Land zu nackt vorkommt. Wie gut würde sich doch ein wenig Schnee auf den Bäumen machen, die ihre schwarzen Zweige spreizen und seltsame Schriftzeichen in den Himmel ritzen. Sogar der Vogel in seinem Federkleid fröstelt doch auf seinem Ast und kriecht angesichts der Strenge der Natur in sich zusammen. Schnee, sage ich, Schnee ist doch die große Daunendecke des Winters, die sich weich und barmherzig über die Erdrinde legt und alle Wunden und Schrammen verbirgt.

Aber wenn ich den Schnee preise, dann schnaubt sie nur und sagt, sie habe dessen betrügerischen Anblick rasch satt. Er mache die Welt doch zu einer weißen Wüste, in der alle Umrisse verschwinden, wo es keinen Unterschied mehr zwischen Stein und Busch gibt. Eine schneebedeckte Landschaft ist in ihren Augen eine zweifelhafte Landschaft, in der die Dinge ihre Merkmale und Kennzeichen verloren und aufgehört haben zu existieren.

Ich weiß, daß es hart für sie war, die weißen Winter hierzulande durchzustehen. Zu Ostern war ihre Wehmut so schwer, daß sie wie ein Schatten über mein eigenes Gemüt zu fallen schien. Und wenn der Frühling mit seinen reißenden Verwandlungen kommt, dann ist auch das zu gewaltig für sie. Sie ist daran gewöhnt, daß Natur und Menschen sich langsam aus dem Griff des Winters befreien, daß der Winter mit dem Frühling und der Frühling mit dem Sommer schwanger geht.

Vielleicht ist ihre Landschaft menschlicher als meine, und vielleicht ist ihr Blick irdischer, denn er kommt von oben und sucht die tiefliegenden Stellen. Während mein Blick himmlisch wird, weil er von der Erde kommt und über das Irdische hinauswill.

Heute früh, sowie Herr Peder und der Graf auf die Jagd gegangen waren, habe ich Hanna Mann geholt, damit sie die Herrin untersuchen konnte.

Ich wollte mich nicht aufdrängen, und deshalb brachte ich meine Schreiberinnenarbeit an und wollte mich zurückziehen, als ich mein Begehr vorgebracht hatte. Aber da rief die Herrin, ich dürfe sie nicht verlassen, und in ihrer Stimme lag solche Angst, daß ich ganz ratlos wurde. Ich hatte nicht mit dem düsteren Grauen gerechnet, das immer in den Fußspuren einer weisen Frau folgt – mit diesem uralten und schwarzen Grauen, das sich zusammen mit ihr ins Haus schleicht und ihr gewissermaßen schon zuvorkommt.

Als ich in der Tür stand, ohne mich entscheiden zu können, ob ich gehen oder bleiben wollte, schien die alte Frau mich zu sich zu winken. In Wirklichkeit war es eine ganz kleine, unklare Geste, aber in meinem gespannten Zustand wirkte sie wie ein dringender Befehl.

Nun bin ich ja an die klaren Befehle des Pastors gewöhnt, und deshalb hätte ich mir ein deutliches Wort gewünscht. Aber die alte Frau ließ mich die Schnüre ihres Kräuterbeutels aufbinden, ohne mich auch nur eines Blikkes zu würdigen. Sie schien auch nicht auf die Herrin zu achten, die zusammengekrümmt am Kopfende ihres Bettes saß und die Alte aus brennenden Augen anstarrte.

Während die Alte ihre Aufgabe verrichtete, wagte ich langsam näherzutreten, und ich beobachtete jeden Handgriff von ihr. Für einen Kräuterbeutel enthielt ihr Bündel überraschend wenige Kräuter, sondern eher Hilfsmittel, die wir im Sack eines Scharfrichters erwartet hätten. Es waren so blanke Messer und Zangen, daß es mir beim Gedanken an ihre Verwendung kalt den Rücken hinunterlief. Sie als Heilmittel zu bezeichnen, war nur möglich, wenn man den Tod als einzige Arznei für die Gebrechen des Menschen ansah.

Plötzlich kam mir der Gedanke, daß die Gerüchte zutreffen mußten, die im Dorf über ihre Tätigkeit umliefen. Ich hatte gehört, sie lehne sich gegen die natürliche Ordnung auf und erlöse Gebärende mit finstersten Zauberkünsten. In zwei Fällen, hieß es, hatte sie den natürlichen Geburtsweg für zu eng für einen Kinderkopf befunden und den Bauch der Frau aufgeschnitten, um das Kind lebend daraus zu retten. In beiden Fällen war die Frau nach dem Eingriff gestorben. Aber Todesfälle bei Geburten waren so alltäglich und die Erde so stumm über die Todesursache, daß niemand mit Sicherheit sagen konnte, ob diese Gerüchte zutrafen. Und die Witwer hätten doch Toren sein müssen, wenn sie sich beklagt hätten, wo sie ihr Kind behalten hatten und ihre Sippe nun mit einer neuen, unbenutzten Ehefrau weiterführen konnten.

Als Hanna Mann die Herrin untersucht und sich die Maße ihres Beckens notiert hatte, fing sie an, sie in auffällig strengem Tonfall zu befragen. Vor allem wollte sie wissen, ob die Herrin diesen Schritt freiwillig getan habe oder ob sie von irgendeiner Seite her unter Druck gesetzt worden sei. Der Eingriff, der vorgenommen werden mußte, war sehr schwerwiegend, und die Hoffnung zu überleben so winzig, daß man wohl sagen konnte, daß hier ein Leben für das andere geopfert werden mußte.

Sie selber, sagte sie, stelle das Leben der Mutter höher als das des Kindes, obwohl sie wisse, daß das eine ketzerische Einstellung sei. Aber dennoch erlaube sie sich diese Ansicht, und niemals werde sie ihre Hände überhaupt mit Blut beflecken, um die Leiden einer Geschlechtsgenossin zu verkürzen.

Sie bat die Herrin, daran zu denken, daß sie schon zwei schwere Geburten überlebt hatte, was bei ihren schmalen Hüften wirklich schon als Wunder gelten mußte. Wenn sie sich vor dem langen Leiden fürchtete, dann war das nur zu verständlich. Aber auch eine schlichte Geburtshelferin hatte ihre Moral, und die besagte, daß das Leben gegen den Tod abgewägt werden müsse. Ob das nun gut oder böse war, es war ihre Pflicht, für und wider abzuwägen und das lange Leiden des Lebens gegen den kurzen, befreienden Schmerz des Todes aufzurechnen. Auch das waren ketzerische Gedanken, aber wer sich der ewigen Seligkeit und der Höllenqualen nicht bewußt war, mußte sich den Bedingungen dieser Welt fügen.

Sie habe ihre Instrumente mitgebracht, sagte sie, damit die Herrin sich eine Vorstellung von dem machen konnte, was ihr bevorstand. Der bloße Anblick jagte den meisten schon Angst ein, während andere um Gnade flehten, wenn sie nur einen Tropfen Blut hergeben sollten. Deshalb mußte sie der Herrin kurz in den Arm schneiden, nicht nur, um die Beschaffenheit ihres Blutes zu untersuchen, sondern auch, um zu sehen, wie ihr Körper auf Schmerz reagierte.

Ich sah, wie die Herrin nickte und ihren Arm ausstreckte, und ich mußte daran denken, mit welcher Willenskraft sie abends die Hand über den Leuchter hielt, ehe ich ihr den entreißen konnte. Ob sie in solchen Momenten an die Verdammnis dachte und feststellen wollte, wie lange sie das ewige Feuer würde ertragen können? Oder wollte sie sich die irdischen Schmerzen in frische Erinnerung rufen, dieses befristete Feuer, das unseren Körper quält, das aber vergessen ist, sobald wir ihm entkommen sind?

Ich muß zugeben, daß ich mich oft über den Mut der Herrin gewundert habe, darüber, wie wahrheitsliebend sie ihrem Körper gegenüber ist, und wie tapfer sie aushält. Ich glaube, sie gehört zu den Menschen, denen die Folter nichts anhaben kann, weil sie sich dem Schmerz hingeben und ihm ihre ganze Seele ausliefern. Aber es ist nicht immer so leicht, aus ihr schlau zu werden, denn ihre Gefühle können manchmal so stark sein, daß sie in Hohn und Gleichgültigkeit umschlagen. Als der Pastor uns eines Abends aus einem Buch über die großen Märtyrer vorgelesen hat, klagte sie, weil das Buch so alt war, daß sie der Staub in der Nase kitzelte. Auf die Vorwürfe des Pastors, sie habe wohl kein Herz im Leib, fragte sie heftig, was sie denn mit einem solchen Herzen anfangen solle, wenn es doch zu spät sei, sich anzubieten, anstelle dieser Unglücklichen in den Tod zu gehen.

Die Herrin scheint viel über stellvertretendes Leiden nachgedacht zu haben und es für den einzigen überzeugenden Beweis für unser Mitleid zu halten. Wenn sie so ungern vor dem Gekreuzigten kniet, dann liegt es sicher nicht daran, daß sie an Seinem Tod zweifelt und nicht daran glaubt, daß Er sich in unsere menschliche Lage hineinversetzen kann. Sie fühlt sich wohl eher von Seinem Opfer in den Staub gedrückt und will nicht hinnehmen, daß Er um unserer Schuld willen sterben mußte.

»Er hätte ein bißchen mehr an uns Überlebende denken können«, sagt sie traurig. »Er hätte wissen müssen, was es für ein Gefühl ist, das eigene Leben und die Erlösung dem Tod eines anderen zu verdanken.«

Ich weiß nicht, wie solche Gedanken zu den Verhandlungen passen können, die sie mit Hanna Mann führt, aber vielleicht ist das ja gerade ihr Problem. Heute morgen, als wir wieder allein waren, schien sie eine tiefe Unruhe zu überkommen, und sie bat mich, mich an ihr Bett zu setzen. Als sie eine Weile mit der Hand ihre neue Bettdecke gestreichelt hatte, fragte sie mich, was ich meinte, und ob ich nicht auch fände, daß die Decke einen schweren, ekelhaften Geruch ausströme.

Als ich schwieg, bat sie mich, mir die vielen Hunderte von Tieren vorzustellen, die mit aufgeschlitzten Bäuchen da oben im Eis lagen – nicht, damit ihr Junges überleben könnte, nein, nicht einmal das, sondern weil die Ungeborenen ihrerseits als Opfertiere dienen sollten. Und ob ich überhaupt wüßte, daß nur der Rücken der kleinen Robben als vollwertiges Fell galt, und daß Köpfe und Pfoten im blutbefleckten Schnee liegenblieben? »Wie entsetzlich es sein muß, dort hinzukommen«, flüsterte sie. »Und was für ein irrwitziger Anblick für Leute, die vielleicht hier zufällig aus einem ganz anderen Grund an Land gegangen sind!«

Sie habe sich das vorher nicht überlegt, sagte sie, aber seit sie hier lag und dieses weiche Fell befühlte, schien in ihr etwas zu Eis zu erstarren. War es vielleicht kälter geworden, oder war es möglich, daß jemand unter einer Decke warmbleiben konnte, die aus so vielen Qualen zusammengesetzt worden war?

Im Laufe der Zeit erscheint das Pfarrhaus dem Grafen immer unerträglicher. Er bittet uns, daran zu denken, daß er an starke Erlebnisse gewöhnt ist und daß es für einen

Mann wie ihn eine Strafe bedeutet, in einem Bauernloch wie diesem festzusitzen. Es kann schlimm genug für einen Kriegersmann sein, eine Zeit des Friedens zu ertragen, aber dann darf man ihn nicht auch noch an einen Ort verbannen, wo er nicht einmal das Kreischen eines Schweines hören kann, das geschlachtet wird.

Nun hat er alle Weingläser des Pastors zerschlagen, und es ärgert ihn, daß das Haus so altmodisch ist, daß er sich nicht über die Fensterscheiben hermachen kann. Bei ihm zu Hause, sagt er, gehört es zur normalen Gastfreundschaft, daß man die Fenster der Gastgeber einschlägt, und der König selber hat sich zum Vorkämpfer dieses klirrenden Gesellschaftsspiels ernannt. Schon am ersten Abend zog der Graf seinen Dolch und stach Löcher in die Ochsenhäute, die die Fensteröffnungen in der Studierkammer verdecken – und kaum hatte der Pastor neue aufziehen lassen, da hingen sie schon wieder in Fetzen da. Nach dem brüllenden Gelächter des Grafen zu urteilen, ist das kein schlechter Zeitvertreib, er vergleicht es damit, einem Feind im Nahkampf die Bauchhaut aufzuschlitzen.

Aber auf die Dauer fehlt ihm das Klirren zersplitternden Glases, und abends, wenn er genügend bezecht ist, macht er sich auf die Jagd nach zerbrechlichen Dingen, die er in Stücke schlagen kann. Ich habe gehört, wie der Pastor ihm zugerufen hat, daß es im Zimmer der Herrin ein Glasfenster gebe, aber das scheint er offenbar nicht einschlagen zu wollen. Sein Blick wird fast nüchtern, wenn er vor dieses Kleinod tritt, das einst der Herrin als allerkostbarstes Stück in ihrer Brautausstattung in dieses Land gefolgt ist. Wenn die Sonne scheint, dann spielt sie überschwenglich in den Farbfeldern des Fensters und wirft rote, blaue und gelbe Lichtstreifen über die Bettdecke der Herrin.

Der Pastor hat mir erzählt, daß in ihrem Heimatland bunte Glasscheiben hoch im Kurs stehen und daß dieses hier ihren Vater, den Lehensgrafen, zusammen mit seiner Gemahlin und sieben Kindern darstellt, alle in langen Kitteln und mit vor der Brust zum Gebet gefalteten Händen. Ich habe die Symbolsprache dieses Bildes immer rätselhaft gefunden, und ich möchte die Herrin schon lange fragen, warum das siebte Kind allein in einer Ecke des Bildes steht und als einziges in Schwarz gekleidet ist, während alle anderen farbenfrohe Gewänder tragen.

Daß sie selber dieses siebte Kind ist, ist mir natürlich sofort aufgegangen, aber welcher Schatten auf ihrer Kindheit gelastet hat, habe ich erst heute begriffen, als der Graf über eine Stunde bei ihr verbracht hat. Wie immer wollte ich das Zimmer verlassen, sowie er in der Tür erschien. Aber ganz unerwartet trat er mir in den Weg und wollte mich nicht gehen lassen. Der Pastor habe ihm erzählt, sagte er, ich sei des Schreibens kundig, und gerade heute brauche er mich, um die Abmachung aufzuschreiben, die er mit seiner Schwester zu treffen hoffe.

Als ich mich zur Herrin umdrehte, um ihre Zustimmung einzuholen, breitete sie die Arme aus und sagte, ihr sei das gleich. Da sie und ihr Bruder davon überzeugt seien, daß sie im Kindbett sterben würde, seien sie sich im Grunde einig und könnten zu der Übereinstimmung kommen, die ihnen ihr Leben lang gefehlt habe. Was spiele es schon für eine Rolle, wenn die Wünsche des einen von anderer Beschaffenheit seien als die der anderen, wo sie doch in dem Moment zusammenfallen würden, wenn sie ihre Augen schlösse.

Es lief überhaupt alles friedlich ab, solange sie miteinander über ihren Besitz sprachen und alle Erbstücke aufzählten, die zu ihrer Brautausstattung gehörten. Erst als der Graf verlangte, sie solle sich noch einmal taufen lassen, leistete sie Widerstand.

Lange begriff ich nicht, wovon hier die Rede war, und ich konnte dem Wortwechsel, der sich nun zwischen ihnen entspann, nur mit Mühe folgen. Aber dann ging mir auf, daß die Herrin nach einem anderen Ritual als dem üblichen getauft worden war und daß der Bruder das für die Ursache des vielen Unglücks der Sippe hielt. Es verwunderte mich, daß er solches Gewicht auf eine religiöse Zeremonie legen konnte, wo er doch mit beiden Beinen so nachdrücklich in dieser Welt stand. Als sie nicht nachgeben wollte, bedrohte er sie und sagte, sie werde in ungeweihtem Boden verscharrt werden, wenn sie den Pastor nicht ihren bösen Geist vertreiben lassen wollte.

Zu meinem Entsetzen antwortete die Frau, das sei ihr gleichgültig, und von ihr aus sollten sie sie begraben, wo es ihnen gerade passe. Für sie reiche es aus, daß sie einmal im Namen des Vaters und des Sohnes und des Heiligen Geistes getauft worden sei. Wenn die Dreifaltigkeit die bösen Geister nicht vertreiben könne, dann könnten auch die Beschwörungen eines Pastors nichts ausrichten. Und was die ewige Ruhe anginge, so komme es ihr auf dem Galgenberg ebenso friedlich vor wie unter dem Kirchenboden. Immerhin brauche sie dann nicht mit den anderen Toten dort zu liegen und die Luft in Gottes Haus zu verpesten, so daß die Lebenden in ihren Bänken stünden und nur an Verwesung dächten.

Ich hörte, wie der Graf versuchte, sie zum Schweigen zu bringen und Achtung vor den Toten von ihr verlangte. Ihre irdischen Überreste seien unser einziges Pfand für die Unsterblichkeit, und der Balsam, den sie verbreiteten, solle uns daran gemahnen, daß sie uns in die ewigen Wohnstätten vorausgewandert seien. Er sei zwar ein hartgesottener

Bursche, der mit den Lebenden böse umspringen könnte. Gerne gäbe er zu, daß er oft blutdürstig sei und mit seiner Lanze schon manchen Unschuldigen aufgespießt habe. Aber den Toten gegenüber habe er sich immer ritterlich betragen, und noch nie habe er einen Feind niedergestochen, ohne sofort über der Leiche das Kreuzzeichen zu schlagen.

Plötzlich beugte sich die Herrin im Bett vor und brach in ein lautes, seltsam gebrochenes Lachen aus.

»Ja, das ist richtig«, rief sie mit heiserer Stimme. »Die Lebenden zu Tode quälen, und dann das Kreuzzeichen über denen schlagen, die keine Barmherzigkeit mehr brauchen!«

Ich sah, wie der junge Kriegersmann sie aus großen, ungläubigen Augen anstarrte, als ob er nicht verstehen könne, wie ihr zumute war. Er fragte mich, ob die Herrin oft unter solchen Anfällen von Gottesverachtung leide, oder ob die Schwangerschaft dem Teufel freies Spiel mit ihr erlaube. In diesem Falle sei es sehr schlimm, daß ihr unreiner Zustand sie von der Kirche und den Gnadenmitteln ausschließe.

Aber er wolle versuchen, den Pastor dazu zu bewegen, sie vor ihrem Tod noch zu taufen, damit sie keinen anderen mit sich ins Verderben reißen könne. Als ihr nächster Verwandter müsse er ja ihr Erbe und ihre Schulden übernehmen, eine durchaus zweischneidige Angelegenheit, die ihm arge Sorgen bereite. Wenn es ihm gelingen sollte, das Verfügungsrecht über ihre hinterlassenen Besitztümer zu erlangen, dann müsse er ja auch den verfluchten Geist übernehmen, der in ihrem Körper hause und nach ihrem letzten Seufzer in Freiheit gesetzt werden würde. Er habe lange überlegt, ob er dieses Kreuz auf sich nehmen solle, aber als er sein Schiff im Eis verloren habe, hätten gewissermaßen die Elemente selber sein Schicksal besiegelt. Nach dieser mißglückten Reise weise mancherlei darauf hin, daß er in den Diensten des Königs keine Aussichten mehr hätte, und als jüngster Sohn könne er sicher sein, daß auch nicht ein Quentchen Bodenbesitzes an ihn fallen würde. Sein einziger Ausweg sei es da, den Brautschatz an sich zu nehmen, den seine Schwester der Familie einst entzogen habe und der verloren gewesen wäre, wenn man sie mit einem Mann ihres Standes verheiratet hätte.

»Ja, nimm nur das Fenster sofort aus dem Rahmen!« rief die Herrin mit höhnischer Stimme. »Schnell, schnell, Brüderchen, laß uns frische Luft schnappen. Vor einer zum Tode verurteilten Schwangeren brauchst du dich nun wirklich nicht zu genieren!«

Aber mit solcher Übereilung wollte der Graf sich nun auch wieder nicht an seinem Erbe vergreifen. Bis auf weiteres begnügt er sich damit, unter dem funkelnden Fenster zu stehen und die Abmachung zu diktieren, die seine Schwester dann unterschreiben soll. Aber dann kommen ihm plötzlich Zweifel an meinen Schreibkünsten, und er mag nicht glauben, daß meine Bemühungen ausreichen, um ihm eine sorglose Zukunft zu bescheren. Seine Angst, beim König in Ungnade zu fallen, hat sich jetzt auf alle Instanzen ausgeweitet, die ihm bisher ihre Gewogenheit erwiesen haben. Er hat angefangen, mit lauter, befehlsgewohnter Stimme zu Gott zu beten, die ab und zu zur reinen Bettlerstimme herabsinkt.

Ich habe diese Mischung aus Gottesfurcht und menschlicher Roheit nie verstehen können, die im Wesen des Grafen so deutlich zum Ausdruck kommt. Aber in gewisser Weise verstehe ich ebensowenig vom frommen Trotz der Herrin und ihrer Kühnheit, wenn es darum geht, das Schicksal in die eigene Hand zu nehmen. Ich finde es seltsam, daß sie, die die Erde anbetet, so viel über die Gnade nachdenkt, während er, der seine Seele dem Herrn befiehlt, immer wieder dermaßen unbarmherzig auftritt. Vielleicht liegt es an dem Fluch, unter dem sie seit ihrer allerfrühsten Kindheit leben mußte. Vielleicht müssen die, die sich keine Hoffnung auf die Seligkeit machen können, versuchen, das Leben auf Erden etwas erträglicher zu machen.

Ich weiß nicht, aber ihr aufrührerisches Wesen stimmt einfach nicht mit ihrer Geduld überein, was äußerliche Dinge angeht. Ihr Gesinde behandelt sie so gut, daß die sie als Erscheinung aus alter Zeit betrachten, als es im Bild Gottes noch Platz für eine Frau gab. Es ist seltsam, wie sich das gemeine Volk an das Mütterliche in Gottes Wesen anklammert und nicht einsehen will, daß der Heilige Geist ein Mann ist. Dieser Drang, das Unbekannte aus dem Vertrauten zu formen, hat etwas sehr Volkstümliches, und ich kann nicht glauben, daß die Dreifaltigkeit etwas verliert, wenn sie als himmlische Familie betrachtet wird, die aus einem männlichen, einem weiblichen und einem menschlichen Teil besteht.

Es ist ein entsetzlicher Anblick, wie der Pastor vom Bösen heimgesucht wird und Tag für Tag tiefer in seiner Angst vor der Finsternis versinkt. Wie sehr er sich auch mit Beschwörungen zur Wehr setzt, immer findet der Listige die schwache Stelle, an der er eindringen und den Unseligen mit immer neuen Qualen schlagen kann. Kein Tag vergeht, an dem Herr Peder uns nicht Spuren von Krallen und Schlägen an seinem Körper zeigen kann, und oft klagt er darüber, daß es ihm in Armen und Beinen prickelt wie von tausend Ameisen.

Wenn wir abends in der Studierkammer sitzen und einen Zweig gegen die Scheibe schlagen hören, dann fährt er hoch und bekreuzigt sich, als ob der Erzfeind selber mit dem Pferdefuß an die Tür klopfte. Und sieht er irgendwo auf dem Hof ein Tauende herumliegen, dann ist das der Schwanz des Bösen, der sich unsichtbar gemacht hat und eine Christenseele ins Verderben locken will, wenn sie ihm auf den Hintern tritt. Wo er auch geht und steht, überall in der Gemeinde sieht er den Bösen Blick, und die Bauernhütten wimmeln inzwischen dermaßen von Trollpack, daß er sich kaum Gehör verschaffen kann, um die Worte der Schrift zu verkünden.

Um des Bösen Herr zu werden, hat er die Kirchenzucht verschärft und eine Überwachung eingeführt, die die ganze Gemeinde auf den Kopf gestellt hat. Am Sonntag vor Michaelis hat er von der Kanzel herab das strikte Verbot verkündet, vor den Gottesdiensten vor der Kirche miteinander zu reden. Er habe dieses Geschwätz lange genug ertragen und es nur hingenommen, weil es menschlicher Rede zum Verwechseln ähnlich sei.

Aber an drei aufeinanderfolgenden Sonntagen habe er nun mitten am hellichten Feiertag den Teufel gesehen, der quicklebendig unter dem Kirchenvolk hin und herlief und seinen bösen Samen auf ihre Zungen säte. Wie lange sollte Gottes Haus denn noch dem Fürsten der Finsternis zur Buhlstätte dienen, wie lange noch sollten seine Kumpanen die Kirchenbänke mit ihrem Geflüster und Getuschel erfüllen? Schande über die, die nicht von nun an das Schweigen bewahrten und ihr Vertrauen auf Ihn richteten, der gesagt hat, unsere Rede sei ja, ja und nein, nein.

Aber mit einem solchen Vokabular nimmt er seinen Gemeindekindern die Sonntagsfreude und sperrt sie in den stummen Kummer des Alltags ein. Wie sollen sie sich denn nun nach Neuigkeiten erkundigen und Auslauf für ihren Mitteilungsdrang finden, wenn der Pastor mit flammendem Schwert durch die Menge fährt und alle trennt, die versuchen, die Köpfe zusammenzustecken?

Er hat vielleicht recht damit, daß nicht allein die Frömmigkeit die Zungen der Leute leitet und daß die Luft vor der Kirche oft von Hirngespinsten und vagen Gerüchten erfüllt war. Aber irgendwo muß wohl auch die Neugier atmen können, muß eine herzhafte Verleumdung die allgemeine Meinung reinigen können. Es ist ziemlich einfältig vom Pastor zu glauben, es sei christlicher, am eigenen Unflat zu ersticken, und ich halte es für unklug von ihm, den Hauch von Bosheit zu verbieten, der jeden Einzelnen seinen Mitmenschen gegenüber freundlicher gesonnen werden läßt. Es muß ihm doch aufgefallen sein, wie gereizt derzeit die Stimmung in der Kirche ist und wieviele Augen nach einer Gelegenheit suchen, die Rangfolge zu verteidigen.

Bisher hat es nie größeres Aufsehen erregt, wenn sich ein Kätner in der Kirche zu weit nach vorn verirrt hatte und in derselben Bank stand wie ein Bauer. Jetzt werden alle Bänke von scharfen Blicken bewacht, die die Leute in ihre Schranken weisen und sie auf die Plätze verbannen, wo sie eigentlich zu sitzen haben. Vor allem auf der Frauenseite spielt sich ein stummer Streit darüber ab, wer ganz oben sitzt und wer weichen sollte, und immer wieder versuchen Ellbogen, denen auf die Sprünge zu helfen, die vergessen haben, wo ihr Platz ist. Im selben Stand ist es jetzt wichtig, wer am längsten verheiratet ist und wer den ältesten Ehemann hat, und wenn es zuwenig Plätze gibt, dann wissen es die Verheirateten immer, sich einen Weg zu bahnen, indem sie den Unverheirateten auf die Zehen treten.

Ich finde, der Pastor könnte diese ganzen Zankereien beenden und klarstellen, wie sinnlos es ist, nach Rang in der Kirche zu trachten. Jeder muß doch wissen, daß es im Reich Gottes keine festen Plätze gibt, sondern daß die Seligkeit das Risiko enthält, daß die ersten die letzten sein werden.

Aber der Pastor scheint keine Augen mehr im Kopf zu haben, wenn es um sichtbare Dinge geht, so vertieft ist er darin, nach Dingen Ausschau zu halten und auf sie zu horchen, die kein anderer sehen kann. Es ist ein trauriger Anblick, wie er sich von seinen Gemeindekindern entfernt und kein Herz mehr für ihre Gebrechen hat. Früher hat er es nie so genau genommen, wenn die Bauern betrunken in der Kirche auftauchten, wenn sie nur ihren Rausch mit Würde trugen und nicht gewalttätig wurden. Jetzt, wo er selber zum Trunkenbold geworden ist, sieht er die Trinkerei als Trugbild Satans, das die Seele auf Abwege leitet und das Fleisch ins Schwanken bringt.

Um seine Gemeinde in Zucht zu halten, hat er ein Mittel in Gebrauch genommen, das bisher nur auf dem Papier existiert hat, aber das in der Praxis von schlagender Wirkung ist. Er verkündet die Sünden der einzelnen von der Kanzel herab, nennt ihr Vergehen bei seinem rechten Namen und zeigt mit drohendem Finger auf den Verworfenen. Wenn selbst dieses Machtmittel versagt, dann bleibt ihm als letzter Ausweg der Kirchenbann, um die Widerspenstigen in die Knie zu zwingen.

Zwei Sonntage hintereinander habe ich ihn gegen Hanna Mann wettern hören, weil sie sonntags wie montags ihre eigenen Wege geht und sich nicht beim Gottesdienst sehen läßt. Ich weiß nicht, ob er glaubt, daß sie ihn auf der anderen Seite des Waldes hören kann, weil er dabei so laut schreit. Aber aus diesem Winkel der Gemeinde wird er niemals eine Antwort bekommen, das weiß ich mit Sicherheit. Was am nächsten Sonntag passieren wird, wenn er sie zum dritten und letzten Mal ermahnt hat, weiß ich nicht. Aber ich zittere in aller Stille vor dem Moment, in dem das Maß der Verdammnis erfüllt ist und der Bannstrahl zu wirken beginnt.

Ich glaube aber nicht, daß der Pastor bei ihr irgend etwas erreichen wird, so stark und furchtlos, wie sie sich durch diese Welt bewegt. Aber wenn die, die eine Zeitlang geschwankt haben, aber jetzt um so fester stehen, ihm zu Hilfe kommen? Wenn er gemeinsame Sache macht mit den vielen, die er von der Kanzel herab getadelt hat und die jetzt weich genug sind, um in ihrem tiefsten Herzen den Haß wachsen zu lassen?

Ich denke nicht nur an alle die Nüchternen, die auf den Kirchenbänken sitzen und denen anstelle des alten schäumenden Gebräus der Blutdurst zu Kopf steigt. Ich habe mindestens ebenso große Angst vor den Unzüchtigen, die in den Pferch der Tugend gejagt worden sind wie eine Viehherde in eine allzu enge Einfriedung. Die Enthaltsamkeit kann schließlich unendlich viel Zucht durchsetzen, vor allem, wenn sie durch Scham und Schande eingepeitscht worden ist!

Hanna Mann hat mir einmal erzählt, daß in ihrem Heimatland die Unzucht dadurch bestraft wird, daß die Buhlerin ihren Galan an demselben Glied durch die Straßen der Stadt ziehen muß, mit dem er die Sünde begangen hat. Ich hielt das lange Zeit für eine schändliche Strafe, aber je mehr ich sie mit den Maßnahmen des Pastors vergleiche, um so mehr schätze ich diese natürliche Strafe, die zum Lachen und zum gutmütigen Vergessen anregt.

Eine solche scherzhafte Wendung wird die Sache hier in der Gemeinde sicher nicht nehmen, wo so viele mittelgroße Sünder von der Kanzel her zu Spott und Hohn bloßgestellt worden sind. Wenn der Teufel zum großen Verführer geworden ist und es sich nicht um einen Menschen aus Fleisch und Blut handelt, erst dann wird die Sünde zu etwas Ungeheuerlichem. Draußen in den Dörfern wagen die Bauernmädchen fast nicht mehr, das Butterfaß anzurühren, solche Angst haben sie davor, als Sennerinnen des Teufels angeprangert zu werden. Es ist ein alter Aberglaube, daß der Böse die Butterfässer gut im Blick hat, und diese lange Stange, die die Sennerin im Faß auf und ab bewegt, hat ja auch etwas ganz eigenes. Wir brauchen während des Gottesdienstes nur die Augen zur Decke zu heben und können sehen, wie die Volksphantasie sich dieses schändliche Spiel ausgemalt hat. Es hat mich immer verwundert, unter der Kirchendecke so viele Teufel zu sehen, während Unser Herr selber in Seinem eigenen Haus ein solches Schattendasein fristet. Vielleicht ist das Böse eben handgreiflicher als das Gute, und die Furcht treibt die Tatkraft stärker an, als die Anbetung das jemals schaffen könnte.

Eigentlich weiß ich nicht so recht, ob ich diese Bocksfüße ernstnehmen kann, die mit schelmischen Gebärden um das Butterfaß herumschwirren oder die die Sennerin umarmen, um ihr die Milch aus den Brüsten zu drücken. Der Pastor sagt, dieses Bild stamme aus einer Zeit, wo der Teufel noch eine harmlose Gestalt war, die im Grunde nichts ausrichten konnte und leicht zu narren war. Als die Figuren an der Kirchendecke gemalt wurden, bedeutete für die Gemeinde der Papst noch den großen Allvater, der die Macht hatte, die Seelen auf Erden zu binden und zu lösen. Unter seinem Schutz konnten sie es wagen, ihre Scherze mit dem Bösen zu treiben und ihn als zottigen Bock darzustellen, der selten oder nie seinen Milchdurst löschen konnte. Erst als sich die neue Lehre durchgesetzt hatte, verstummte das Lachen des Volkes, und

Satan trat als der große Feind in die neuentstandene Lükke.

Je größer die Unruhe in der Gemeinde wird, um so häufiger sieht sich der Pastor zu neuen Maßnahmen gezwungen, und die neueste ist, daß eine Frau auf den Höfen die Milch aller heiratsfähigen Jungfrauen überprüfen soll. Diese Sicherheitsmaßnahme hat sich nicht der Pastor ausgedacht, im Gegenteil, er hat dagegen mit einer Kraft protestiert, die mehr als einen verwundert hat.

Aber nachdem die Bauernmädchen in den letzten Wochen so schlecht übereinander gesprochen haben, ist einfach eine Instanz nötig, die streng ans Werk geht und die klugen Jungfrauen von den törichten unterscheiden kann. Keine ehrliche Bauerntochter will es auf sich sitzen lassen, daß etwas Schändliches geschieht, wenn sie in aller Unschuld den Stock im Butterfaß auf- und abbewegt. Allen und jedem muß klargemacht werden, wer diese Arbeit in Zucht und Ehre ausübt und wer dem uralten Bock als Buhlerin gedient hat.

Aber ich merke, welche Angst diese Maßnahme und die gierige Gerechtigkeit hervorrufen, die nun alle entlarven sollen, die im Verborgenen empfangen haben. Sogar ich, die ich unter dem Dach des Pastors geschützt bin, halte mich nicht für jenseits aller Verdächtigungen. Ich glaube, daß die Leute mich seit neuestem seltsam anstarren. Ja, es kommt sogar vor, daß Herr Peder innehält und mich forschend mustert.

Vielleicht liegt es daran, daß ich in letzter Zeit zugenommen habe und jetzt üppiger bin als irgendein Bauernmädchen. Mein Volk ist ansonsten ja als magere Sippe bekannt, und unsere Frauen sind von Natur aus schmal und zäh wie Weidenruten. Wenn ich den Pastor auf seinen Gängen durch die Gemeinde begleite und jemand erwähnt, wie rund ich geworden bin, dann weiß er darauf immer eine Antwort. Aber ich finde, er beantwortet diese Fragen unangemessen scharf, und ich sehe, wie der Frager sich weitere Kommentare verkneift, um danach desto eindringlicher darüber nachzudenken.

Oft möchte ich den Pastor fragen, was sich hier in der Gemeinde abspielt. Aber er ist so sehr in die Geschehnisse verwickelt, daß er wohl nicht derjenige ist, der mir eine Antwort geben könnte. Wenn wir in der Dämmerung durch den Wald reiten, muß ich mein Pferd immer dicht neben seinem halten, und immer wieder sieht er sich um, als ob er die ganze Zeit Angst hat, wir könnten verfolgt werden. Jeder kleinste Vogelruf erscheint ihm als Signal eines unsichtbaren Feindes, und in der Dämmerung scheint es von bösen Geistern nur so zu wimmeln, die auf der Lauer liegen und uns aus ihren grünen Augen anstarren.

Gestern abend ist uns etwas passiert, das ich mir noch immer nicht erklären kann. Wir sahen, wie ein Wolf durch das Dickicht geschlichen kam, er trottete ruhig dahin, in Gedanken versunken, und er bleckte nicht einmal die Zähne, wie Wölfe das sonst eben tun. Aber der Pastor packte mich am Arm und befahl mir, die Augen zu schließen, bis wir den Wald hinter uns hatten. Ich glaube, er hat den Wolf für einen Werwolf gehalten, aber ich weiß trotzdem nicht, warum er sich um meinetwillen so erschrokken haben könnte.

Wenn er mit der Herrin im Wald unterwegs gewesen wäre, hätte ich das besser verstehen können. Schließlich wissen alle, daß Werwölfe es auf Schwangere abgesehen haben.

Seit der Graf sich bei uns niedergelassen hat, fühle ich mich morgens in der Studierstube immer häufiger überflüssig, und dann gehe ich durch den Wald zu Hanna Manns Haus. Zwischen uns hat sich eine seltsame Vertraulichkeit entwickelt, und deshalb möchte ich zu ihr, wenn die Herrin keine Befehle für mich hat. Ich weiß nicht, ob es Neugier ist, oder ob mich das Rätselhafte anzieht. Aber ihr Wesen kommt mir wie ein Magnet vor, der etwas Unbekanntes in meiner Natur anzieht.

Als erstes hat sie mir erzählt, daß sie eine Frau ist wie jede andere, und um meine Zweifel endgültig zu besiegen, hat sie eines Abends ihr Wams geöffnet und mir ihre große, weiße Brust gezeigt. Solche Üppigkeit hatte ich mir nicht vorgestellt, und ich begriff, daß sie viel jünger ist, als ich bisher angenommen hatte.

Vielleicht hat Gicht oder eine andere Krankheit sie vor ihrer Zeit so krumm werden lassen, vielleicht hat die Landflüchtigkeit ihre Gesichtshaut gegerbt und sie über den Wanderstab gebeugt. Wenn man sie ohne Sack auf dem Rücken sieht, wirkt sie weniger mißgestaltet als unterwegs durch das Dorf. Aber auch im Haus hat sie etwas Schiefes und Auffälliges, als ob sie einstmals in mehrere Teile zerschnitten und falsch wieder zusammengesetzt worden sei.

Aber das Erschreckendste für mich sind ihre Hände – diese unmenschlichen Klauen, an denen jedem zweiten Finger der Nagel fehlt und die vom ewigen Feuer hautlos geätzt und gebrannt zu sein scheinen. Es ist unglaublich, daß diese Hände überhaupt ein Werkzeug halten können, und wenn wir an den Ruf denken, in dem ihr Handwerk steht, dann möchten wir das fast leugnen.

Ich weiß nicht, was ich mir von diesem Menschen erwarte, der so wenig von sich und seinen Angelegenheiten erzählt. Sie redet am liebsten in Gemeinplätzen, die im Grunde für uns beide gelten könnten. Ich frage mich, welche steinharte Not ihren Mund versiegelt und jeglichen Schatten der Vergangenheit aus ihrem Leben getilgt hat.

Und doch kommt es gar nicht so selten vor, daß sie sich auf irgendeine Weise verrät. Mir ist aufgefallen, wie gerne sie das Gespräch auf meinen Vater bringt und wie dringend sie wissen möchte, was er für mich bedeutet hat. Sie weiß vielleicht nicht, daß das mein wunder Punkt ist, den ich nicht für jeden bloßlege.

Aber wenn sie bei mir auf Widerstand stößt, dann spürt sie das sofort und wechselt mit einigen allgemeinen Redensarten das Thema. Und dann weiß ich, daß sie vor allem über sich selber redet und daß sie Erfahrungen gemacht haben muß, die zu schmerzhaft sind, um als rein persönliche Geständnisse vorgebracht zu werden.

Deshalb braucht sie wohl von mir eine Art Zustimmung und möchte in meinem Schicksal eine Stütze für ihre Redensarten finden. Zum Beispiel sagt sie dann, daß es ein wenig widernatürlich ist, wenn ein Mädchen seinen Vater zum Vorbild nimmt. »Daraus kommt nur selten etwas Gutes«, murmelt sie und bückt sich über ihren Kochtopf, während sie mich heimlich beobachtet, um zu sehen, ob ich mich getroffen fühle. Sie weiß ja nicht, wie gut gewappnet ich gegen ihre Bemerkungen bin und daß es mir fast so gut gelingt wie ihr, Wissen aus meinen Verletzungen zu ziehen.

Was das Wissen angeht, so ist sie übrigens seltsam gespalten, und ich kann nicht so recht begreifen, wie sie zu ihm steht. In der Geschichte über den Sündenfall steht sie einwandfrei auf seiten Gottes und findet auch, daß das Paradies einen Baum der Erkenntnis haben mußte, egal, wie die Folgen auch aussehen mochten. Dieser Baum hat die Menschen zwar über alle Maßen in Versuchung geführt und sie aus ihrem unschuldigen Zustand gerissen, aber gleichzeitig wurden dadurch die Wörter »möglich« und »unmöglich« und damit die moralische Urteilskraft, der einzige Vorteil der Menschen gegenüber den Tieren, in die Weltgeschichte eingeführt. In dem Augenblick, in dem die Menschen entdeckten, daß sie nackt waren, muß in ihrem Bewußtsein ein entscheidender Sprung geschehen sein. Die lange tierische Ewigkeit war beendet, und die Zeiger der Zeit setzten sich in Bewegung. Vor dem Sündenfall muß das Leben der Menschen wie das des Hundes vor der Hundehütte gewesen sein, unendlich lang und unfaßbar kurz. Als sie die Frucht des Baumes aßen, traten die Menschen kühn in die Zeit mit ihrem Gewimmel an Überlegungen und Möglichkeiten ein – von der Überlegung, ob in aller Eile Kleider erfunden werden konnten, bis zu der Möglichkeit, Gott abzuschaffen.

Wenn sie sich in solchen Spekulationen verliert, kann ich ihr nicht immer folgen, und ein Gedankengang, der zuerst Gottes Partei gegen die Menschen ergreift und Ihn dann verwirft, kommt mir seltsam vor. Aber wenn ich ihr widerspreche, dann gibt sie mir immer recht, als sei es ihre geringste Kunst, ihre Ansichten zu ändern und ihren alten Meinungen abzuschwören.

Einiges von dem, was sie erzählt, gibt mir zu verstehen, daß sie nicht immer so fügsam gewesen ist. Aber ein bestimmtes Ereignis in ihrem Leben hat sie in tiefe Verwirrung gestürzt, sagt sie. Sie erlebt eine innere Spaltung, die sie manchmal glauben läßt, daß eine Ansicht so gut ist wie die andere.

Was das für ein Ereignis war, will sie nicht verraten, aber ich habe mir überlegt, daß sicher dieses Erlebnis sie aus ihrer Heimat herausgerissen und auf Wanderschaft geschickt hat. Sie benutzt ihren Kräuterbeutel oft als Bild für das Gepäck unseres Menschenlebens, das leicht zu tragen und leicht zu ersetzen sein sollte. Das Wichtigste ist, daß der Geist selber überlebt, sagt sie, und der muß sich dann in die wechselnden Systeme einfügen, die die Zeit ihm vorlegt. So wahnwitzig und brutal, wie unser Zeitalter ist, würde jeder Funken von Geist sterben, wenn der Körper nicht fügsam und bereit wäre, mehreren Herren zu dienen.

Wenn sie so redet, dann scheint sie keinerlei Moral zu kennen und ebenso zynisch zu sein wie die Condottieri, deren Bilder ich in den Büchern des Pastors gesehen habe. Wie diese rauhen Kriegsmänner in vollem Harnisch, die ihre eigentliche Lebensform verraten haben und keinen Unterschied mehr zwischen Freund und Feind machen. Wenn ich dem Pastor glauben will, dann erfordert unsere Zeit es, daß wir leicht beweglich sind und es nicht mehr so genau nehmen, welchem Herrn wir dienen. Sogar Künstler und Gelehrte von großem Geist lassen sich an den Meistbietenden verkaufen und machen sich willig zu Werkzeugen des herrschenden Systems. Der Pastor nennt das das Mäntelchen nach dem Wind drehen und meint, dieses sei eine Schwäche unseres Zeitalters, vor der wir uns alle hüten sollten.

Aber ich weiß nun, daß Hanna Mann das anders sieht und es für eine Folge der lodernden Feuer der Inquisition hält. Je strenger ein System ist, sagt sie, desto größere Falschheit wird es hervorrufen – genauso, wie unsere Lehrsätze dehnbarer werden, je fester sich die Daumenschrauben um unsere Finger schließen. Sie weiß vielleicht, wovon sie redet, wo sie solche Hände hat – egal, welchem Feuer sie nun zu nahe gekommen sein mag oder aus welchen Daumenschrauben sie sich gerettet hat.

Ihre Moral ist jedoch sehr viel strenger, wenn es um die großen Erfindungen und Entdeckungen unserer Zeit geht.

Etwas in ihrem gesunden Menschenverstand protestiert dagegen, daß die Menschen losziehen und den Seeweg ans Ende der Welt suchen, solange auf unserem heimatlichen Kontinent Krieg und Seuchen wüten. Sie kann unsere Landgewinne nur als großartige Weise sehen, unsere Krankheiten zu verbreiten. Bemanne ein Schiff mit allen Lastern der Welt und befiehl dem Bösen selber, es vom Land wegzupusten, und schon haben wir den Beginn aller Kolonisation, sagt sie bissig. In diesen Fragen scheint sie sich oft zu widersprechen, finde ich, und ich muß einfach fragen, ob nicht auch die Abenteuerlust zu den Früchten vom Baum der Erkenntnis gehören kann.

Aber wenn wir in unseren Betrachtungen so weit gekommen sind, dann vollzieht sich plötzlich eine Veränderung in ihr, und sie faßt sich an den Kopf und bezeichnet sich als dummes altes Weib, das keinen Gedankengang mehr zu Ende bringen kann. Und ich weiß, daß es keinen Zweck hat, sie zu bedrängen, und daß sie einen Grad der Erkenntnis erreicht hat, bei dem es ihr schwindlig wird.

Überhaupt sind Diskussionen nicht gerade ihre starke Seite – ihre Erkenntnis scheint vor allem in kurzen Bemerkungen und Einfällen aufzuflackern. In dieser Hinsicht ähnelt sie dem großen Leonardo, auch wenn sie für seine Person nur scharfe Bemerkungen übrig hat.

Nicht, daß sie für seinen umfassenden Geist blind wäre, sie hat nicht einmal etwas dagegen einzuwenden, daß ein Erfinder von Kriegsmaschinen auch Madonnenbilder malt. Aber sie kann sein Lob der reinen Erkenntnis nicht teilen, und sie begreift nicht, wie ein so gelehrter Herr glauben kann, jede Erfindung sei ein Gut an sich. Eine Kriegsmaschine zu ersinnen, ist natürlich ein lockendes Gedankenziel, sagt sie. Aber früher oder später muß sich doch die Frage einstellen, wozu diese Maschine benutzt werden soll.

Sich damit zu trösten, das sei Sache der anderen, verrät eine Kurzsichtigkeit, die offenbar auch den Meister mit dem weitblickenden Auge trügt.

Wenn man seine Schriften durchblättert, dann sieht man, daß er einen Entwurf nach dem anderen gemacht hat, um seine teuflischen Geräte so vollkommen wie nur möglich werden zu lassen. Jedes kleinste Detail ist mit einer Sorgfalt und Kunstfertigkeit ausgemalt, die es als doppelt schrecklich erscheinen läßt, daß ihm die Phantasie gefehlt hat, sich die Opfer seiner Erfinderkunst vorzustellen. Oder hat ihm so lange vor den verstümmelten Körpern in seinen Leichenkellern gegraust, daß das Maß des Entsetzens für ihn voll war und daß keine Gemütsbewegung seine reinen Betrachtungen noch stören konnte? Vielleicht ist es ihm schließlich gelungen, den menschlichen Körper als malerischen Weinstock zu sehen, schwellend vor Blut und Säften, während die Eingeweide wie gewaltige Traubendolden an den Zweigen des Skeletts hängen. »Ja, Gott weiß«, sagt sie und schüttelt schwermütig den Kopf. »Vielleicht kann man sich wirklich durch eine poetische Weltanschauung vor dem großen Wahnwitz retten.«

Sie selber hat einen anderen Ausweg gewählt, der selbstauslöschender ist. Tag und Nacht hält sie das Feuer in ihrem Herd am Brennen, und oft ist ihre Hütte dermaßen von Rauch und Dampf erfüllt, daß sie in ihrer eigenen Geschäftigkeit verschwindet. Immer wieder sehe ich, wie ihre verstümmelten Hände den Rührlöffel umklammern wie einen Marterpfahl. Und manchmal löst sich ihr Gesicht plötzlich vom Körper und schwebt über der Feuerstätte, fast ausgehöhlt von Schatten und furchteinflößend wie ein Götzenbild. Und dann ist es für mich die reine Befreiung, ihre Stimme zu hören, die sanft durch das Zimmer schwebt und mir zuflüstert, daß ich nichts zu befürchten habe.

Ich weiß schon seit langem, daß sie mehrere Tätigkeiten ausübt und daß ihre Kräuterkocherei vor allem ihr eigentliches Handwerk tarnen soll. Ab und zu habe ich das Gefühl, daß sie kurz davor ist, mir etwas anzuvertrauen, was mich ihre Tätigkeit in anderem Licht sehen lassen wird.

Mehrmals pro Tag nimmt sie eine Talgkerze vom Gesims und sagt, sie müsse in den Stall, um nach ihren Schafen zu sehen. Aber dabei wirft sie mir einen so langen, forschenden Blick zu, daß ich zittere und meinen Blick abwende. Ich glaube, sie begreift meine Angst davor, in ihre Geheimnisse eingeweiht zu werden, denn sie bittet mich nie um meine Begleitung, sondern überträgt mir stattdessen irgendeine unschuldige Pflicht am Herd. Bald werde ich eine Meisterin darin sein, Kräuterabsud durchzusieben, und von den Salben, die auf ihrem Schlagbalken stehen, habe ich die allermeisten zusammengerührt.

Damit ich meine Pflichten nicht auf die leichte Schulter nehme, schärft sie mir immer wieder ein, wie wichtig die sind, und wenn sie richtig guter Laune ist, dann nennt sie die Salben ihren »Wundertau« und den Kräutersaft ihre »Hexentropfen«. Wenn sie für ihre nächtlichen Wanderungen ihren Sack packt, dann liegt beides immer oben, damit niemandem Zweifel daran kommen können, warum sie unterwegs ist. Ihren Ruhm als weise Frau nimmt sie mit einer Art gutmütigem Spott hin, der versucht, die Grenzen zwischen Natürlichem und Übernatürlichem zu verwischen. Sie hat mir anvertraut, wie sie dem Bösen den kleinen Finger reicht, und sie murmelt ein paar Worte über der Salbe, ehe sie die kranke Stelle damit einreibt. Nicht, weil sie an ihre Beschwörungen glaubt, sondern, weil sie nur damit gegen das Mißtrauen der Bauern etwas ausrichten kann.

»Nein, es lohnt sich nicht, auf die schwarze Kunst zu verzichten«, sagt sie und beugt sich mit leisem düsteren Lachen über ihren Kessel. »Egal, welche Arznei wir auch zusammenrühren, wir brauchen außerdem doch immer eine Prise schwarzer Magie, damit sie wirklich hilft. Wenn du einem Kranken den Glauben daran nimmst, daß wir wirklich hexen können, dann hat er kein Vertrauen mehr zu uns, sondern schickt sobald wie möglich nach einem anderen Tausendkünstler. Höhö, und deshalb sind uns die Pastoren und Heilfrauen wohl so übel gesonnen, denn wir pfuschen ihnen ins Handwerk und überlassen ihnen nicht das Alleinrecht auf die Wunder.

Heilfrauen«, sagt sie leise und mit besonderer Betonung, als wage sie sich diesem Wort nur mit äußerster Vorsicht zu nähern. »Ist es nicht seltsam, daß wir so genannt werden, wo wir doch dem Bösen selber dienen? Ist es nicht seltsam, wie lebenstüchtig der Glaube ist und wie klar er trotz allem zwischen Gott und dem Teufel unterscheiden kann?«

»An dem Tag, an dem der Graf keine Lust mehr hat, Ochsenhäute zu zerstechen, wird er sich wohl andere Häute dafür suchen«, sagt der Pastor mißmutig.

Ich weiß nicht so recht, von was für Häuten er da redet, aber ich weiß, daß dieser Herr keine Ruhe geben wird, ehe er hier in diesem Hause nicht alles durchbrochen hat, was Schicklichkeit heißt.

Wenn es ihn nach Leben und Unterhaltung gelüstet, dann begibt er sich in die Küche und jagt die Mägde mit seinem Degen in die Flucht, und sie irren wie verängstigte Hühner umher und erfüllen das ganze Pfarrhaus mit ihrem Geschrei. In drei Wochen haben sie gelernt, Bruchstücke aus der Sprache des Grafen zu verstehen, und sie sind inzwischen durchaus nicht mehr schamhaft oder prächtig.

Aber seltsamerweise blickt er sie immer weniger an, je mehr sie sich Mühe geben, ihm gefällig zu sein. Stattdessen macht er sich über das frische Fleisch her, das sie ihm auftischen, und verschlingt es mit fast tierischer Gier. Seit der Graf angefangen hat, auf die Fenster loszugehen, wird hier im Haus viel geschlachtet, ein ganzer Stier hat jedesmal sein Leben lassen müssen, wenn der Pastor die Fenster in der Studierkammer neu überziehen mußte.

Wenn das Tier abgehäutet und das dünne Zwerchfell herausgeschnitten und gereinigt worden ist, ist der Graf immer zu Stelle, um die Fleischstücke zu zeigen, die er auf seinem Tisch zu sehen wünscht. Ich habe gesehen, wie er begehrlich mit seinem Schwert in den dampfenden Eingeweiden herumgestochert und den süßen Geruch des Blutes eingesogen hat.

Bei Tisch klagt er oft darüber, daß das Fleisch zu zäh sei. Aber dann antwortet der Pastor immer, kein anderes Tier habe ein so durchsichtiges Zwerchfell. Noch weiß der Graf nicht, daß die Fruchtblase eines neugeborenen Kalbes zur allerfeinsten Fensterhaut zählt, die sich überhaupt auftreiben läßt. Es wäre ihm bestimmt zuzutrauen, daß er die Kühe dann zwingen würde, zu früh zu kalben, wo er doch so geschickt ist, wenn es darum geht, ungeborene Robbenjunge aus dem Mutterleib zu schneiden.

Aber während er in Fleisch und Blut schwelgt, kann es vorkommen, daß er in mancher Hinsicht den Mund zu voll nimmt und Dinge ausplappert, die er besser für sich behalten sollte. Vor kurzem zum Beispiel hat er abends über den Schiffbruch erzählt und darüber, wie man sich in Seenot verhält, wenn zwanzig Mann in ein Rettungsboot wollen, in dem nur Platz für acht ist.

Es war ganz deutlich, daß ihm die alte Regel, daß der Kapitän als letzter das Schiff verläßt, nicht gefiel. Er vermißte dagegen bei der Mannschaft eine natürliche Höflichkeit und konnte nicht begreifen, warum es notwendig sein sollte, zum Schwert zu greifen, um die Aufdringlichsten dazu zu bringen, den Bootsrand loszulassen. Aber von Loslassen konnte wohl keine Rede sein. Denn als der Morgen graute und die Geretteten Gott für ihre Rettung dankten, mußten sie den Anblick von sechs Paar Menschenhänden ertragen, die am Handgelenk abgehackt worden und an der Reling angefroren waren. Sie ließen sich von dem runden Brett einfach nicht lösen, sondern saßen da als blutige Anklage gegen die, denen es gelungen war, ihr Leben zu retten.

Wenn der Graf uns über Taktgefühl belehrt, dann entfaltet er eine ganz besondere Erzählkunst, die auf uns Zuhörende einfach Eindruck machen muß. Wir können durchaus zustimmen, daß fünf Bündel Robbenfelle zu wenig sind, um unter acht erfrorenen Männern aufgeteilt zu werden, und daß es besser ist, wenn ein einzelner oder zwei die Wärme halten, als daß alle acht in der kalten Gischt umkommen. Das Schwerste in einer solchen Stunde des Ernstes muß die Entscheidung sein, wer sein Recht wem gegenüber durchsetzen soll, damit am Ende wirklich nur noch zwei im Boot sitzen.

Zwischen diesen jedoch muß unverbrüchlicher Zusammenhalt herrschen, so daß der eine willig Wache und Ausschau hält, während der andere sich unter den Fellen die wohlverdiente Ruhepause gönnen kann. Das Beste wäre es dann, wenn der Wachende einschliefe, wenn die Rettung in Sicht kommt, damit der Ausgeruhte sich vorbeugen und ihm einige Worte ins Ohr flüstern kann. Auf diese Weise schützt man sich davor, daß es einen Mitwisser gibt, der den Mund öffnen und eine andere Geschichte vorbringen kann, als man selber in Umlauf setzen möchte.

Wie es sich mit dem Grafen und seinem Mitwisser verhält, ist schwer zu sagen, aber wer weiß, ob in der Stadt des Königs nicht ein Seeheld umherwandert und einem anderen die Rückkehr unmöglich macht. Jedenfalls scheint sich der Graf auf Dauer bei uns niedergelassen zu haben und sich nach einer Aufgabe umzusehen, die seinen natürlichen Begabungen nicht allzu fern liegt.

Ich habe gehört, wie er sich darüber gewundert hat, daß es hier in der Gemeinde keinen Richtplatz gibt, sondern daß wir von weither einen Henker holen müssen, wenn ein seltenes Mal ein Todesurteil gefällt wird. Er hat mehrmals den alten Galgenberg hinter der Kirche untersucht, und er hält es offenbar für eine Kleinigkeit, ihn zeitgemäß in Schuß zu bringen. Ich glaube, er hat die Bauern besucht und für seinen Plan begeistert, denn ich habe gesehen, wie ein Bauernwagen nach dem anderen hinter der Kirche angehalten und ein Wagenrad oder eine verrostete Egge hinterlassen hat.

Noch hat der Pastor nicht klar gesagt, wie er sich zur Wiedereinführung des Scharfgerichts stellt. Er, als Kämpfer des Wortes, sieht Blutvergießen wohl nur ungern, aber gleichzeitig steht er den Kräften, die er selber in der Gemeinde zunächst willkommen geheißen hat, hilflos gegenüber. Ihm geht es wie den meisten anderen, die Macht über das Wort haben: Er legt zuviel Gewicht darauf, sich verständlich zu machen, und übersieht, welch schlagendes Argument das Schwert für die Zunge bedeutet. Bei seinen Zusammenstößen mit dem Grafen greift er immer zu dieser schwerfälligen Strategie, der sein Schwager ein Lächeln entgegenbringt, während er mit dem Knauf seines Schwertes spielt.

Nur wenn der Graf von der Kanzel herab ermahnt wird, wagt er nicht, scharf zu reagieren. Aber er brütet beleidigt über jedem Wort und braucht so lange, um eine Antwort zu finden, daß er sich mit allerlei gemeinen Kniffen rächen muß. Wenn ihm sonntags das Wort »Fleischeslust« kurz in den Sinn gekommen ist, dann dauert es bis zum Ende der Woche, bis er die Brauttruhe seiner Schwester anschleppt und ein Kleinod hervorzieht und dann Herrn Peder fragt, ob er es wiedererkenne. Ich finde, es sieht vor allem aus wie der Lendenteil einer Rüstung, aber die Gesichtsfarbe des Pastors verrät mir, daß es einem ganz anderen Zweck dient.

Um jegliches Mißverständnis zu vermeiden, packt der Graf in der Küche eine Magd und schnallt ihr mit allerlei Fingerzeigen und schändlichen Gebärden den Gürtel um. »Hohohoho!« poltert er. »Ja, das kann einem Bräutigam passieren, der dermaßen von fleischlichen Lüsten erfüllt ist, daß nicht einmal das Tobiasgelübde ihn im Zaum halten kann!«

Ich sehe, daß Herr Peder vor Zorn bebt, als er den Arm ausstreckt und der Magd befiehlt, aus seinen Augen zu verschwinden, aber seine Wut hat etwas Hilfloses, das beweist, daß er gerade gründlich in seine Schranken gewiesen worden ist. Erst jetzt geht mir auf, was vor vier Jahren auf der Hochzeit des Pastors passiert ist und wie frech die adeligen Verwandten der Herrin ihn an der Nase herumgeführt haben. Das zeigt nur, für wie gering ihre Allernächsten ihn halten, wenn sie ihm ein Gelübde auferlegen, das einwandfrei in die Vergangenheit gehört.

In katholischer Zeit war es vielleicht möglich, den Bräutigam von seiner Braut fernzuhalten, indem ihm drei Tage der Keuschheit auferlegt wurden. Aber seit Luther gegen diesen unnatürlichen Brauch seine Stimme erhoben hat, nimmt diesen niemand mehr ernst. Ich glaube, ihre Familie war überrascht über die Proteste des Pastors, sonst hätten sie nicht zu einem so drastischen Mittel gegriffen. Kein Wunder also, daß Herr Peder am zweiten und dritten Tag so unfroh aussah, schließlich wurde er ins Bett einer Jungfrau geführt, die ihre Tugend unter ihrem Hemd hinter Schloß und Riegel verwahrte.

Jetzt verstehe ich auch besser, warum die Herrin in der nächsten Nacht aus dem Hochzeitshaus geflohen ist und warum sie in so schlimmem Zustand war, als sie spätnachts im Stall bei den Pferden gefunden wurde. Natürlich wollte niemand auf ihre Klage über die Umarmung des Pastors hören – wie er sie gebissen und gekniffen und die ganze Nacht wie ein gereiztes Tier über ihren eingesperrten Körper geknurrt hatte. Die Schrammen, die sie an Brust und Hüften vorweisen konnte, wurden ihrem Lieblingspferd zugeschrieben, und das Pferd wurde sofort getötet, während sie vor Angst und Entsetzen schrie und sich beide Augen zuhielt.

Kein Wunder, daß die kleine Stiftsjungfrau sich zu ihrer Blutsschwester zurücksehnte und weinte, weil es so anders ist, bei einem Mann zu schlafen.

»Erinnerst du dich an das große Mittsommerfest«, flüstert sie. »Und an das Feuer, das nachts mit tausend Funken aufgelodert ist und den Himmel über dem Pfarrhaus rotgefärbt hat?«

Kaum hat sie das gesagt, merke ich, wie ich, erschüttert von einem stillen Schrecken, erstarre. Wieso kann diese leise Stimme mich in der Seele verbrennen? Und wieso kann ihre Vertraulichkeit mich gewissermaßen entblößen und mir die Haut abziehen?

»Das ist ein seltsamer Gedanke«, flüstert sie, »das war doch die letzte Nacht, in der ich noch nicht bettlägerig war. Vier Monate lang hatte ich meine Schwangerschaft verbergen können, aber in dieser Nacht habe ich gespürt, daß es lebte, und da mußte ich es am nächsten Morgen dem Pastor gestehen.«

Sie klappt das Buch zu, in dem sie geblättert hat, und schiebt es weg, so daß es auf den Boden fällt. Als ich es aufhebe, sehe ich, daß es sich um ein Buch über Hexenverbrennung handelt.

»Weißt du, woran ich mich aus dieser Nacht am besten erinnern kann?« fragt sie und zupft sich den Schorf von der Wunde, die sie an ihrem Unterarm offenhält. »Ich weiß noch, wie du mit dem Pastor getanzt hast, bis ihr euch nicht mehr auf den Beinen halten konntet, und ich weiß noch, wie sich die Hexe oben auf dem Feuer langsam zusammengekrümmt hat, bis die Flammen sie dann verzehrten. Diese beiden Dinge haben sich in meine Erinnerung eingeätzt, vielleicht vor allem die letzte. Ich war so froh, als ich mich am nächsten Tag ins Bett legen konnte und ihr anderen euch um meine Brandwunden kümmern mußtet.«

Ich lasse das Buch von meiner einen Hand in die andere wandern und weiß nicht, was ich damit machen soll. Ich habe es sofort als eines aus der Sammlung des Pastors erkannt, und ich spüre, wie es sich um einen Schrei schließt, den ich nicht ans Tageslicht zu lassen wage.

»Diese Hexe war doch nur ein Bündel aus Lappen und Gras«, sage ich, vor allem, um meine eigene Unruhe zu mildern. Ich weiß noch, daß mehrere von uns in dieser

Nacht immer wieder sagen mußten, daß es sich doch nur um ein Bündel aus Lappen und Stroh handelte.

»In Gottes Augen sind wir wohl kaum etwas anderes«, beharrt sie mit sanfter Stimme. »Und unser Jammer, was glaubst du, wie der sich da oben anhört, schließlich bringt Er ihn nie zum Verstummen. Vielleicht verwandelt er sich ja unterwegs und gelangt als eine Art schöne Musik zum Thron des Herrn.«

Ich fahre herum und blicke ihr entsetzt ins Gesicht. Hat sie denn völlig den Verstand verloren, oder bewegt sie sich irgendwo an der Grenze zwischen Glaube und Unglaube? Ein neuer, gefährlicher Unterton ist in ihre Stimme gekommen und lehnt Versöhnung und Trost energisch ab.

»Es war sicher nicht so gut für mich, so lange ins Feuer zu starren«, sagt sie dann mit demselben wilden Hohn in der Stimme. »Was war das noch, was mit Schwangeren passiert, wenn sie zu lange ins Feuer starren? Nun sag schon, was ist das für ein blutiger Finger, der sich nach ihnen ausstreckt?«

Sie muß in meiner Furcht eine Art von Widerstand entdeckt haben, denn plötzlich senkt sie ihre Stimme und flüstert leise weiter. Sie ist so leise, daß ich nicht hören kann, was sie sagt, aber ich verstehe, daß ich mich zu ihr setzen und mit ihr zusammen im Buch blättern soll. Welche Kraft in ihrem Mienenspiel liegt, welche stille Überredungsgabe sich in ihrem Wesen versteckt! Willenlos lasse ich mich aufs Bett sinken und lehne meinen Kopf an ihren, um durch ihre zum Zerreißen gespannten Sinne den Schmerz zu erleben.

Jedesmal, wenn wir eine Seite umwenden, durchjagt uns beide ein Zittern, aber wir können unmöglich dasselbe Entsetzen empfinden, wie wir hier so sitzen und uns dieselben Bilder ansehen. Ihre Augen sind immer offener als meine, und ihr Wirklichkeitsdurst ist so brennend, daß ich glaube, daß sie sich bewußt quält. Sie scheint sich keine Erkenntnis mehr zu verwehren, und sie muß wissen, wie weit es für einen Menschen möglich ist, zum Zeugen des eigenen Todes zu werden.

Sie fragt mich ganz offen, ob ich glaube, daß die Hexe ihr eigenes Fleisch riechen kann, und ob das wohl anders riecht als der Bratengeruch, den wir alle aus der Küche kennen. Sie fragt mich auch, wie lange der Schmerz vorhält, und ob der Körper die Möglichkeit hat, das Leiden auszusperren. Ist die Angst vielleicht so mächtig, daß sie sogleich den Tod bringt? Oder ist es eine Durchhalteprüfung, lebendig verbrannt zu werden, bei der Haut und Nerven über kleinem Feuer geröstet werden, während das Leben Stück für Stück weggeätzt wird?

Plötzlich fällt mir die alte Redensart ein, »ein Schwert genießen«, und ich begreife, welche ungeheure Strafmilderung es ist, einen raschen Tod gewährt zu bekommen.

»Mit dem Feuer ist es doch so«, sage ich, »es verzehrt alles und läßt nichts übrig. Deshalb ist der Tod auf dem Scheiterhaufen wohl der einzig mögliche für Zauberer und Hexen, denn die Seele hat sich dem Bösen verschrieben und darf nicht entkommen.«

»Aber wenn das jetzt alles nur eine große Einbildung ist«, flüstert sie so leise, daß ich es kaum hören kann. »Wenn sich irgendwann einmal herausstellt, daß unsere Zeit verfinstert war, und daß wir die Scheiterhaufen nur brauchten, um unsere eigene Angst vor der Dunkelheit zu verjagen!«

Ich hebe die Hand, um sie zum Schweigen zu bringen, aber ich merke nur, daß eine größere Stille birst und bedrohlichere Stimmen sich zu Wort melden. Und aus meinem tiefsten Vergessen tauchen die Gesichter der Bauern auf, wie sie beim Mittsommerfest ausgesehen haben. Zuerst hatten Tanz und Branntwein sie ausdruckslos werden lassen, und dann griff das Feuer mit seinem unglaublichen Farbenspiel ein. Als der Morgen graute, war ein Gesicht nicht mehr vom anderen zu unterscheiden, und der Tanz ums Feuer wurde zu einem Getrampel schnaufender Tiere, die bald dem Feuer auswichen und bald in seinen Lichtkreis hineingezogen wurden.

»Meinst du, Hanna Mann hat diesen Scherz ernstgenommen?« fragt sie. »Meinst du, sie hat dieses Gejohle gehört, daß sie in der nächsten Mittsommernacht oben auf dem Scheiterhaufen sitzen soll?«

Ich sehe den schmalen Blutstreifen, der sich über ihren Arm zieht, und zum ersten Mal weiche ich aus, als sie mich zu ihrer Blutsschwester haben will.

»Heirate den Pastor, wenn ich nicht mehr da bin«, ruft sie mir nach, als ich zur Tür gehe. »Eines Tages finden sie auch den Weg ins Pfarrhaus, die Leute, die auf der Suche nach den Sennerinnen des Teufels sind!«

»Es ist wirklich kein Wunder«, sagt Hanna Mann, »daß der Graf ein so eifriger Gottesdienstbesucher ist. Als erfahrener Landsknecht kennt er die besondere Machtposition der Kirche und weiß, daß sie die geistige Saat liefert, aus der er und seinesgleichen ihr tägliches Brot backen. Solange Gott in jedem Krieg das Oberkommando innehat, beginnt jegliche Heimsuchung in Seinem Haus und endet draußen auf den blutigen Schlachtfeldern. Wenn die Gemeinde nicht durch die Worte des Pastors gelernt hat, ihr Los im Leben zu tragen, dann gibt es immer eine schärfere Sprache, die niemand mißverstehen kann. Deshalb braucht der Krieger seine geschnitzte Bank in der Kirche, wo er zwischen den Schlachten Schutz suchen kann und wo sein Weg mit schönen Worten und Ermahnungen geschmückt wird.«

Gestern wurde Hanna Mann von der Kanzel herunter in Acht und Bann getan, und als wir aus der Kirche nach Hause kamen, fragte der Graf sofort den Pastor, was es mit diesem Bann auf sich habe. Wenn nun jeder losziehen und ihre Hütte abbrennen könne, dann wolle er sich gern zu Diensten melden. Du Allmächtiger, er habe es den Gottlosen schon öfter heiß werden lassen, und er werde schon dafür sorgen, daß die Alte und ihre schwarze Katze direkt ins höllische Feuer geschickt würden.

Ich glaube, er hat dem Pastor mit seinem Vorschlag ziemlich angst gemacht. Denn Herr Peder äußerte sich nachdrücklicher, als das sonst seine Art ist, und erklärte dem Grafen den Unterschied zwischen weltlicher und geistlicher Zucht. Niemals kann es Aufgabe der Kirche sein, irgend jemanden zum Tode zu verurteilen, sagte er. Aber wenn die Seele vom ewigen Trost ausgeschlossen wird, kann der Körper auf lange Sicht keinen Widerstand leisten. Er lieferte uns Beispiele dafür, wie die gröbsten Spötter am Ende doch zusammenbrechen und auf Knien darum flehen, von ihrem Bann befreit zu werden.

Nun ist es aber die Frage, ob der Graf Geduld genug hat, um auf einen solchen Kniefall zu warten. Er hat zwar Respekt vor der kirchlichen Justiz als einleitendem Manöver, nach dem dann das Scharfgericht ans Werk geht. Aber wenn es um eine alte Hexe wie Hanna Mann geht, findet er es überflüssig, ihren Namen von der Kanzel zu verkünden, solange der Galgenberg hinter der Kirche nur ein Abladeplatz für den alten Schrott der Bauern ist.

Deshalb bedrängt er Herrn Peder immer wieder, er solle Leute ernennen, die dort Ordnung schaffen und die einfachen Hilfsmittel aufbauen, die man braucht, um Gesetz und Ordnung zu unterstützen. Auf diese Weise kann der Pastor auch seinen Worten Gewicht verleihen, so daß er seine Stimme dann immer weiter dämpfen und eindringlicher zur Gemeinde sprechen kann. Jetzt dagegen vergeudet er seine Kraft für Drohungen, die viel zu lärmend sind, um von irgendwem ernstgenommen zu werden.

Aber solange die Kirchenzucht des Pastors so gut fortschreitet, ist er wohl nicht richtig reif für die Überredungsversuche des Grafen. Gestern vormittag, als er gerade den Kirchenbann über Hanna Mann verhängt hatte, kam es in der Kirche zu einem Auftritt, der die Aufmerksamkeit von der alten Frau und ihrer Gottlosigkeit ablenkte. Mitten in der Predigt öffnete sich die Tür des Vorraums, und zwei Männer schleppten ein halbnacktes Mädchen herein, das kratzte und biß und sich aus Leibeskräften wehrte. Aber obwohl ihr dabei die Haare ins Gesicht fielen, konnte ich sie sofort erkennen, sie war eine der Köhlerstöchter aus dem Norden des Waldes. Sie ist ein wildes, aber ziemlich unschuldiges Mädchen, das jeden Walpurgistag zu uns kommt, um die Schafe des Pastors auf die Sommerweide zu holen.

Als Herr Peder anfing, sie auszufragen, brach sie in Tränen aus und zog sich den Rock über den Kopf, um ihre Schande zu verbergen. Während des Verhörs war kein Wort aus ihr herauszubringen, aber den Zeugenaussagen zufolge war sie bei grober Unzucht ertappt worden. Sie hatte nicht nur einem Mann nachgegeben, mit dem sie nicht nach Gesetz und Ordnung verheiratet war, sie hatte es noch dazu mitten am hellichten Sonntag geschehen lassen, hatte vor Wollust geschrien und wie ein brünstiges Tier auf dem nackten Boden mit den Beinen gestrampelt.

Vermutlich hätte der Pastor in einem so klaren Fall kein anderes Urteil fällen können. Es geht doch nicht, daß halbwilde Hirtinnen sich Leuten auf den Weg legen, die zum Gottesdienst unterwegs sind, und sie mit ihrer Lust dermaßen ablenken, daß sie nicht rechtzeitig in der Kirche eintreffen. Ich weiß nicht, aber manche halten es für eine zu milde Strafe, das Mädchen auf die Schandbank zu setzen, damit alle braven Bauern an ihr vorbeigehen und sie beschimpfen konnten, als sie das Gotteshaus verließen. Daß danach dicke Speichelklumpen in ihren Haaren hingen, ist eine Sache für sich, aber man kann wohl den vielen Menschen, die mit zahnlosem Mund »pfui« rufen mußten, keine Vorwürfe machen.

Jetzt muß nur noch die Milchmuhme der Gemeinde die Hütte des Köhlers besuchen und feststellen, ob der Teufel seine Hand im Spiel gehabt hat. Obwohl das Mädchen behauptet, einen Pferdeknecht aus dem Norden des Waldes zum Freund zu haben, ist es doch nicht unvorstellbar, sagt der Pastor, daß sie mehrere Liebhaber hat und für Satans eiskalte Verlockungen offen ist. Keine würde sich doch mitten im Oktober in den Wald legen, wenn sie nicht Ihn umarmen wollte, der seinen kalten Schauer durch wollüstige Frauenzimmer jagt. In den Büchern des Pastors gibt es genügend Beweise für Satans Zeugungskraft und für sein Geschick im Umgang mit den Frauen, die sich seiner Gewalt und seiner Macht verschrieben haben. Sie brauchen nur drei Donnerstagabende hintereinander vor die Tür zu gehen und ihn zu rufen, und schon werden sie zu seinem Gastmahl geholt und lernen allerlei schändliche Künste von ihm.

Ich habe den Eindruck, daß Herr Peder es fast für einen Beweis für die Schuld der Köhlerstochter hält, daß sie dabei überrascht wurde, wie sie vor Wollust laut schrie. Wenn Beelzebub sich über ein Frauenzimmer hermacht, sagt der Pastor, dann steht sein Wesen ihr immer wie

Schaum vor dem Mund. Daß das Mädchen einen Pferdeknecht als ihren Liebhaber bezeichnet, ist leicht zu durchschauen und zeigt nur, daß der Pferdefuß nicht zu übersehen ist, auch wenn die Sünderin das abstreitet.

Ich kann mir das nicht so recht erklären, aber Herr Peder scheint mich mit einem ganz eigenen Blick zu betrachten, wenn er mich in diese Dinge einweiht. Irgend etwas in ihm distanziert sich von mir, ungefähr so, wie andere an meinem blauen und meinem braunen Auge Anstoß nehmen oder mir mein Landfahrerblut zum Vorwurf machen.

Was den Fall Hanna Martin betrifft, so steht er da eher auf fremdem Boden und weiß nicht, zu welchen Mitteln er greifen soll, wenn sie nicht von ihrer Gottlosigkeit abläßt. Er scheint es einfach nicht fassen zu können, daß jemand es wagt, sich vom Herrn abzuwenden, und deshalb versucht er, solange das möglich ist, die Ursachen für ihr Fehlen beim Gottesdienst in irgendwelchen Gebrechen in der Gemeinde zu suchen. Solange Seuchen und Krankheiten den Ruhetag nicht heiligen, sagt er, ist es vielleicht zuviel verlangt, daß die, die sie heilen kann, sich den seligmachenden Kirchgang gönnt. Ich finde, das zeigt, wie mild Herr Peder in seinem tiefsten Herzen ist, wenn er sich die Mühe macht, gute Gründe dafür zu finden, daß jemand seiner Sonntagspredigt fernbleibt.

Nein, wenn es nach ihm ginge, dann würde das Scharfgericht in dieser Gemeinde niemals bessere Zeiten erleben. Wenn wir von dem Haß absehen, den er jeglichem unzüchtigem Umgang entgegenbringt, dann ist er in vieler Hinsicht ein Fürsprecher für mildere Sitten und Gebräuche. Oft frage ich mich, ob nicht seine eigene Frömmigkeit einen doppelten Boden hat und ob er vielleicht die Sünden am schärfsten von der Kanzel herab verdammt, die er bei sich selber am heftigsten bekämpft. Wenn das der Fall ist, dann verstehe ich seine Kirchenzucht besser. Dann ist er gewissermaßen seine eigene Geißel und malt den Teufel vor allem an die Wand, um sich selber Angst einzujagen.

Aber manches weist auch darauf hin, daß Herrn Peders Zeit vorbei ist und daß er langsam Gesetz und Recht hier am Ort aus dem Griff verliert. In letzter Zeit ist mir die seltsame Tatsache aufgefallen, daß immer häufiger Leute ins Pfarrhaus kommen und nach dem Grafen fragen. Und wer etwas mit dem Pastor zu besprechen hat, erscheint oft mit einem gewissen Lächeln in den Mundwinkeln, als ob es darum ginge, den Pastor in seinem eigenen Netz zu fangen.

Wenn der Pastor auf der Kanzel getobt hat und erklärt, er werde hier in der Gemeinde keinerlei Hokuspokus mehr dulden, dann kommt garantiert am nächsten Tag eine pfiffige Seele zu ihm und möchte wissen, was Herr Peder denn gegen Christi Leib und Blut habe. Das hat der Pastor nun davon, daß er Bauerngören Latein beigebracht und ihnen den Ursprung der Wörter erklärt hat, die wir so gedankenlos in den Mund nehmen.

Ich habe schon oft gedacht, daß der Pastor zu weit geht, wenn er versucht, papistische Ausdrücke aufzuspüren und sie vor seinen Schülern lächerlich zu machen. Daß Hokuspokus eine verzerrte Form des ehrwürdigen »hoc est corpus Christi« ist, hätte er verschweigen sollen, solange er dieses Wort selber verwendet und solange Christi Leib und Blut jeden Sonntag an die Gemeinde verteilt werden. Es ist ganz klar, daß viele eine Verwandlung von Brot und Wein erwarten, und die Spaßvögel flüstern sich gegenseitig Hokuspokus zu und halten das Ganze für herrliche Zauberkunst.

Ich kann nicht klar sagen, woran es liegt, aber an Hanna Manns Schafstall werde ich mich nie gewöhnen. Obwohl ich es nicht mehr ablehne, setzt sich etwas in mir gewaltig zur Wehr, wenn sie mir die Kerze gibt und mich bittet, ihr dorthin zu folgen.

Es ist ein altes schiefes und baufälliges Gebäude, das früher einmal als Schmiede gedient hat und dem seine rotglühende Vergangenheit noch anzusehen ist. Die Grundmauer besteht aus gewaltigen Wackersteinen und ist so solide, daß sie noch stehen wird, wenn das restliche Haus längst zerfallen ist. Über dem einen Giebel ragt ein Schornstein auf, der so schief steht, daß er den ganzen Stall umzudrücken scheint.

Wer das erste Mal mit ihr über den Hofplatz geht, hält es für eine Sinnestäuschung, daß der Schornstein raucht, da die Schmiede doch längst stillgelegt ist und Schafe zähe Tiere sind, die ihre eigene Wärme produzieren. Einige Schritte vor dem Stall bleibt man dann stehen und reicht ihr das Licht und weiß, daß man ihr nicht weiter folgen muß. Dennoch hält einen irgend etwas fest und macht einen seltsam unruhig, wenn man sieht, wie sie geduckt durch die niedrige Tür geht und im Halbdunkel verschwindet. Vielleicht würde man sich überlegen, daß ihre Schafe die pure Erfindung sind, wenn man nicht gehört hätte, wie sie ihnen im Stall Heu gibt und wie sie ihnen munter guten Abend wünscht.

Wenn sie sich dann dort im Stall zu schaffen macht, weiß sie bereits, daß man seinen Widerstand aufgibt und versucht, alles so alltäglich wie möglich zu finden. Nach einer Weile ruft sie so nebenbei, ob man noch immer draußen sei, dann könne man ihr vielleicht den Milchbottich bringen, der zum Trocknen an der Stallwand hängt. Noch ehe man das erledigt hat, sitzt sie schon rittlings auf einem zottigen Schaf und läßt die ersten Milchstrahlen in eine Vertiefung im Steinboden rinnen. Vermutlich hat sie vergessen, daß ich keine normale Bauerntochter bin, wo sie es wagt, mich zu einem derart alptraumhaften Anblick zu rufen. Wie sie sich da über dem Schafsrücken zusammenkrümmt, sieht sie aus wie etwas, das ich nicht beim Namen zu nennen wage – und die Katze, die vom Boden die Milch aufleckt, ist gewissermaßen die schwarze Seele des Hauses, die aus schmalen, allwissenden Augen diesen seltsamen Ritt überwacht.

Nun läßt Hanna Mann sich ja recht gut als Augendienerin bezeichnen, die sich hinter überlieferten Formen versteckt. Wenn die Bauern sie als Zauberin bezeichnen, dann ist sie nicht diejenige, die ihnen diesen Verdacht nimmt. Statt sich der hexenhaften Hilfsmittel zu entledigen, nimmt sie sie stattdessen an und macht sie zu ihren besonderen Kennzeichen. Sie trägt ihre schwarze Katze auf der Schulter, weil sie weiß, daß das Hexenart ist, und wenn sie ihre Schafe rückwärts reitet, dann nicht, weil sie sie melken will.

Sie scheint nicht hinnehmen zu wollen, daß alte Frauen sich in acht nehmen sollen, wenn sie unglücklicherweise mißgestaltet sind oder so oder so aussehen. Allem Volksglauben zuwider scheint sie zu glauben, daß eine, die in einem gewissen Rufe steht, extra mutig sein und das Schicksal soweit wie möglich herausfordern soll. Ja, und wenn die Gerüchte besagten, daß sie sich rückwärts auf den Besenstiel setzt und in der Johannisnacht zum Blocksberg reitet, dann würde sie sich einen Besen anschaffen und ihn vor die Tür stellen, damit alle ihn mit eigenen Augen sehen könnten.

Vielleicht betreibt sie deshalb ihre tausend Künste und hält die verlassene Esse des Schmiedes am Leben. Fast täglich kommen Leute vorbei, die ein Eisen begradigt oder ein Hufeisen geschmiedet haben wollen. Und obwohl das nun wirklich nicht ihr Handwerk ist, sagt sie doch in solchen Fällen ja.

Aber mir ist aufgefallen, daß sie unnötig gereizt ist, wenn sie Leute durchs Haus führt und ihnen die Feuerstätte zeigt. Während sie hin und herläuft, schimpft sie leise über alles und nichts, oder sie tischt wieder die alte Klage auf, wie entsetzlich es sei, daß es hier drinnen so schlimm aussehe. Dieser Bursche, der hier mal gewohnt hat, hätte ja wirklich aufräumen können, ehe er sein Bündel schulterte und anderswo sein Glück suchte. Wenn eine arme Seele es nicht besser wüßte, dann könnte sie meinen, man sei in eine Folterkammer geraten, soviele seltsame Geräte lägen hier herum.

Wenn ihr jemand zu nahe tritt, dann hebt sie blitzschnell etwas vom Boden auf und dreht und wendet es lange in ihren verstümmelten Händen. »Höhöhö«, lacht sie leise und irgendwie besserwisserisch, wenn sie den Neugierigen nicht gleich fragt, ob er wohl gern den Finger hier oder dort hineinstecken würde. Anfangs hielt ich das für einen Trick, um die Leute aus ihrem Haus zu vertreiben. Ich wußte noch nichts über das geheime Gesetz von Anziehung und Abstoßung – über die düstere Verlockung, die alle ausstrahlen, die sich von ihrem eigenen Mythos ernähren.

Wenn sie Eisen und Zangen auch ungern sieht, so hat sie bei anderen Materialien eine glückliche Hand. Zum Beispiel stopft sie in ihren Mußestunden die vielen Tiere aus, die ihr von nah und fern gebracht werden. Wenn ein Bauer einen Wolf oder einen Bären zur Strecke gebracht hat und es nicht über sich bringt, dem das Fell abzuziehen, dann schleppt er seine Beute meilenweit über Land, damit sie sie mit ihren geschickten Hexenhänden wiederbelebt.

Sie hat eine eigene Fähigkeit, Tieren ihr verlorenes Leben zurückzugeben, und der Schütze ist fast wie behext, wenn er zurückkommt und das Resultat sieht. Aus Stein und Harz macht sie Augen, die dermaßen funkeln, daß sogar der Herrgott sie um ihre Kunst beneiden müßte. Wenn sie einen Bären zwischen den Händen hat, dann erhebt er sich auf die Zehen und hebt so realistisch die Pfote, daß sein Bezwinger in der Türöffnung in Deckung geht.

Sie ist in der Natur so bewandert, daß sie deren Wirkmittel durchschaut hat und die winzige Übertreibung meistert, die das Tier lebendiger als im wirklichen Leben werden läßt. Sie kann Bärenaugen gütig oder boshaft aussehen lassen, ganz nach Wunsch, und sie kann dem Bauern immer ansehen, was der Bär seiner Ansicht nach erzählen soll.

Zu ihrer eigenen Unterhaltung fügt sie Teile von verschiedenen Tieren zusammen und versucht auf diese Weise, eine Art Versöhnung in die Welt der Natur zu bringen. Wenn wir uns diese Fabeltiere ansehen, dann scheinen die zahmen und die wilden Eigenschaften einander aufzuwiegen, und die Zeit scheint nahe zu sein, in der Wolf und Lamm gemeinsam grasen werden.

Sicherheitshalber vergißt sie nie, den Schützen zu fragen, was sie mit den Innereien tun soll – eine Frage, die sie ganz nebenbei hinwirft, so daß niemand dabei Argwohn schöpfen kann. Wenn der Besitzer von der genau rechnenden Sorte ist, die auf ihrem Recht auf Speck und Gedärm beharrt, dann holt sie sie überaus gern für ihn aus dem Tier heraus. Es gibt zwar Leute, die meinen, das sei keine Kost für Christenmenschen und daß man sich davor hüten sollte, die Innereien eines gefährlichen Tieres zu verzehren, aber als Schweinefutter könnten sie immerhin dienen, wenn der Wildgeruch nicht so herbe wäre, daß selbst ein Schwein sich angeekelt abwendet. »Hehehe«, lacht sie und blickt zur Decke hoch und weiß vielleicht einen, der ein noch größerer Allesfresser ist als das Schwein.

Während sie ihre Verhandlungen führt, weiß sie schon im voraus, wie die Antwort ausfallen wird – und deshalb kann sie so diensteifrig sein und soviel eigene Interessen aufs Spiel setzen. Sie hat längst schon einen Blick auf das Tier geworfen und gesehen, was sie daran über Herz und Nieren lernen kann, und deshalb leckt sie sich die Lippen und spielt die Hexe, die sich von Unflat ernährt. Sie weiß genau, bis wie weit unter das Fell die Bauern ihr Wild besitzen wollen, und welche Teile nur für weise Frauen und andere Aasvögel interessant sind.

Gleich hinter dem Schornstein hat sie ein kleines, verstecktes Zimmer, wo sie ihre vielfältigen Künste ausübt. Es ist mit Fellen und Vogelschwingen ausgepolstert und bildet einen seltsamen Kontrast zur handfesten Wirklichkeit des Nebenraumes. Bisweilen kann mich eine unklare Furcht überkommen, wenn sie mich dorthin schickt, um irgendetwas zu holen, und ich ohne Licht in der Hand in dieser weichen Finsternis umhertaste. In solchen Momenten scheine ich zwei Seiten derselben Sache zu spüren, und ich begreife Zangen und Eisen als sichtbare Zeichen für etwas weitaus Bedrohlicheres und Ungeheuerliches. Wenn Hanna Mann die Schmiede zu Recht als Folterkammer bezeichnet, dann verirrt sich in diesem Zimmer hier die Seele, während der Körper in die sichtbare Welt zurückkehrt und dort Amboß und Esse ausgeliefert wird.

Es hat sich jedoch noch nie so ergeben, daß ich sie bei der

Arbeit gesehen hätte, aber ich weiß genug über ihre Tätigkeit, um mir den Rest vorstellen zu können. In meinen nächtlichen Träumen sehe ich sie den Bauch eines Kadavers aufschlitzen, während sie meinen Namen mit einer Stimme murmelt, die als leises Flüstern anfängt und zu Ruf oder Befehl anschwillt. Während ich mich im Halbschlaf krümme, zieht sie eine blutige Hand aus dem Inneren des Tieres und winkt mich mit einer starken, lockenden Handbewegung zu sich. So schwer von Begriff bin ich nicht, daß ich nicht schon längst begriffen hätte, was sie von mir will. Aber die Bauerntochter in mir beharrt auf ihrem Recht und will ihr nicht in die Landflüchtigkeit folgen.

Wenn sie mich jemals offen fragt, dann werde ich antworten, daß mein Leben noch vor mir liegt und daß ich andere Auswege sehe, als bei einer weisen Frau in die Lehre zu gehen. Auch wenn ich mich seit meiner frühesten Kindheit ausgestoßen gefühlt habe, so will ich doch die Hoffnung nicht aufgeben, von den Seßhaften angenommen zu werden. Das soll nicht heißen, daß ich mich von ihr abwende oder ihre Selbstauslöschung geringschätze. Aber noch bin ich noch nicht so weit gekommen, daß ich mich unsichtbar machen muß.

Immerhin habe ich ihren Geständnissen entnommen, daß ihre Arbeit eine Form von unpersönlichem Leben ist – eine Art Gleichung oder Abstraktion, ungefähr so, wie sie ihre ausgestopften Tiere zu einer Abbildung dieser Tieresgattung werden läßt. Es ist gut möglich, daß es ein Leben ist, das sich klarer abzeichnet als die Art von Leben, die wir »natürlich« nennen. Aber wer würde nicht lieber am eigenen Leib Not und Drangsal erleiden, als zu einer Unverletzlichkeit auszuwandern, wo ihn weder Hohn noch Lob erreichen können?

Herr Anders aus der Nachbargemeinde hat bei uns übernachtet, und nun versucht der Graf, ihn festzuhalten. Er will Herrn Anders überreden, die Herrin zu taufen. Seit über einer Woche hat er nun schon sein Glück bei Herrn Peder versucht, aber der Pastor wird wohl von seinen eigenen Dämonen zu sehr gequält, um die von anderen beschwören zu können. Und deshalb bringt er vor, daß er und die Herrin ein Fleisch sind, und daß er noch immer nachts bei ihr schläft. Oder er verweist auf die Worte der Schrift über die sieben bösen Geister, die da einziehen, wo einer ausgetrieben worden ist.

Ein anderes Hindernis liegt darin, daß er nicht weiß, wohin er den Bösen befehlen soll, da auf dem Pfarrhof vor wenigen Tagen das letzte Schwein geschlachtet worden ist. Es ist auch schwer zu sagen, welcher Sprache der Irrwitzige gehorcht, ob eine Beschwörung in der Volkssprache ausreicht, oder ob wir es hier mit einem Unhold zu tun haben, der nur Latein oder Hebräisch versteht. Ich glaube, daß ein leises Lächeln über Herrn Peders Gesicht huscht, wenn er diese Argumente vorbringt – ob ihm nun leichter zumute ist, oder ob es ihm trotz allem Probleme macht, sich einen sprachkundigen Teufel vorzustellen.

Da ist Herr Anders eine ganz andere runde und wohlgeborgene Seele, die sich gerne einmal mit Dämonen messen würde. Er hat nur Bedenken, weil die erste Taufe der Herrin vielleicht noch gültig ist – und, wie er sagt, die eine heilige Handlung soll die andere doch nicht aufheben.

Deshalb beschwört der Graf nun schon den ganzen Tag den bösen Geist seiner Schwester und klagt mit jammervoller Stimme über das Unglück, das sie über die Familie gebracht hat. Es war sehr schlimm, daß sich ihr Vater, der Lehensgraf, so dermaßen auf dem hohen Roß wähnte, als er siegreich aus dem Krieg zurückkehrte. Aber wem erscheint das Leben in solchen erfolgreichen Zeiten nicht rosig, so daß er sein Glück bis hinein in die Gotteslästerung verfolgt?

Zu allem Unglück wurde damals in der Gemeinde ein neuer Pastor eingestellt, ein sehr gelehrter, aber verworfener Magister, der gegen Teufelsbeschwörung bei der Kindstaufe war. Weil er beim König in hoher Gunst stand, wagte niemand, auch nur ein Wort gegen diese Irrlehre zu sagen, die er in immer neuen Schriften kühn vertrat. Es kam so weit, daß der König seine neugeborene Tochter nach dem neuen Ritual taufen ließ, zum Ärger von vielen, die das Vorgehen des Grafen verurteilt hatten. Einige Monate lang mußte das Land zusehen, wie der Teufel triumphierte, dann griff das Schicksal ein und nahm die Sache in die eigene Hand. Nach der gotteslästerlichen Taufe ging es rasch bergab mit dem Kriegsglück des Königs, und die neugeborene Prinzessin starb nur wenige Wochen, nachdem sie in die Gewalt des Bösen gegeben worden war, an einer Seuche. Daß die kleine Gräfin dagegen heranwuchs und gedieh, konnte nur als Glied in den kurzfristigen Plänen des Schicksals betrachtet werden.

Um sich den längerfristigen Fügungen zuzuwenden, hat mich der Graf in die Studierstube gerufen und mich gebeten, das Horoskop oder die Nativität der Herrin, wie er es nennt, zu lesen. Es ist ein Prachtstück von einem Buch, eingebunden in blaues Leder, und ihr Sternzeichen ist in Gold in den Einband eingestanzt. Ich lese auf dem Titelblatt, daß es von dem berühmten Astrologen in ihrem Heimatland stammt, demselben Sterndeuter, der auch dem König und seinen beiden Brüdern das Horoskop gestellt hat.

Weil der Text sehr verschnörkelt formuliert ist, ist es schwierig, ihr Schicksal zu erkennen, und außerdem hat der gelehrte Herr so viele Vorbehalte eingeräumt, daß er unter allen Umständen recht behalten wird. Ich begreife im Grunde nicht, wozu solche Voraussagen gut sein sollen, wenn sie sich doch in alle Richtungen dehnen lassen. Aber ich soll den Text ja nur vorlesen und deuten, und keiner der drei Herren fragt nach meiner Meinung.

Und ich muß ja zugeben, daß eine merkwürdige Wechselwirkung zwischen einem Menschen und seinem Schicksal zu bestehen scheint, wenn man diese Prophezeiungen mit dem vergleicht, was der Graf über seine Schwester erzählt hat.

Nehmen wir nur das kostbare Glasfenster, das ihr Vater vier Jahre nach ihrer Geburt in Auftrag gab, um Abbitte für seine Gotteslästerung zu leisten. Jeden Sonntag mußte sie unbeweglich vor dem Fenster stehen, während ihre Familie in der Kirche war, und ohne Unterbrechung Gebete aufsagen, damit der Schatten ihres Fluches nicht auf sie fiele. Obwohl sie noch nichts über den düsteren Planeten Saturn wußte, der ihr Leben bedrohte, so konnte sie ihr Unglück doch der kleinen schwarzen Gestalt unten in der linken Fensterecke entnehmen.

Was ist passiert, während sie da ganz allein stand und ihre schwachen Gebete murmelte, um einem düsteren und unerbittlichen Schicksal zu entgehen? War ihr Widerstand so gebrechlich, daß der Schatten endlich aus seinem Feld im Fenster trat, oder wurde sie selber von einer unwiderstehlichen Macht ins festgelegte Muster des Bildes gezogen?

Schwer zu sagen, was man davon halten soll, aber ich bin nicht so sicher, daß der Sterndeuter recht hat, wenn er sagt, daß sich ein böses Schicksal abwehren lassen kann, wenn wir es im voraus kennen. Ist es nicht eher so, daß unsere bangen Ahnungen uns an der Hand führen und uns oft Opfer der Gefahren werden lassen, vor denen wir uns am allermeisten zu hüten versuchen?

Jetzt, wo der Tag zur Neige geht, wird die Erinnerung des Grafen immer vager, und das meiste von dem, was er erzählt, läßt sich ohne weiteres als Gefasel im Suff abschreiben. Nur wenn es um den bösen Geist seiner Schwester geht, ist er noch immer seltsam wach und kann uns Beispiele dafür bringen, wie früh sie sich schon von anderen unterschied und sich auf die falsche Seite hinüberbewegte.

Wenn auf dem Schloß Feste gefeiert wurden und die Munterkeit im Rittersaal die Wände zum Beben brachte, dann konnte sie plötzlich verstummen und das Ohr an die Mauer legen, als ob sie einer tiefen unterirdischen Klage lausche. Vielleicht konnte sie ja wirklich das Gejammer der armen Teufel hören, die gegen die Gesetze des Landes verstoßen hatten und im Kerker des Schlosses eingemauert waren. Tod und Verderben, ihr Gebrüll konnte in den stillen Nächten störend genug sein, wenn die Wache abgetreten war und die Soldaten nicht mehr im Burghof herumlärmten. Aber warum sollte ein hochgeborenes Fräulein solchen Mißtönen ihr Ohr leihen, wenn alle anderen feierten und die hohen Schloßsäle von Gesang und Saitenspiel widerhallten?

Es ist überhaupt ein schlechtes Zeichen, findet der Graf, wenn ein Mensch sein Standesgefühl verliert und sein Mitleid allerlei Abschaum und verarmtem Pack zukommen läßt. Als gäbe es nicht genug schöne Fügungen, auf die wir unseren Blick richten können, und warum sollten wir uns da das elende Los der vielen zu Herzen nehmen, auf die niemals die Sonne des Herrn geschienen hat? Was nützt es denn, die Bluthunde des Schlosses daran zu hindern, einen fortgelaufenen Leibeigenen zu zerreißen, wenn das Schicksal ihn danach mit der härteren Strafe einholt, zu Tode gepeitscht zu werden? Oder warum über die abgehackte Hand des Diebes weinen, wenn die diebische Natur in diesem Glied saß und keine Ruhe gegeben hätte, bis er am Galgen baumelte? Wer geköpft werden soll, wird nicht erhängt, sagt das tröstliche Sprichwort, das der Graf zu seinem Motto ernannt hat.

So sorgt die Gerechtigkeit dafür, daß niemand eingreift und eine Ordnung stört, die keine Strafe je erläßt, sondern sie oft auch noch verschärft.

Jetzt, wo ich hier in meiner Kammer sitze und noch einmal lese, was ich gerade geschrieben habe, erkenne ich meine Schwächen als Schreiberin klarer denn je. Ich sehe, daß ich zu einer zierlichen und geschraubten Sprache greife, die nicht immer zu den Ereignissen paßt, die ich aufschreiben soll. Ja, das Seltsame ist doch, daß meine Gänsefeder immer umständlicher über das Papier kratzt und Blut in Tinte oder Natur in Kunstfertigkeit verwandelt, je saftiger und gröber die Dinge ausfallen, die hier im Haus vor sich gehen. Es scheint unmöglich zu sein, die Dinge so zu sehen, wie sie wirklich sind, immer kommt irgendwas dazwischen und schafft eine Distanz zwischen dem, was ich erlebe, und dem, was ich schreibe.

Wenn ich zum Beispiel das Vokabular des Grafen richtig wiedergeben wollte, dann würde jegliche Ordnung zum Erliegen kommen, und mein Bericht wäre von einer solchen sprachlichen Armut, daß er völlig unlesbar wäre. Andererseits gebe ich zu, daß mein Bild vom Grafen ein Kunstprodukt ist, das immer wieder droht, von dem Abscheu verzerrt zu werden, den ich ihm entgegenbringe.

Wie oft habe ich mir schon gewünscht, eine andere

Kunst zu beherrschen als die Schreiberkunst, ein Werkzeug von größerer Wirkung zur Hand zu haben als meinen Gänsekiel. Wäre es doch möglich, die Welt auf einen Blick klar zu erkennen und das mit einer einzigen allumfassenden Handbewegung aufs Papier zu bannen! Wenn ich an die Bilder denke, die ich in den Büchern der Herrin gesehen habe, dann scheinen sie durch einen solchen Glückstreffer entstanden zu sein. Aber was weiß ich denn über die Vorzüge des Pinsels im Vergleich zur Gänsefeder und über die Erleichterung, die es bedeuten würde, ein anderes Werkzeug ausgehändigt zu bekommen? Ich versuche ab und zu nur so zum Spaß, die Feder umzudrehen und in die Tinte zu tunken, aber die Figuren, die ich dabei zustande bringe, sind viel undeutlicher als meine Schreibereien.

Ach nein, ich muß meiner langsamen Kunst wohl treu bleiben und es hinnehmen, daß sich immer etwas verändert, wenn Worte zu Papier gebracht werden. Vielleicht hat es auch keinen Zweck, die Dinge so wiederzugeben, wie sie wirklich sind. Ich frage mich, ob eine rein äußerliche Beschreibung des Grafen wahrheitsgetreuer ausfallen könnte als das Bild, das ich hier von ihm gezeichnet habe. Ich könnte mir natürlich sein außerordentlich fettes Gesicht vornehmen und es Zug um Zug beschreiben. Aber ich möchte mich mit der Bemerkung begnügen, daß sich das im Bilderbuch der Herrin gut gemacht hätte, Seite an Seite mit der Ausbeutervisage, die so zerfressen ist, daß zwei arme Leute ihre Zähne hineinschlagen. Auf dieselbe Weise könnten sein Hals und seine Hände eine Beschreibung wert sein, und seine abscheuliche Lederhose, deren Futteral niemals zugeschnürt ist. Aber ich finde, er selber stellt sich besser dar, wenn er mit seiner französischen Krankheit prahlt und gespannt darauf wartet, wieviele Kinder mit roten Flecken am Körper in diesem Sommer hier in der Gemeinde geboren werden.

Ich habe mich nicht geirrt: Hier in der Gemeinde geht wirklich etwas vor. Etwas, das sich auf den Pfarrhof richtet und das auf allen Wegen der Gemeinde dahinschleicht, trampelt und wandert.

Gestern abend, als ich gerade die Treppe zu meiner Söllerkammer hochgehen wollte, hörte ich, wie leise an die Haustür geklopft wurde. Ich öffnete, und da hockte ein älterer Bauer vor dem Schuppen, und auf meine Frage, was er so spät abends noch wolle, sagte er, er müsse mit dem Pastor reden.

Nun hatte ich durchaus keine Lust, den Mann einfach einzulassen, ich konnte ihm nämlich ansehen, daß er nichts Gutes im Schilde führte. Sein Blick war lauernd und gleichzeitig schadenfroh, und immer wieder schlich dieser Blick über den Boden, ehe er mich erreichte. Unter dem Arm trug er ein in viele Lappen gewickeltes Paket, und am äußersten Lappen fummelte er auf eine Weise herum, die meine Aufmerksamkeit erregte.

Ich versuchte dem Mann klarzumachen, daß wir im Pfarrhof gerade zur Ruhe gingen, und ich bot ihm an, in der Knechtskammer zu übernachten. Aber gleichzeitig hörten wir aus dem erleuchteten Haus Geschrei und Gejohle, und ich konnte sehen, wie der kleine Schelm die Ohren spitzte und sich darüber freute, mich bei einer Lüge zu ertappen.

Als ich ihn in die Studierkammer führte, merkte ich, wie er vor der Schwelle stehenblieb und noch lange dort verweilte, nachdem die Mägde hinausgeschickt worden waren. Er wußte sichtlich nicht, wie er sein Begehr vorbringen sollte, und er war wohl nicht daran gewöhnt, seine Bauernschläue in Worte zu kleiden.

Ich hörte ihn etwas darüber murmeln, daß er am Sonntag nicht in der Kirche gewesen sei, weil seine Frau an Blutstürzen litt und er sie während des Gottesdienstes nicht allein lassen konnte. Aber es sei vielleicht eine Fügung des Herrn, daß er im Haus geblieben war, sagte er und ließ seinen Blick mit verschlagener Miene von einem zum anderen wandern. Denn während die Kirchenglokken am lautesten geläutet hätten, habe Hanna Mann seine Frau besucht und die Blutungen so schnell zum Stillstand gebracht, daß es das reine Wunder sei.

»Und da dachte ich mir«, sagte der Bauer, »daß das nicht mit rechten Dingen zugehen könnte. Während die alte Hexe sich um die Kranke kümmerte, habe ich die Hand in ihren Beutel gesteckt, um nachzusehen, was sie für Hilfsmittel bei sich hatte. Und auf diese Weise habe ich dieses Buch an mich gebracht«, grinste er und zog das Bündel unter seinem Arm hervor und reichte es Herrn Peder.

Als Herr Peder die Lumpen abgewickelt hatte, kam ein altes schwarzes Buch zum Vorschein, das auf ihn einen unerwartet starken Eindruck machte. Er blieb eine Weile damit stehen und ließ es ängstlich von einer Hand in die andere wandern, dann ließ er es auf den Tisch fallen, als ob er sich daran verbrannt habe. Immer wieder versuchte er, sich dem Buch mit den Händen zu nähern, aber immer wieder zog er schnell die Finger zurück und blickte sich ratlos im Zimmer um. Als er mich erblickte, schien er neuen Mut zu fassen, und er winkte mich mit allen sichtbaren Zeichen der Erleichterung zu sich an den Tisch. Selten hat sich der Pastor zufriedener darüber gezeigt, daß er eine Schreiberin hat, an der er die Materie ausprobieren kann, in die einzudringen er sich selber fürchtet.

Als ich anfing, im Buch zu blättern, sah ich bald, daß es sehr alt und zumeist in einer Sprache verfaßt war, von der ich nichts verstand. Ein Teil des Textes war in klarem Latein gehalten, an manchen Stellen war die Schrift jedoch spiegelverkehrt, oder sie verlor sich in kryptischen Verklausulierungen und Schriftzeichen, die sicher erfunden worden waren, um wichtige Teile des Inhaltes des Buches zu verschleiern. Es schien eine Art Mischung aus einem Ärztebuch und einem Almanach zu sein, wo Rezepte für Heilmittel neben Wetteraussichten und langen Berechnungen von dunklerem Ursprung verzeichnet waren.

Mir fielen sofort die vielen häßlichen Flecken im Buch auf, die entstanden sein konnten, wenn sein Besitzer beim Herumblättern etwas Besudeltes in der Hand gehalten hatte. Einige Flecken sahen aus wie uralte Blutspritzer, die im Laufe der Zeit bräunlich eingetrocknet waren. Holterdipolter standen zwischen den Schriftstellen überraschende Zeichnungen, scharf und zierlich ausgeführt, aber von einem Wahrheitsgehalt, der einfach zu stark war, um mit bloßem Auge gesehen zu werden. Ich denke unter anderem an seltsame Querschnitte durch den menschlichen Akt, diese Umarmung, die Luther als Teufelsfreude bezeichnet, wenn sie nicht durch die Ehe gesegnet ist. Der Zeichner hatte vielleicht das »Geheimnis belauern« wollen, wie Herr Peder das nannte, um mit bloßem Auge das Dunkel zu durchdringen, das sich um unsere Herkunft schließt.

Plötzlich merkte ich, daß der Graf hinter mich getreten war und sich schwer über meine Schulter lehnte. Als ich die letzte Seite im Buch umgeblättert hatte, brach er in schallendes Gelächter aus und rief Herrn Peder über den Tisch hinweg zu, daß wir es hier mit einem gewissen Cyprianus zu tun hätten.

Damals hörte ich diesen Namen des schwarzen Buches zum ersten Mal, und deshalb konnte ich nicht sofort verstehen, warum Herr Peder ein dermaßen entsetztes Gesicht machte. Im Laufe der Jahre haben wir doch oft eines dieser Bücher an uns bringen können, die im Volksmund als das »Umgekehrte Hexengebet« oder der »Teufelskatechismus« bekannt sind. Aber sie waren immer dermaßen einfältig aufgebaut, daß wir nur darüber lachen konnten. Bei solchen Gelegenheiten haben wir oft zueinander gesagt, daß ein Teufel, der sich so unbeholfen und mit so vielen Tintenklecksen und Schreibfehlern ausdrückt, nicht viel taugen kann. Außerdem haben wir immer die Schrift irgendeines Schelms aus der Gemeinde erkannt, der sich mit seiner Schreiberei einen oder mehrere Schillinge verdienen wollte.

Was die eher lokalen Zauberkünste angeht, so zieht Herr Peder großen Nutzen aus der Tatsache, daß er ein Sohn des Volkes ist und die Lockmittel kennt, die das gemeine Volk benutzt, um sich mit den Mächten zu verständigen. Er kann diese ganzen Rezepte der Schwarzen Magie auswendig, durch die ein armer Wurm sich größere Kräfte erschleichen kann, als die Natur ihm zugedacht hat: »Stich einer Fledermaus ein Auge aus und bewahre es auf, sprich das heilige Gebet rückwärts und schmiere dir das Blut der Fledermaus ins Gesicht«, oder »Nimm das Ohr einer schwarzen Katze und koche es in Milch, schlage dann der Katze den Kopf ab und pflanze im Namen des Teufels darin Erbsen«. Oder: »Nimm eine Schlangenzunge und trage sie an drei aufeinanderfolgenden Sonntagen bei dir, stecke dann die Schlangenzunge unter deine eigene Zunge, aber laß dich von keiner lebenden Seele dabei erwischen.«

Ich weiß nicht mehr genau, welche Vorteile diese Hausmittel uns erbringen können. Aber Herr Peder und ich haben viel darüber gelacht und flüstern sie uns gerne zu, wenn wir in einer Klemme stecken. Natürlich hat der Pastor recht damit, daß der Teufel ein größerer Magier ist, als diese Rezepte annehmen lassen, und daß ein Katzenkopf nicht ausreicht, um seine Erbsen zum Keimen zu bringen.

Im Grunde ist es ein Widerspruch, daß Herr Peder so gelehrt und so wissensdurstig ist, während er glaubt, daß wir uns hier im eigentlichen Bereich Satans befinden. Er findet es nicht weiter seltsam, daß die Kirche es auf gelehrte Häupter abgesehen hat. Denn gerade von dort, sagt er, erwartet sich die alte Weltordnung eine Bedrohung ihrer Herrschaft.

Obwohl die Zeiten vorbei sind, in denen Josua der Sonne befehlen konnte, stillzustehen, ist der Glaube noch immer von einer gewissen Kontrolle abhängig, die nicht zuläßt, daß die Erde im Weltall gar zu klein wird. Es ist nicht mehr so leicht zu glauben, daß Gott seinen Sohn auf die Erde geschickt hat, wenn diese unsere Erde auf eine Welt zwischen Millionen von anderen Welten reduziert wird.

Herr Peder hat das niemals offen gesagt, aber manchmal scheint er es für hochmütig von uns Menschenwürmern zu halten, uns vom Himmel besondere Aufmerksamkeit zu erwarten. Vielleicht hat deshalb der Teufel solche Macht über ihn, weil er ihn für den Fürsten dieser Welt und für den Ursprung aller ketzerischen Gedanken hält.

Was dieses uralte Buch betrifft, so ist er sich so sicher,

daß es sich dabei um Satanswerk handelt, wie er findet, es sei ein gründliches Studium wert. Bis auf weiteres hat er es in einen Spalt in der Wand gesteckt und die Öffnung mit Eisenbeschlägen versiegelt. Aber ich sehe, wie er immer wieder zu dieser Stelle hinüberschielt und wie er sich windet, wenn ich vorschlage, das Buch hervorzunehmen und das Tageslicht auf seine geheimnisvollen Seiten fallen zu lassen.

Es kann keinen Zweifel daran geben, daß er unter dem Einfluß düsterer Mächte steht und daß es in seinem Verstand einen dunklen Punkt geben muß, der sich der Erkenntnis der Wahrheit entzieht. Zum Beispiel kann er es nicht mehr ertragen, daß Hanna Manns Name genannt wird. Wann immer der Graf fragt, was er mit ihr vorhat, trifft diese Frage auf taube Ohren, oder er ballt die Faust und ruft, das sei Satans Angelegenheit. Ich glaube, sie wird wie die Eule der Weisheit in seiner Phantasie herumspuken, und es ist nicht unvorstellbar, daß er sie abends am Waldrand rufen hört.

Er scheint ihre Tätigkeiten plötzlich durchschaut und ein für allemal den Versuch aufgegeben zu haben, in ihr Revier einzudringen. Er leugnet energisch, irgendeine Meinung über ihre Heilkünste zu haben, aber mir ist aufgefallen, daß er auch nicht widerspricht, wenn jemand behauptet, sie treibe schwarze Kunst.

Ihr Unglaube scheint ihn nicht mehr zu erzürnen, sondern in seinem Gewissen ein dunkles Loch hinterlassen zu haben. Wenn ich ihn richtig verstanden habe, dann macht ihre Gottlosigkeit ihn nicht mehr betroffen. Nach altem Vorbild hat er seine Hände gewaschen – und hätten nicht andere sie aus dem Wald gezerrt, dann säße sie sicher noch immer geborgen in ihrer Rauchstube.

Und dann ist das eingetreten, was ich schon lange befürchtet hatte: Die Herrin ist vom Glauben abgefallen. Nachdem Herr Anders sie am Sonntagmorgen zur Taufe gezwungen hatte, überkam sie tiefe Verzweiflung, und sie lästert ganz offen Gott.

Wenn der böse Geist über sie kommt, wirft sie sich im Bett hin und her, und wir müssen sie mit Gewalt festhalten, damit sie nicht aufspringt und sich etwas antut. Den ganzen Tag lang muß jemand im Schlafzimmer sitzen und sie bewachen. Und wenn die Nacht einbricht, wagen wir es nicht, die Herrin zu verlassen, solange wir sie nicht am Bett festgebunden haben.

Morgens und abends führen wir sie vor den Hausaltar des Pastors, damit sie dort knien und die Gebete sprechen kann, die er von ihr verlangt. Anfangs weint sie dann immer und klagt dem Gekreuzigten ihre Not. Aber wenn sie dann sein Schweigen bemerkt, faßt sie größeren Mut, und ihre Stimme erhebt sich zu lautem Protest gegen seinen Opfertod. Sie ruft dem geduldigen Schmerzensmann am Kreuz zu, daß er von ihr aus gern den Tod erleiden kann, aber daß das nicht um ihretwillen geschehen soll. Sie kann doch nichts dafür, daß er unschuldig verurteilt worden ist, und sie begreift nicht, warum er den vielen Menschen, die mehr als genug damit zu tun haben, ihre eigenen Schmerzen zu ertragen, sein Kreuz auferlegen muß. Wie groß sein Opferwille auch sein mag, sie hat niemals um sein Opfer gebeten. Und sein Leiden und Tod sind ihr viel ferner als die leisen Rufe aus dem Kerker im Schloß ihres Vaters.

Wenn niemand eingreift und sie zum Schweigen bringt, vollendet sie ihre Klagen mit großer Kraft, und nichts in ihrem Denken läßt annehmen, ihr Verstand könne sich verdüstert haben. Aber sowie Herr Peder hinzukommt, um sie zu ermahnen, fährt sie auf und widerspricht ihm mit den gröbsten Worten. Anfangs glaubte ich es nicht, wenn der Pastor sagte, sie habe diese Beschimpfungen im Jungfernstift gelernt. Für mich klangen sie eher wie Flüche, die sie in den Pferdeställen ihrer Kindheit aufgeschnappt haben mußte.

Wenn ihre Wutanfälle vorüber sind, hat sie ihre stillen Stunden, in denen sie in sich versinkt und mit allem und jedem versöhnt ist. Dann kann ich manchmal sehen, wie sich ihre Finger über die Bettdecke bewegen, als ob sie die Perlen des Rosenkranzes berührte, den Herr Peder ins Feuer geworfen hat.

Aber wenn ich sie frage, schüttelt sie nur traurig den Kopf und sagt, auch der Glaube habe seine krampfhaften Zuckungen. »Ach Gott«, seufzt sie und läßt sich aufs Kissen zurücksinken, »das ist ja nur das Küken zu Hause auf dem Schloßhof, dem noch einmal der Kopf abgehackt worden ist. Armer, armer Leib, wie er um den Hackklotz herumhüpft und mit den Flügeln schlägt, nachdem er schon längst sein Leben lassen mußte!«

Um ihr in ihrer Not zu helfen, habe ich ihr heimlich ein Bild der Madonna mit dem Kind gebracht. Aber die Blicke, die sie dafür übrig hat, sind oft von wehmütigem Kummer erfüllt. Sie ist wohl schon lange nicht mehr unschuldig genug, um dieses himmlische Idyll nachempfinden zu können. Inzwischen wurde das Kind zweimal aus den Armen der Madonna gerissen und begraben, und der gepeinigte Mann am Kreuz ist ihr nähergerückt. Wenn ich sage, daß sie vom Glauben abgefallen ist, dann heißt das nicht, daß sie blind für die Wahrheit in diesem herzzerreißenden Martyrium wäre. Eher ist ihr die Wahrheit wohl mit solcher Kraft aufgegangen, daß sie dem Bild jeglichen überirdischen Glanz genommen hat.

Wenn sie einen ruhigen Moment hat, ruft sie mich oft demütig zu sich und bittet mich, ihr zu helfen, alles aufzuzählen, was im Leben gut und schön war. Denn mit dem Guten und Schönen ist es im Grunde so wie mit den Bildern in dem Buch, in dem sie immer wieder blättert. Kaum hat sie eine Seite umgeschlagen, versinkt der Garten der Lüste in einem Abgrund des Schreckens, und ihr Lachen wird zu Schreien und Wehklagen verzerrt. Während die Unschuldige spielt und lacht und glaubt, die Seligkeit sei nahe, fällt ein Schatten über die Erde, und alle Freuden des Lebens erstarren zu ewiger Verdammnis. Die Hand, die sich nach dem Baum ausstreckt, hat gewissermaßen die Frucht schon viel zu lange gepflückt, und der Tod wartet mit derselben Kaltblütigkeit, mit der sich die Schlange um den Stamm schlingt, am Fuße des Baumes.

Während das Leben an ihr zehrt, schrumpft sie sichtlich in ihrem Bett zusammen und erinnert mehr und mehr an die kleine Jungfrau, die von ihrer Familie verstoßen und mit elf Jahren ins Stift geschickt wurde. Das ist ein Teil ihres Lebens, über den sie nur ungern spricht, und wenn ich sie frage, dann erhalte ich nie eine zusammenhängende Antwort. Sie scheint nur über Scherben und Bruchstücke ihres Schicksals zu verfügen, und aus dieser zersplitterten Ganzheit muß ich mir nun eine Vorstellung davon zusammenbauen, was ihr widerfahren sein kann.

Aber immerhin weiß ich, daß ihr Leben im Stift keine Übung in Frömmigkeit war – wieviele Altardecken sie auch gestickt haben mag, und wieviele Gottesdienste sie besucht hat. Die letzten Tage haben Licht in viele Fragen gebracht, nicht zuletzt weiß ich jetzt mehr über ihren entsetzlichen Ausbruch im letzten Herbst, als wir dachten, sie rede im Fieberwahn über ihr zweites totgeborenes Kind. Als wir den blutigen Klumpen wegnehmen wollten, um ihr diesen Anblick zu ersparen, schrie sie auf unerhört grobe Weise auf und sagte, wir sollten ja nicht glauben, sie habe noch nie ein totes Kind gesehen. Der Wallgraben um ihr Stift sei voll davon gewesen, rief sie. Ja, sie rief Gott dafür zum Zeugen an, daß sie wie Seerosen an der Wasseroberfläche schwammen, wenn der Graben im Frühling ausgeschlämmt wurde.

So, wie ihr Zustand ist, sollte ich ihr vielleicht ihre Stickschere wegnehmen, ehe sie sich damit etwas antut. Es gefällt mir nicht, wie sie mit dieser Schere herumspielt, und jedesmal, wenn sie sich damit in den Arm sticht, macht sie ihre Wunde tiefer und größer.

Ich müßte wohl auch mit Herrn Peder über die Gotteslästerung sprechen, die sie betreibt, wenn sie ihre Anfälle von Munterkeit hat und versucht, mit den Händen vor dem Gesicht Beschwörungen auszusprechen. »Fahre aus, du unreiner Geist«, murmelt sie und wiederholt Wort für Wort die Beschwörung, die Herr Anders bei ihrer Taufe benutzt hat.

Ich weiß nicht, ob sie sich über diese Zeremonie lustig macht, oder ob sie sich wirklich für besessen hält und sich alle Mühe gibt, von diesem Fluch erlöst zu werden. Vielleicht bereut sie im tiefsten Herzen, daß sie sich am Sonntagmorgen so arg zur Wehr gesetzt hat und während der ganzen Zeremonie ihren Widerstand nicht aufgeben wollte. Schließlich mußten wir zwei Mägde aus der Küche holen, die sie festhalten konnten, und doch ging es so hart her, daß Herr Anders ihr am Ende die ganze Silberschüssel mit Wasser über den Kopf gekippt hat.

Jetzt im Nachhinein kann die Herrin sich über das Ganze natürlich lustig machen und sagen, wenn der böse Geist nicht schwimmen konnte, dann sei er zweifellos ertrunken. Aber wenn sie auf diese Weise scherzt, dann liegt auch ein überschäumender Spott in ihrer Stimme, und ich weiß, daß die große Verzweiflung nicht weit entfernt ist.

Jetzt weiß ich, warum Herr Anders noch immer bei uns ist und nicht schon längst zu seinen amtlichen Pflichten in seine eigene Gemeinde zurückgekehrt ist. Sicher nicht nur, weil er unter den Tisch getrunken und überredet worden ist, die Herrin zu taufen. Er hat auch eine Nachricht mit in unser Dorf gebracht, die sich wie ein Lauffeuer verbreitet: Meine Sippe kehrt nach elf Jahren der Abwesenheit in unsere Gegend zurück und hat in den Orten auf der anderen Seite des Gebirges schlimm gewütet.

Nach dem, was Herr Anders erzählt, ist es eine junge und leichtfüßige Schar, ohne den gewöhnlichen Anhang von Kindern und Greisen. Nur einige verwitterte alte Weiber bilden das Ende des Zuges und scheinen ihn mit Gebärden und wildem Geschrei vor sich herzutreiben. Offenbar führen die Mütter der jungen Waghälse den Zug an, und es heißt, daß sie es an List und Kaltblütigkeit durchaus mit ihren Söhnen und Töchtern aufnehmen können. Wie eine Schar von krummschnäbligen Raubvögeln stürzen sie sich auf ihre Beute, und im Notfall kennen sie den Trick, sich flügellahm davonzuschleppen und ihre Verfolger mit dünnen Greisinnenstimmen in die Irre zu leiten.

Wenn die Bauern ihnen auf die Schliche kommen, stapfen sie getrost mit leeren Händen weiter und sind von

Gicht und anderen Krankheiten dermaßen gekrümmt, daß niemandem der Verdacht kommt, sie könnten geplündert oder gestohlen haben. Sie hängen auf ihren Krücken und erschmeicheln sich freies Geleit, und derweil jagt ihre leichtfüßige Nachkommenschaft mit der Beute davon und ist wie vom Erdboden verschluckt, wenn die braven Bauern sich endlich zusammengeschlossen haben, um das Gelände nach ihnen abzusuchen.

Was Herr Anders vor allem wissen möchte, ist, wo die erwachsenen Landfahrer geblieben sind – die vielen sorglosen Herzöge und Herzoginnen, die einst den Landstraßen Farbe verliehen und nur dort stahlen, wo ihnen nichts geschenkt wurde. Bei der Schar, die jetzt durch die Berge zu uns gezogen kommt, gibt es keine Anführer, die älter als achtzehn Jahre alt wären, und dort, wo sie vorüberziehen, sind weder Musik noch Gelächter zu hören. Ihre geheimen Signale sind von den Rufen der Vögel nicht zu unterscheiden, und sie haben sich unsichtbar gemacht, indem sie ihre Kleider zu den Tarnfarben der Natur verfärbt haben. Sie fallen wie ein Schwarm von Riesenheuschrecken über das Gelände her und hinterlassen einen Landstrich, der durch Sengen und Plündern bis auf die Wurzel abgenagt worden ist. Offenbar hat ihre lange Abwesenheit einen neuen Stamm hervorgebracht – weniger farbenfroh und verbissener in seinem Haß auf die Seßhaften.

Soviel Herr Anders weiß, treibt pure Rachsucht die Fremden an, und deshalb ist er durch die Berge gereist, um sich mit Herrn Peder zu beraten. Ich weiß nicht, ob er den Unwissenden spielt, um soviel wie möglich aus der Situation herauszuholen, oder ob er wirklich nichts von den blutigen Ereignissen weiß, die sich vor fast elf Jahren hier in der Gemeinde abgespielt haben. Im einen Moment entschuldigt er sich damit, daß er erst vor kurzem sein Amt übernommen hat, im nächsten scheint er besser unterrichtet zu sein und betet darum, daß seine Gemeinde vor Unglücken bewahrt werden möge, die andere Täler auf sich geladen haben.

Noch weiß niemand, wie sich unsere Bauern hier verhalten wollen. Aber daß sie bereits Pläne schmieden, ist deutlich. Jeden Abend in der Dämmerung kommen sie zum Pfarrhaus und lungern in verstreuten Gruppen vor dem Fenster der Studierkammer herum. Lange stehen sie dann da und sind so still, daß wir ihre Anwesenheit fast vergessen. Nur ein seltenes Mal verraten sie sich dadurch, daß ihre Stimmen in einem leisen Gemurmel ineinander übergehen.

Ab und zu fahren wir von einem leisen Getrommel zusammen, das sich anhört, als träfe ein Hagelschauer das Haus, oder als habe jemand eine Handvoll Erde oder Kieselsteine gegen die dünne Fensterhaut geworfen. »Herr Jesus, das werden sie doch wohl nicht wagen!« ruft Herr Peder und erhebt sich. Aber diese Bewegung ist zu heftig für seinen berauschten Kopf, und er schlägt sich an die Stirn und läßt sich auf den Sitz zurücksinken.

Gestern abend wurde plötzlich ein Stock durch ein Fensterloch geschoben, ein Zeichen, daß der Graf sogleich beantwortete, indem er mit der Hand am Schwertknauf nach draußen ging. Bald darauf sahen wir, wie der Stock aus dem Loch in der Haut gezogen und durch das Schwert des Grafen ersetzt wurde, während sich die Stimmen draußen zu einer Art gezwungenen Gelächters erhoben.

Das erste Opfer ist der Kirchenzucht des Pastors erlegen, und das hat zu Dingen geführt, von denen ich fast nicht weiß, wie ich sie aufs Papier bannen soll.

Am Mittwoch in der Frühe kam ein Bote von der Köhlerhütte im Norden des Waldes zu Herrn Peder. Es war nicht leicht festzustellen, worum es ging, denn der Junge stotterte und hielt sich beim Reden die Hand in den Mund, und deshalb klang seine Rede wie das Gebrüll eines Tieres oder wie tiefes Schluchzen. Als er sich noch längst nicht richtig verständlich gemacht hatte, fuhr er schon wieder herum und verschwand im Wald, während wir nur noch zuhören konnten, wie seine nackten Füße im Laufen das Eis auf den Pfützen zerbrachen.

In aller Eile ließen wir zwei Pferde satteln, und während der Pastor Talar und Kragen anlegte, holte ich seine neue Bibel in der Volkssprache und packte den Schrein mit dem Heiligen Abendmahl. Als Herr Peder in den Sattel stieg, war er noch so schlaftrunken, daß er Hilfe dabei brauchte, auf sein Pferd zu kommen. Als wir uns in Bewegung setzten, hörte ich ihn tief aufstöhnen, und während des ganzen Rittes durch den Wald hing er dermaßen schief über seinem Pferd, daß es schrecklich aussah.

Plötzlich hatte ich das Gefühl, ihn aus der Entfernung und mit ganz neuen Augen zu sehen, und mir ging auf, daß eine größere Bürde auf ihm lastete als sein üblicher Kater. Obwohl er im Sattel noch immer so hoch aufragte wie früher, schien sein gewaltiger Körper doch auf seltsame Weise dahinzuschwinden – als ob ihm eine Seuche im Mark stecke und ihn von innen her verzehre.

Lange ritten wir Seite an Seite durch ein vom Frost so verheertes Gelände, daß jeder Baum und jeder Strauch lautlos zum Himmel zu schreien schien. Die Felder waren noch von Reif bedeckt, und hier und da konnte ich die Abdrücke von fliehenden Kinderfüßen ahnen. Ich dachte gerade an die Herrin und ihre frostige Welt, als Herr Peder sich plötzlich mit einem Ruck im Sattel aufsetzte.

»Es lag wohl daran«, murmelte er wie aus tiefster Seele, als ob ihm mitten in einer tiefen Grübelei die Gabe der Sprache geschenkt worden sei. »es lag wohl daran, daß ihre Leute sie für unkeusch hielten.«

Ich begriff noch nicht, wovon er redete, und seine Stimme machte mir dermaßen angst, daß ich es kaum wagte, zu ihm hinüber zu sehen. Seine Stimme schien so voller Gram und Erniedrigung zu stecken, daß sie mir tief ins Herz schnitt.

»Hast du dir nie überlegt, wie seltsam es ist, daß ein Adliger seine Tochter mit einem armen Teufel von Pastor verheiratet?« rief er, als wir beide lange geschwiegen hatten. In diesem Moment wieherten die Pferde und sprangen unruhig hin und her, und wir brauchten all unsere Geistesgegenwart, um sie wieder zu beruhigen.

»Du hättest das Stift sehen sollen, in das sie sie gesteckt hatten«, sagte er dann etwas deutlicher und mit großer Distanz zu seinem eigenen Schmerz. »Ich hielt mich einige Zeit dort auf, um alte Handschriften zu studieren. Aber Gott erbarme, was für eine Stätte, um sich mit geistiger Arbeit zu befassen! Ja, Gott erbarme sich, was für eine Stätte«, wiederholte er dann langsam, wie von weither, und ich merkte, wie er den Faden verlor und wieder in einem fast träumerischen Zustand versank.

So hellwach ich auch war, ich konnte das Gespräch nicht in Gang halten, das sich ab und zu zwischen uns entspann, wenn die Pferde uns nicht in Atem hielten oder wenn es nicht zu anstrengend war, sich durch das Unterholz zu drängen. Dazu war der Stoff zu wenig greifbar, wie der weiße Atem vor unseren Mündern oder der Rauhreif, der uns auf den Kopf tropfte und sich in reines Nichts auflöste. Ich vergriff mich an diesem gebrechlichen Stoff, der Wirklichkeit genannt wird, und konnte nicht begreifen, warum er so schwer zu fassen war. Erst hier, an meinem Schreibpult, kann ich einen vagen Zusammenhang ahnen und verstehe, warum sich die Dinge zumeist mit zweideutiger Zunge zu erkennen geben. Je mehr ich mich mit dem geschriebenen Wort beschäftige, desto klarer sehe ich, daß die Wahrheit nicht nur der Stein ist, der schwer ins Wasser fällt, sondern auch die Ringe, die sich ausbreiten und ihre eigenen Spuren tilgen.

Vielleicht fühlt man sich deshalb so seltsam, wenn man aus dem Dickicht tritt und sich dem Kohlenmeiler nähert. Man sieht den leichten Rauch über der Lichtung schweben, und einen Moment lang möchte man fast glauben, es gebe nur ihn. Aber gleich darauf fühlen wir uns von der Einsamkeit dieses Ortes betroffen und wissen, daß sich hier etwas versteckt.

Und wenn dann der Hüter des Meilers auf einen zukommt, dann ist er dermaßen besudelt von seiner dunklen Tätigkeit, daß sogar seine Trauer zutiefst verdächtig wirkt. Wer kann denn sicher sein, daß ihm echte Tränen über die Wangen strömen, wo sein Handwerk doch beständig seine Augen reizt? Und wer kann seine lebhafte Angst für echt halten, wo er doch ein Großmeister darin ist, Leben zu unterdrücken? Wenn es stimmt, wie ich als Kind wirklich geglaubt habe, daß Bäume Schmerzen empfinden können – wieviele Schreie sind dann in seinem Meiler erstickt worden, und was war er dann für ein Henker für die Welt, die wir als die stumme Natur bezeichnen?

Noch jetzt, während ich schreibe, weiß ich nicht, was ich vom Tod der Köhlerstochter und dem merkwürdigen Umstand halten soll, daß der Leichnam vom Tatort verschwunden war. Wenn uns ein anderer Vater zum Tümpel geführt und vergeblich nach der Toten gesucht hätte, dann hätten dessen Augen vielleicht ebenfalls voller Tränen gestanden. Aber bei dem vielen Rauch, den dieser Mann bei seinem ehrsamen Handwerk hervorbringt, sieht es doch immer ziemlich nebelhaft aus, egal, was er tut. Wer in aller Welt sollte denn mit einem Mädchen davonlaufen, das steif und tot am Ufer eines Tümpels tief im Wald liegt? Ich glaube, der Vater war zuerst hier und hat sie aus dem Wasser gezogen, und dann hat er sie vielleicht etwas weiter an Land gebracht, als er zugeben will.

Jedenfalls bin ich sicher, daß der Köhler lügt, wenn er behauptet, seine Tochter sei eines natürlichen Todes gestorben. Es ist absolut nicht vorstellbar, daß sie Ende Oktober im Tümpel ihre Kleider waschen wollte, vor allem dann nicht, wenn man weiß, wie die Köhlersleute es mit der Sauberkeit halten.

Da ist es schon wahrscheinlicher, daß sie ins Wasser gegangen ist, denn nach dem, was ihr in der Kirche passiert ist, war sie schließlich entehrt. Vermutlich hat sie voller Angst und Sorge auf die Milchmuhme der Gemeinde gewartet, und die Wartezeit wurde zu lang, und sie hat ihrer Verzweiflung ein Ende gemacht. Ich weiß ja nicht, ob es wirklich so war. Aber je mehr ich über diesen Fall erfahre, um so klarer wird es mir, daß die Köhlerstochter schwanger war.

Und deshalb muß jetzt ermittelt werden, was der Vater mit der Leiche gemacht haben kann – ob er sie eigenhändig in ungeweihtem Boden verscharrt hat, oder ob er sie versteckt hat und auf eine Gelegenheit wartet, um sie auf den Friedhof zu schmuggeln. Er wäre nicht der erste, der den Frieden des Grabes bricht. Immer wieder kommt der Küster und klagt über Gräber, die aufgebrochen worden sind, und wenn wir uns die Sache genauer ansehen, dann stellt sich heraus, daß der rechtmäßige Bewohner des Grabes Besuch von einem unseligen Wesen bekommen hat, dessen rechtmäßiger Aufenthaltsort drüben auf dem Galgenberg liegt.

Es steht aber nicht fest, daß der Köhler von so verstockter Seele ist, daß er einen solchen Versuch machen würde. Ich weiß nicht einmal, ob er so fromm ist, daß es ihn interessiert, wo ein entseelter Leib nach dem Tode zu liegen kommt. Ich habe oft gehört, wie der Pastor sich über eine bestimmte Art von Glauben geärgert hat, den er »Köhlerglaube« nennt, eine düstere und eigensinnige Überzeugung, die noch im Heidentum wurzelt. Gott weiß, ob dieser Glaube nicht mit den Tränen verwandt ist, die ich »Köhlertränen« nenne und die mich an der aufrichtigen Trauer des Mannes zweifeln lassen.

Wie dem auch sei, nun steigt in dieser Gegend des Waldes kein Rauch mehr auf, und das ist kein gutes Zeichen. Solange ich erinnern kann, hat die kleine Rauchsäule im Wald als Wegweiser gedient, und ich weiß, daß ein Köhler nur durch ein schlimmes Unglück dazu gebracht werden kann, seinen Meiler im Stich zu lassen.

Aber auf Herrn Peder hat diese Angelegenheit eine sehr schlimme Wirkung gehabt, und ich frage mich oft, wie es um seinen Verstand steht. Er steht morgens so abwesend und zerstreut auf, wie er sich abends zu Bett legt, und wenn ich überhaupt aus seinem Gemurmel schlau werden kann, dann handelt es von Beelzebub und seinen vielen Schlupfwinkeln. Widerspruchslos hat er Macht und Autorität hier im Haus abgelegt und rührt keinen Finger mehr, um abends die Mägde aus dem Zimmer zu jagen.

Aber wenn er lange dagesessen hat und ihm von ihrem wilden Tanz schon schwindlig ist, dann springt er manchmal dann doch auf und ruft mit fast der alten Stimmkraft:

»Freunde, vergeßt nicht, der Tanz ist ein Kreis, in dem der Böse selber den Mittelpunkt darstellt.«

Seine Angst kann sich offenbar nur in bildhafter Sprache niederschlagen, und in seiner Stimme liegt ein leises Beben, wenn er sich vorbeugt und flüstert:

»Schwestern, ich will euch das Geheimnis über den Teufel und seine Sennerin verraten: Sie melkt ihn, und er melkt sie, und sie melken einander bis in die Abgründe der Hölle hinein.«

TEIL 2

Im Kirchturm

Nun sind schon zweieinhalb Monate vergangen, seit ich mich zuletzt mit meinen Aufzeichnungen beschäftigt habe, und ich spüre, wie mich die tiefe Ohnmacht überkommt, wenn ich versuche, dort weiterzuschreiben, wo ich unterbrochen worden bin.

Das liegt vielleicht daran, daß ich im Kirchturm eingesperrt bin und daß das Leben zu anstrengend geworden ist, um sich zu Schreibkunst umformen zu lassen. Ohne meinen Freund den Küster, der mich bewachen soll, bis ein Kerkermeister eingestellt worden ist, hätte ich meine Schreibgeräte auch gar nicht hier. In seiner Güte hat er sie aus dem Pfarrhaus gerettet, wo der Graf jetzt herrscht, und hat sie Stück für Stück zusammen mit meinem Essen und meinem Nachteimer zu mir hereingeschmuggelt.

Ansonsten merke ich ja, daß meine Gemütsruhe zu Ende ist und daß meine Aufzeichnungen von nun an vager und zufälliger sein werden. Natürlich kann ich meine Schreiblust nicht verleugnen, und ich werde wohl noch eine Zeitlang in dem Stil schreiben, der mir beigebracht worden ist. Das soll nicht heißen, daß ich meine alte Stellung inzwischen verachte. Aber da mein Leben jetzt in der Hand des Schicksals liegt, suche ich eine neue Ausdrucksform, die mir helfen kann, die Dinge auf furchtlosere Weise anzugehen.

Es ist wohl nur eine Frage der Zeit, denn im Laufe der Wochen fällt es mir immer schwerer, mich meiner alten Ordnung zu fügen. Der Graf kommt mehrmals täglich her und fragt mich über meinen Zustand aus, und oft bringt er seinen Reitknecht mit, der mich festhalten soll, während der Graf mir zu Leibe rückt. Noch hat er nicht herausbringen können, wer der Vater des Kindes ist, das ich um Mittfasten zur Welt bringen werde. Als frischgeschlagener Rittersmann möchte er, daß ich freiwillig gestehe. Sicher ist er deshalb so geduldig und greift bisher zu keinem anderen Hilfsmittel als der schlichten Kraft seiner Hände.

Wenn ihm aufgeht, daß er bei mir nichts zu erwarten hat, geht er nach nebenan und flüstert Hanna Mann seine leisen Drohungen ins Ohr. Sie weiß natürlich, daß ich an der Wand sitze und horche, und sie antwortet ihm so laut und klar, daß ich die ganze Zeit weiß, wie ihre Sache steht. Ich gewinne wirklich Stärke aus der Ruhe und Schlagfertigkeit, mit der sie auf alle Anschuldigungen reagiert. Selbst für die gröbste aller Anklagen hat sie eine natürliche Erklärung, die das Verhör des Grafen beendet, worauf er mit lauten Flüchen und Beschimpfungen die Treppe hinunterstürzt.

Er hat allerdings einen so schlagenden Beweis gegen sie, daß er sie sofort auf den Scheiterhaufen schicken könnte. Aber da er so hochfliegende Pläne für das Rechtswesen hat, das er hier im Ort aufbauen will, darf er nichts übereilen und seine besten Wirkmittel vergeuden. Noch ist er so neu in diesem Fach, daß er alles ausprobieren und herausfinden muß, welche Strafen seinen Plänen am besten dienen. Schließlich und endlich wird er den ungeheuerlichen Beweis, den er gegen Hanna Mann hat, schon zu benutzen wissen. Er wartet nur noch auf den passenden

Zeitpunkt, wie die Schrift es nennt, und schiebt ihr Geständnis auf, bis er in der Gemeinde die richtige Stimmung hervorgerufen hat.

Vorläufig genießt er die Ehre, ein Gefängnis mit zwei ganzen Zellen eingerichtet zu haben, und es ist klar, daß es einen schlechten Eindruck machen würde, wenn eine davon leerstünde. Allerdings kann man geteilter Meinung sein über die beiden Käfige, die er hier oben in aller Eile hat zusammenschustern lassen. In dem einen gibt es ein Turmfenster mit Aussicht auf die Berge, und manche meinen bestimmt, der Blick eines Missetäters dürfe nicht so weit schweifen können.

Zum Ausgleich können die Kirchenglocken das Gehör der Gefangenen martern, und ein fest angestellter Glöckner läßt sie zu jeder halben und vollen Stunde über uns erdröhnen. An den ersten Tagen, die ich hier verbrachte, hätte ich alles gestanden, nur um Ruhe zu haben. Aber damals wurde ich noch nicht verhört. Nach und nach scheint jedoch dieser gewaltige Klang zur tiefen Stille zu verstummen, und ich frage mich, ob ich diesen himmlischen Alarm nicht vermissen werde, wenn er eines Tages verklingt. Ich habe gehört, daß sich die Bauern im Dorf über dieses Geläute beschwert haben, und deshalb wird der Glöckner sicher bald auf die Erde hinuntergeholt und zu einem weniger lautstarken Gewerbe umgeschult.

Ich habe das Fenster in der einen Zelle erwähnt, und ich sollte wohl auch gestehen, daß ich das Glück hatte, die weite Aussicht über die Gemeinde zu genießen.

Manche würden es sicher als Unglück bezeichnen, denn das Fenster hat keine Blenden und ist für Wind und Wetter offen. Die Nächte hier oben sind deshalb bitter kalt, obwohl es ein ungewöhnlich milder Winter war, und der

Küster bringt mir jeden Abend eine Felldecke. Wenn ich nicht früher mein Bett im Straßengraben aufgeschlagen hätte, dann würde ich unter der Kälte wohl sehr leiden. Jetzt kommt sie mir vor allem vertraut vor, und wenn ich nachts wach liege, dann scheine ich in eine ferne Erinnerung gehüllt zu sein.

Wenn der Graf herkommt, dann reibt er sich zufrieden die Hände und wiederholt immer wieder, daß eine Landfahrerin doch unter offenem Himmel übernachten können muß. Sicher nimmt er deshalb an meiner Aussicht keinen Anstoß und befiehlt nicht, das Fenster mit Brettern zu vernageln. Er reitet lieber auf meiner Herkunft herum, und er weiß nicht, welche Freiheit er mir gewährt, wenn er meinem Blick erlaubt, so weit umherzuschweifen.

Wenn ich eines Tages den Mut dazu aufbringen kann, dann werde ich auf die Dörfer jenseits des Waldes blikken. Diese Gegend habe ich seit langer Zeit aus meiner Erinnerung verbannt, es ist ein wildes und fast unzugängliches Gelände, und ich brauche große Seelenstärke, um es noch einmal wiederzusehen. Nicht weit von den größten Höfen entfernt liegt ein Hügel, den ich noch nicht anzusehen gewagt habe. Ob auf diesem Hügel wohl auch nach elf Jahren noch ein Baum steht, ein von schwarzen Vögeln umschwärmter verdammter Baum, der seine Zweige spreizt? Eines Tages, wenn ich meine Angst überwunden habe, werde ich meine Augen lange auf dieser blutigen Stätte ruhen lassen und mir stark und mutig eingestehen, was sich dort einst zugetragen hat.

Ansonsten kann ich aus dem Wald, der dort unten schon fast zu überschaubar daliegt und mir seine Geheimnisse ausliefert, genügend Gemütsbewegungen holen. Ich kann das Wäldchen erkennen, in dem die Köhlerstochter ihre verbotene Liebe betrieben, und den Tümpel, in dem sie sich in ihrer Verzweiflung ertränkt hat. Der niedrige Rauchteppich im Osten des Tümpels erzählt mir, daß ihr Vater sich so weit getröstet hat, daß er seinen Meiler wieder in Betrieb nehmen konnte. Es war für ihn sicher eine große Erleichterung, daß Hanna Mann auf frischer Tat ertappt wurde, was ihn von dem grauenhaften Verdacht befreite, er könne den Leichnam seiner Tochter versteckt haben. Aber noch immer haftet diesem Tod soviel Schande und Grauen an, und der Köhler mag seinen Meiler anheizen, soviel er will, er kann die Tatsache nicht verdecken, daß seine Tochter schwanger war.

Ich weiß noch, daß ich Hanna Mann bei meinem vorletzten Besuch fragte, ob eine Schwangere wirklich durch die Milch in ihrer Brust entlarvt werden kann. Eine Ewigkeit lang hörte ich nur ihren zischenden Atem, und als ihre Antwort endlich kam, war sie so unerwartet scharf, daß ich sie noch immer wie einen Stich in der Brust spüre: »Versuch es doch bei dir selber«, antwortete sie und riß mich aus einem tiefen Irrtum, »versuch es bei dir selber!«

Ach, auch ich habe das Feuer in meinem Meiler gehütet, bis mir eines schönen Tages die Wahrheit die Augen verbrannte. Und was soll ich von meiner Stallschwester auf der anderen Seite der Wand halten, die eine ganze Schafsherde hatte, um ihr Geheimnis zu verdecken? Jetzt ist alles, was sie hatte, in Flammen aufgegangen, und die Brandstätte klafft wie ein dunkles Loch im Wald.

Nein, ich will nicht über Fragen nachgrübeln, die außerhalb meines Fassungsvermögens liegen, sondern mich an die Dinge halten, über die ich Übersicht habe. Wie zum Beispiel den Platz vor der Kirche gleich unterhalb des Turmes. Vor nur wenigen Monaten war er übersät von Glockenblumen und war nach den Gottesdiensten ein beliebter Treffpunkt. Jetzt liegt er da unten wie ein ödes Niemandsland, dessen Erdreich von unzähligen Spatenstichen aufgewühlt worden ist.

Herr Peder ist in seinem Wahn auf den gefrorenen Boden losgegangen, um die Gräber seiner beiden totgeborenen Kinder wiederzufinden. Angeblich hat er die morschen Särge öffnen lassen, um nach Spuren von Zauberei zu suchen, und er hat lange Eisenbolzen durch das Holz geschlagen, damit der Teufel nicht die Überreste davontragen kann. Aber selbst in seiner tiefen Not wagt er es noch immer nicht, die unseligen Kleinen zu segnen. Er besteht hartnäckig darauf, daß sie in ungeweihtem Boden ruhen sollen, auch wenn ihre friedlosen Seelen dann umgehen und ihn aufs Grausamste quälen.

Der Graf hält mich auf dem laufenden über den Gemütszustand des Pastors und über die Finsternis, die seit dem Tod der Herrin auf seinem Verstand lastet. Er ist über ihre Verzweiflungstat so empört, daß er sie zur ewigen Verdammnis verurteilt hat und sagt, sie selber habe sich das Grab geschaufelt, in dem sie nun am Galgenberg ruht.

Wenn das Böse ihn ganz besonders peinigt, dann glaubt er, sie treibe ihr Spiel mit ihm und schicke ihre ungetauften Kinder, um seine Seele zu zerkratzen. Er ist außer sich darüber, daß sie sich ihren Tod selber gewählt hat und daß er ihr im letzten Moment nicht noch ein Glaubensbekenntnis entreißen konnte. So sehr er sie auch bedrängt hat, sie ist doch gestorben, ohne das einzige Wort zu sprechen, das ihr Zugang zum Heiligen Abendmahl gewährt hätte. In den vier Stunden ihres Todeskampfes hat er ihr keinen ruhigen Moment gegönnt, sondern hat mit dem ganzen Gewicht seiner Seele ihren gequälten Leib bedrängt.

Wenn ich nachts wachliege, sehe ich noch immer ihren schmalen, verbissenen Mund und den tiefen Trotz in ihren eingefallenen Augen. Ich weiß jetzt, daß sie ihren Kampf schon längst ausgefochten hatte und sich jenseits aller Überredungskünste befand. Das, was wir anderen als ihren Todeskampf erlebten, war nichts anderes als die letzten Zuckungen ihres Körpers – die gewaltige Ausdauer, die das Leben zeigt, ehe es sich der Auflösung anheimgibt. Der Platz vor der Kirche ist zwar jetzt sehr einsam, aber zum Ausgleich ist auf dem unseligen Hügel, wo die Herrin begraben liegt, die Hölle los. Den ganzen Tag lang strömen die Leute dorthin wie zum Marktplatz, und die Bauern kauen bedächtig auf ihren Wurzeln herum und spucken braune Soße aus, während sie sich die Geräte ansehen, die sie selber hier abgestellt haben.

Der Graf gibt dabei als erster zu, daß der ganze Richtplatz eine Notlösung ist und daß viele der Geräte dringend ausgewechselt werden müßten. Die drei Räder, die auf Radpfählen aufgerichtet worden sind, sind erbärmliche Karrenräder, und ihre Speichen sitzen so falsch, daß es unmöglich scheint, einen Verbrecher zünftig aufs Rad zu flechten. Immerhin glaubt der Graf, daß die Eggen viele Geständnisse hören werden, wenn sie erst aufgerichtet und ihre Stachel gewetzt worden sind. Die größten Eisenkessel sind als Feuerbecken nicht untauglich, und immer wieder sehe ich Leute kommen, die sich nützlich machen wollen und noch weitere Geräte bringen.

Wenn ich mir den Richtplatz so ansehe und mir klarmache, woher die Geräte stammen, dann bin ich plötzlich überwältigt von der Erkenntnis, wie nah das tägliche Leben und das große Entsetzen beieinanderliegen. Plötzlich glaube ich, die menschliche Natur aus einem neuen Blickwinkel zu sehen, und ich begreife, wie es möglich ist, daß große Unschuld zusammen mit ebensogroßer Grausamkeit gedeihen kann.

Wenn ich nicht in den Büchern des Pastors bereits Richtplätze gesehen hätte, dann könnte ich mir die große Müllhalde da unten voller Seelenruhe ansehen. Und mir kommt die Frage, welche Vorstellungen sich die Bauern eigentlich von einem solchen Ort machen. Gott weiß, was in den Köpfen der armen Arbeitssklaven vor sich geht, die sich hier umsehen, als sei der Anblick alltäglich, und die sich um Dinge kümmern, deren Reichweite sie noch nicht begriffen haben.

Natürlich hat niemand von ihnen die blutige Auseinandersetzung vergessen, die sich hier vor elf Jahren abgespielt hat. Aber das war im Grunde nur ein zufälliges Scharmützel, und die damals angewendeten Mittel waren nicht im voraus beschlossen und in allen Richtungen ausprobiert worden. Die Sense, die meine Geschwister hingemäht hat, war eine vollständig nichtsahnende Sense, und niemand hätte sich wohl träumen lassen, daß sie eines Tages etwas anderes verstümmeln könnte als Schlangen oder Kröten. Die Axt, die meine beiden Onkel fällte, war eine solide Waldaxt, die sicher noch nie Blut zu kosten bekommen hatte. Sogar der Baum, an dem mein Vater zwanzig Tage und Nächte lang hing, war nicht für so schwere Früchte bestimmt gewesen, und die Vögel wurden erst an dem Tag Aasvögel genannt, als sie davonflogen und das abgefressene Skelett zurückließen.

Ich wüßte gern, was die Bauern im tiefsten Herzen über die mißlungene Treibjagd im Oktober denken, als sie eine Bande von Landfahrern fangen wollten und mit einer ganz anderen Beute heimkehrten.

Natürlich können wir uns so einiges vorstellen, aber niemand kann sicher sagen, was damals in den Bauern vorging. Vielleicht waren sie einfach nur nervös nach der langen unruhigen Wartezeit in der Gemeinde und verängstigt durch die vielen Gerüchte darüber, wie es mein Volk im Nachbardorf getrieben haben sollte. Das Ganze entwickelte sich ja auch in überstürztem Tempo, von dem Moment an, als wir in der Studierkammer saßen und die ersten Trommelwirbel gegen das Fenster schlagen hörten, bis zu dem Moment, in dem der Stock wie eine grobe Botschaft durch das Fenster geschoben wurde. Ich frage mich oft, was an diesem Abend im Pfarrhaus passiert wäre, wenn der Graf die Stimmung nicht gehoben hätte. Seither habe ich erfahren, daß die Bauern mich als Lockvogel haben wollten, um die Landfahrer mit ihrer eigenen Erkennungsmelodie zu fangen.

Jedesmal, wenn der Graf hier zum Verhör erscheint, erinnert er mich daran, was er für mich getan hat, und sagt, ich sei es ihm schuldig, ein wenig umgänglicher zu sein. Es hat ihn wohl große Anstrengungen gekostet, die Bauern davon zu überzeugen, daß ich keine echte Landfahrerin sei, sondern ein reiner Bastard, der in keinem Lager zu Hause ist. Eine ganze Nacht mußte er auf sie einreden, bis er den Leuten in ihre dumpfen Gehirne eingehämmert hatte, daß sie es mit einem Volk zu tun hatten, dessen Rassenstolz genauso groß ist wie der irgendeiner adligen Sippe. Wenn mein braunes und mein blaues Auge schon von den Seßhaften ungern gesehen wurden, so durfte man einem Volk, das es für einen Verrat am Stamm hielt, Blut zu mischen, schon gar nicht damit kommen. Und wenn meine roten Haare in den Hütten der Bauern als arge Abweichung galten, dann konnten sie unter freiem Himmel gleich eine Feuersbrunst auslösen.

Wenn sich der Graf ausgiebig über meine Abstammung empört hat, dann bezeichnet er mich als satanischen Abschaum und verliert die Selbstbeherrschung, die ansonsten seine stärkste Seite ist. Irgendetwas an meinem Fall scheint seiner Lebensanschauung zu widersprechen, irgendeine Abweichung scheint ihn zu verwirren und ihn weniger selbstsicher werden zu lassen.

Landfahrerin zu sein, Pastor oder Bauer ist an sich eine überschaubare Angelegenheit, über die der Adelsherr sich hoch erhaben fühlen kann. Aber er weiß auch, daß jedem Stamm wilde Triebe entspringen können – zweifelhafte Fälle, die sich in keine Rangfolge einordnen lassen und die damit bis hinauf zu seinesgleichen eine Bedrohung darstellen.

Dieser Standesdünkel bestimmt das Auftreten des Grafen und hilft ihm dabei, die Bauern so gerissen in seine Hand zu bringen. Wenn er mit seiner Geschicklichkeit im Umgang mit dem einfachen Volk protzt, dann ist das alles andere als übertrieben. Er hat schon als Kind gelernt, sich von oben herabzuneigen, ohne daß diese Verneigung in unangemessene Achtung ausarten würde. Eine lange Reihe von Heerführern und Herrschern hat geholfen, diese liebenswerte Kunst hervorzubringen, die so auserlesen ist, daß sie den Verhandlungen zwischen Ebenbürtigen gleicht. Auf diese Weise genießen die Mächtigen den Vorteil, auf so raffinierte Weise befehlen zu können, daß ihre Befehle auf die, die sich an Händen und Füßen binden lassen, wirken wie ein Gunstbeweis.

Was den Umgang des Grafen mit den Bauern angeht, so kennt er ihren etwas eigenen Sinn für Humor und weiß, wie er selbst aus ihren allerbedrohlichsten Mienen noch ein freudloses Lachen herauspressen kann. Und das ist ihm wohl an jenem Oktoberabend gelungen, als er den Stock im Fenster durch eine schärfere Klinge ersetzt hat. Ich habe gehört, es sei sein Vorschlag gewesen, die Landfahrer mein Blut riechen zu lassen und mich ihnen als

Opfer für ihre finstersten Rituale in den Rachen zu werfen.

Ob die große Treibjagd ein Glied in diesem Plan war, weiß ich noch immer nicht. Vieles spricht dafür, daß der Plan nicht ganz ernst gemeint war, sondern nur eine Zerstreuung sein sollte, die die Bauern brauchten, oder vielleicht eine Übung für gemeinsames Vorgehen. Zunächst betrachtete niemand die Großwildjagd als gemeinsames Anliegen, und ich weiß, daß sich Stimmen erhoben, die meinten, die vielen Menschen würden das Wild nur verjagen. Es soll dem Grafen ziemliches Kopfzerbrechen bereitet haben, wie er den Jägern klarmachen sollte, daß das genau der Sinn der Sache war. So leicht war der alte, rechtschaffene Gedanke denn doch nicht auszurotten, daß das Wild eine Möglichkeit haben müsse zu entkommen.

Zwischendurch haben sich etliche Menschen vom Vorhaben zurückgezogen, weil die neue Denkweise ihrem klaren Schützenblick nicht entsprach. Noch ganz zum Schluß ließen einige sich nicht von den Überredungskünsten des Grafen überzeugen – zuverlässige Männer, die es für Torheit hielten, das Wild einzukreisen und mit rhythmischem Klatschen Panik in der Welt der Natur auszulösen. Auch die Lernbereiteren machten Schwierigkeiten, denn sie waren so guter Stimmung, daß sie sich ausschütten wollten vor Lachen, als sie dastanden und in die Hände klatschten.

Als die Meute endlich aufbrechen konnte, hatte das Ganze schon nicht mehr sehr viel Sinn, falls der überhaupt je vorhanden gewesen war. Die Leute, die in diesen diesigen Oktobermorgen hineinzogen, sahen vor allem aus wie eine Bande von schwerfälligen Schlafwandlern, und es ist eine Frage, ob sie auf ihr Inneres eine bessere Aussicht hatten als auf die neblige Landschaft. Das einzige, was sie mit Sicherheit wußten, war, daß sie nicht mit leeren Händen heimkehren durften, und das taten sie auch nicht. Mehr sage ich nicht, aber es ist möglich, über eine Beute zu stolpern, die nur in unseren wildesten Träumen lebt und bei der es uns in Wirklichkeit zu schwer vorkommt, sie mit nach Hause zu schleppen.

Das Seltsame ist, daß ich das Pfarrhaus niemals in einem dermaßen verklärten Licht gesehen habe wie jetzt, wo die Herrschaft des Grafen es verfinstert.

Von oben und aus der Ferne gesehen, liegt es da unten wie immer und weiß nichts von Veränderung und wandernden Schatten. Die beiden Erker in der Studierkammer scheinen näher aneinander herangerückt zu sein. Aber ansonsten ist alles wie früher, als der Pastor im einen las und die alte Herrin im anderen nähte und sie gleichzeitig aufblickten und einander über die Rosenhecke anlächelten.

Damals konnte ich nicht begreifen, wie es möglich war, im selben Zimmer zu sitzen und füreinander doch verborgen zu sein. Oft lief ich von einer Seite des Zimmers zur anderen, um sie näher zusammenzubringen, diese beiden Menschen, die die Hand der Natur getrennt hatte. Aber ich sah dann bald ein, daß ich das Haus verlassen mußte, um sie beide zu sehen, jeden in seinem Fenster, und daß ich vom Dornengestrüpp aus am besten über sie wachen konnte.

Ich kann noch immer die freundliche Hand der alten Herrin sehen, wenn sie sich von der Näherei hob und in einem flüchtigen Winken über die Fensterhaut schwebte. Wenn ich dann eilig den Kopf wandte, konnte ich sehen, wie Herr Peder den Gruß mit einer kräftigeren Handbewegung erwiderte. Ich war damals vor Glück den Tränen nahe, wenn ich sah, wie sie einander Zeichen gaben und damit bezeugten, daß sie einander wohlwollten. Aber gleichzeitig empfand ich die Distanz zwischen ihnen in Zeit und Raum, und die Erkenntnis, daß nicht alles so war, wie es sollte, jagte mir kalte Schauer durch den Leib.

Wenn ich dem Pastor dafür zu danken habe, daß ich dies alles niederschreiben kann, dann stehe ich auf andere und tiefere Weise in ihrer Schuld. Nicht nur, weil sie mich in der ersten Nacht in ihr Bett genommen und mir so lange vorgesummt hat, bis meine Glieder schwer vor Schlaf waren. Solange sie lebte, hat sie mich immer wieder mit ihrem milden Wesen umfangen und alle Stimmen beschämt, die prophezeiten, daß aus mir niemals etwas werden würde. Ich glaube, sie hat fast ein Jahr gebraucht, um mir beizubringen, wie man ruhig auf einem Stuhl sitzt. Und immer wieder mußte sie mich an sich ziehen und mich behutsam festhalten, bis die Wärme und Geborgenheit ihres großen Körpers sich in meinen verängstigten Gliedern verbreiteten.

Noch Monate nach der blutigen Nacht stand ich immer wieder auf dem Sprung und wollte in den Wald, wo ich meine Schlupfwinkel und Verstecke hatte. Daß mich niemand mit Gewalt nach Hause holte, lag an ihrem klaren Instinkt. Sie stellte mir Essen an den Waldrand und lockte mich mit fast unmerklichen Zeichen und Winken zurück ins Pfarrhaus. Als ich eines Tages stundenlang still dasitzen und Wolle kardieren konnte, strich sie mir wehmütig über die Haare und seufzte tief, als ob sie nun endlich eine schwere Pflicht erfüllt hätte.

Heute weiß ich, daß sie mir geholfen hat, die Natur zu bewahren, die der Pastor mit so großer Mühe auszurotten versuchte. Ich habe mir überlegt, daß er in sich selber viel zu starke Naturkräfte zähmen mußte, um sie bei anderen zu schonen. Vielleicht war es kein Wunder, daß er mich in die Welt des Geistes geholt hat, während sie, die viel verfeinerter war, mein Herz bei den ersten Dingen zurückhielt.

Als ich an Alter und Wissen zunahm, zeigte sie still auf das verlassene Land, wo meine Anfänge noch im schwachen Licht des Morgens schwebten. Sie half mir, auf den Wind zu hören, der so ruhelos über das Land wanderte, und wenn er im Schornstein sang, hörte sie, daß er in der kummervollen Zunge meines Volkes sprach. Sie konnte sehen, wie sich die Bäume im Wald mit wild ausgestreckten Armen zu schützen versuchten, und sie wußte, daß sie schrien, wenn sie von den Raubtierzähnen der Säge erfaßt wurden. Ganz besonders liebte sie die Nacht, denn die ist das Versteck der Verfolgten. Und den Mond hieß sie als den holden Begleiter willkommen, der sein Licht über die Irrwege ergießt.

Noch auf ihrem Sterbebett dachte sie an Wohl und Wehe der anderen, und nach uraltem Brauch rief sie Herrn Peder und mich an ihr Lager und sprach mit uns, ehe sie von uns ging. Zuerst bat sie den Pastor um Verzeihung, weil sie so lange gelebt und damit seine kräftigste Jugend mit Beschlag belegt hatte. Sie wußte durchaus, was sie ihm geraubt hatte, und sie hielt die Zeit für gekommen, diesen unmenschlichen Zwang abzuschaffen, der es einem jungen Pastor auferlegte, die Witwe seines Vorgängers zu heiraten. Und doch dankte sie ihm für die seltene Freundschaft, die unter ihrem Dach aufgeblüht war, und sie bat Herrn Peder, sich rasch das zu holen, was er an Tisch und Bett vermißt hatte.

Danach wandte sie sich an mich und erinnerte mich daran, daß ich bald heiratsfähig sein würde. Es erging mir ja seit kurzem nach Art der Frauen, und obwohl mein

Alter nirgends verzeichnet war, war ich doch erwachsen genug, um ins Brautbett zu steigen. Und da ihr mein Glück sehr am Herzen lag, hatte sie sich genau überlegt, wer wohl einen passenden Mann für mich abgeben könnte. Ich dürfe nicht erschrecken, sagte sie, falls ihr Vorschlag für mich überraschend komme. Ich würde mich mit der Zeit schon über ihre Wahl freuen und begreifen, welches Eheglück sie mir gegönnt habe.

Dann lag sie eine Weile da und ließ ihren Blick zwischen Herrn Peder und mir hin und herwandern. Danach nahm sie unsere Hände und führte sie in einer vorläufigen Vereinigung zusammen, wie Sterbende das eben tun, wenn sie dem überlebenden Teil wohlwollen. Mir kam diese Zeremonie ganz natürlich vor, und wenn Herr Peder sich nicht widersetzt hätte, dann hätte die alte Herrin ruhig sterben können, weil ihr letzter Wunsch in Erfüllung ging.

Aber kaum hatte sie mit sanften Worten unsere Zukunft gesegnet, da stieg Herrn Peder auf unheilverkündende Weise das Blut zu Kopf. Einen Moment lang schien er nach Luft zu schnappen. Dann riß er seine Hand jählings zurück und bezeichnete die alte Herrin als verteufelte Kupplerin. Ich hatte ihn noch nie so zornig erlebt, und die Worte, die er ihr nun entgegenschleuderte, waren die gröbsten, die ich von ihm je in Anwesenheit seiner ersten Gattin gehört habe.

Als die Kranke ihm nicht widersprach, ebbte sein Zorn schließlich ab, und ich sah, wie er die Hände in einer Art unbeholfener Bitte um Vergebung vor ihr hob. Dann fragte er leise, ob ich nicht ihr Kind im Geiste sei, und ob ein solches Kind nicht dasselbe Recht auf Schutz habe wie ein ehelich geborenes. Die Ehegesetze sagten klar, wer mit wem niemals die Ehe eingehen dürfe, und die Blutschande gelte als die entsetzlichste aller Gefahren, die auf Adams Geschlecht lauerten. Hielt sie ihn denn für dermaßen wollüstig, daß er fähig wäre, sich an einer Jungfrau zu vergreifen, die ihn sechs lange Jahre lang »Vater« genannt hatte? Möge Gott ihn gnädig vor den finsteren Versuchungen des Fleisches beschützen, die wahrlich stark genug seien, die doch in alle Ewigkeit nicht ihr Spiel mit ihm würden treiben dürfen! Vielleicht sähe sie das mit anderen Augen, sie, die die Besonnenheit des Alters im Blut habe. Aber der Herr möge ihr verbieten, solche Ratschläge ins Ohr eines Mannes zu flüstern, der mitten im Leben stünde und dessen Begehren stark genug sei, um alle Schleusen des Körpers zu sprengen.

Und auf diese Weise wurde die alte Herrin um ihren ruhigen Tod gebracht und mußte noch tagelang mit ihren Anfechtungen ringen, ehe sie in die ewige Ruhe eingehen durfte. Klug und umsichtig, wie sie war, begriff sie, welche Seelenqualen sie ihrem Gatten zugefügt hatte und welchen Brand sie nichtsahnend in seinem Blut entzündet hatte.

Sie war gerade erst bestattet worden, als er ins Ausland aufbrach, während die Gemeinde sich mit Gebeten behelfen mußte, so gut sie das konnte. Es hieß zwar, daß er sich zu gelehrten Studien berufen fühlte, aber ich zumindest wußte es besser. Es war der alte Adam, der sich endlich zu Wort meldete und ihm befahl, das Land zu verlassen, statt sich das lange Trauerjahr hindurch im Pfarrhaus herumzuquälen.

Der Graf hat sich die Sache offenbar anders überlegt, oder er ist auf neue Possen verfallen, jedenfalls war er nun schon tagelang nicht mehr hier.

Wenn ich seine Schritte auf der Treppe höre, dann schlägt

mein Herz Alarm, und mein Hals schnürt sich auf seltsame Weise zusammen – als ob er schon im Zimmer stünde und seine fette Hand sich scherzhaft um meine Kehle schlösse. Solche Tricks gehören mit zu seiner Überredungskunst, und zuerst werde ich dann ganz stumm, aber danach strömen die Geständnisse nur um so besser heraus.

Eine andere Methode liegt darin, mich mit erhobenen Händen an die Wand zu stellen, so daß die Körperteile, die ohnehin schon hervorragen, noch deutlicher zu sehen sind. »Zieh den Bauch ein«, befiehlt er, oder er flucht und befiehlt mir, zum Teufel die Brust einzuziehen. Während ich armes Wurm dastehe und den Atem anhalte und mich an die Wand presse, will er sich ausschütten vor Lachen und stupst aufmunternd die Stellen an, die er für die empfindlichsten hält.

Ich will nicht gerade sagen, daß er mich mit der Faust bearbeitet. Aber die Schläge, die bei diesen Verhören fallen, sind so hart, daß sie nicht mehr als Scherz durchgehen können, während seine Fragen so sprunghaft erfolgen, daß ich mich oft frage, ob er vielleicht nur herkommt, um mich zu quälen. Jedenfalls will er offenbar meinem Kind ans Leben, diesem Geheimnis, das ich in mir trage und das ich um keinen Preis ausliefern will.

Aber heute morgen ging er zum vierten Mal an mir vorbei und direkt zu Hanna Mann in die Nachbarzelle. Im Vorübergehen macht er sich immer an meinem Türschloß zu schaffen, oder er reibt seinen ungewaschenen Leib an der Holzwand – ehe er aus purer Höflichkeit weitergeht und die Kirchenglocken zum Läuten bringt.

Er behauptet, das geschehe nur uns zuliebe, damit wir Zeit haben, falls wir zum Beispiel gerade dabei sind, unsere Notdurft zu verrichten. Ich gebe gerne zu, daß seine

Galanterie mir bisweilen nur recht ist, wenn ich in diese Blätter vertieft bin und Zeit brauche, um sie beiseite zu schaffen. Aber seine Verzögerungskunst dient auch noch einem anderen Zweck – das sagt mir mein Herz, das mit den Kirchenglocken um die Wette hämmert, wenn ich weiß, daß er unterwegs ist.

Ich wüßte gern, was er mit Hanna Mann vorhat, aber in den letzten Tagen waren ihre Gespräche so undeutlich, daß ich kein einziges Wort davon verstehen konnte. Vielleicht weigert sich die Alte, auf seine Beschuldigungen einzugehen, oder vielleicht hat sie die stumme Sprache der Sanftmütigen gelernt, um ihren Quälgeist nicht zu provozieren. Wenn sie ihre Kräfte schonen muß und aus diesem Grunde nur noch nickt und den Kopf schüttelt, dann ist es schwer zu sagen, wie lange sie noch durchhalten wird.

Auf meiner Seite der Bretterwand hört es sich so an, als treibe der Graf seinen ganz besonderen Spott mit ihr, wenn er sein spezielles Lachen ertönen läßt und sie zwingt, Befehle zu erfüllen, die unendlich weit von ihren Fähigkeiten entfernt sind. Was in aller Welt soll es denn, eine alte Frau singen zu lassen, wenn sie nie musikalisch gewesen ist und eine Stimme so heiser wie die einer Krähe hat?

Aber wirklich kann der Graf ihren Widerstand brechen und ihrer verdörrten Kehle einen elenden Gesang entlokken. Es ist ein so seltsamer, fremdartiger Gesang, daß ich ihn mit keinem anderen menschlichen Laut vergleichen kann, den ich je gehört habe. Vielleicht würde ich sagen, daß er mich an einen uralten Wechselgesang erinnert, wenn er sich nicht so unglaublich ausdehnen würde. Ich kann aber immerhin sagen, daß es ein Gesang ist, der an der Grenze des Menschlichen liegt, ein rauhes und eintöniges Gesumme, das sich dem Geschrei der Eulen und dem Geheul der Wölfe nähert.

Während sich dieser eine Ton an den Wänden der Nachbarzelle entlangschleppt, scheinen der Graf und sein Waffenträger darinnen alle Hände voll zu tun zu haben. Ich höre schwere Schritte, das knirschende Geräusch von Schraubengewinden, so, als ob der hohe Herr die Kirche in ein Zuchthaus verwandeln wollte. Das Klopfen, das ich höre, ist dagegen dumpf, und ich kann nicht daraus schlau werden. Ich weiß nicht, ob ein Werkzeug mit einem Stoßdämpfer versehen wird oder ob die Unterlage selber so weich und nachgiebig ist, daß die Geräusche ertrinken. Und mitten in allem kann ich meine Stallschwester husten oder eher wie einen Hund kläffen hören. Aber was sie ansonsten ihren Gästen zu sagen hat, scheint sie mit stummen Gesten und Mienenspiel zum Ausdruck zu bringen.

Wenn ich den Küster richtig verstanden habe, dann fängt jetzt langsam der Prozeß gegen Hanna Mann an, aber worum es dabei geht, weiß er leider auch nicht. Wenn der Graf in den Turm kommt, schickt er den kleinen ängstlichen Mann immer nach unten und befiehlt ihm, weit weg zu bleiben, bis ihm etwas anderes mitgeteilt wird. Zweimal hat der Graf ihn aber trotzdem dabei erwischt, wie er an der Tür gehorcht hat, und er hat ihn mit solchen Drohungen die Treppen hinuntergeschoben, daß er unserem Freund damit einen ordentlichen Schrecken eingejagt hat. Deshalb läßt er den Kopf hängen und macht sich Vorwürfe, weil er es nicht wagt, sich deutlicher auf unsere Seite zu stellen.

Aber wenn er mir seine Not klagt, dann verstärke ich seine natürliche Furchtsamkeit und sage, daß er sich wirklich besser nach den Befehlen des Grafen richten sollte. Großer Gott, was soll denn aus uns werden, denen seine Fürsorge so sehr hilft, wenn er wegen seines Ungehorsams bestraft und aus dem Kirchendienst gejagt wird?

Heute hat mich die Milchmuhme der Gemeinde besucht.

Als ich sah, wie sie in der Tür knickste und mich mit einer Zunge voller Gottesworte und Manna begrüßte, wußte ich sofort, was mir bevorstand. Dieses Weib baut sich hier in der Gegend mit seinen geschickten Fingern einen Ruf auf, der den von Hanna Mann fast noch übertrifft.

Ehe sie Milchmuhme wurde, war sie in dieser Gegend als Geburtshelferin unterwegs, und wir kennen uns durch die unseligen Geburten der Herrin, als die Milchmuhme für alles zuständig war und mich als Handlangerin brauchte.

Sie hegt einen verbissenen Haß auf alles Fleischliche und fühlt sich deshalb verpflichtet, Jungfrauen in die Wochenstube zu holen, um ihnen einen Schrecken einzujagen. Die langen, qualvollen Geburten sind ihr Fachgebiet, dann triumphiert ihre zimperliche Lebensanschauung, und ihre düstersten Prophezeiungen gehen in Erfüllung. Während die arme Sklavin des Fleisches sich im Bett windet, sitzt sie daneben und schlürft ihre Biersuppe und macht allerlei Bemerkungen über dieses unaussprechliche Spiel, das als süßes Kribbeln beginnt und als böses Kratzen endet. »Ach ja, daß es raus will, gefällt dir wohl nicht«, sagt sie und wackelt schadenfroh mit dem Kopf »Ach, du hüpfst nicht vor Freude auf und ab«, kichert sie und will wissen, ob das Elend ebenso groß war, als es hineinsollte.

Während sie die vorgeschriebene Prüfung vornahm und mich von Kopf bis Fuß nach einem Hexenzeichen untersuchte, fragte sie mich über den Tod der Herrin aus und brachte mich dermaßen zum Reden, daß ich selber darüber erstaunt war. Als ich erst einmal angefangen hatte, zeigte sie einen dermaßen gierigen Appetit auf diese Botschaft der Trauer, daß ein langer Speichelfaden aus ihrem

Mund troff, den sie sickern ließ oder mit den Lippen aufschlürfte, je nachdem, ob meine Worte sie enttäuschten oder aufmunterten. Wenn ich in meinem Bericht innehielt, kniff sie mich ungeduldig in die Brust. Aber sowie meine Worte williger dahinflossen, leckte sie sich die Lippen und ließ ihre klebrigen Finger wie Würmer über meine nackte Haut kriechen.

Was sie am meisten interessierte, war der lange Blutstreifen, der sich vom Bett der Herrin quer über den Boden ihrer Schlafkammer unter der Tür hindurch bis in die Diele hinzog. Sie wollte wissen, ob ich den als erste entdeckt hätte, und fragte immer wieder nach, um ganz sicher zu gehen, daß sie richtig gehört habe. Stimmte das, was im Dorf erzählt wurde, war der Blutstrom wirklich wie ein sprudelnder Bach gewesen und hatte in einer Vertiefung im Steinboden eine Lache gebildet? Wie war es möglich, daß ihn vorher niemand entdeckt hatte, wenn die Herrin doch ihr Vergehen mitten am Tag begangen hatte? Und wieso hatte es so lange gedauert, bis die Tür aufgebrochen worden war und Leute herbeigeeilt waren, um sie an ihrer Untat zu hindern?

Ich wollte gerade die Treibjagd des Grafen verantwortlich machen, als sie mich überraschend hart am Arm packte und den Finger in die Wunde kurz über meinem Handgelenk preßte. Seit die Herrin und ich unser Blut nicht mehr vermischen, habe ich alle möglichen Hausmittel angewandt, um eine Heilung herbeizuführen, aber die Wunde sieht nur immer häßlicher aus. Als ich sie einmal Hanna Mann gezeigt habe, sagte sie, in der Wunde habe sich wildes Fleisch gebildet, und sie bot an, sie aufzuschneiden und von innen heraus sauberzumachen. Ich weiß nicht, warum daraus nie etwas geworden ist, ob es an meiner Angst vor ihren Eisen und Zangen lag oder an irgendeiner wunderlichen Treue zu der Herrin und dem Pakt, den wir einst eingegangen waren.

Als die Alte eine Weile an der roten Haut über der Wunde herumgepult hatte, nickte sie vielsagend und murmelte etwas, das ich nicht verstehen konnte. Verwirrt, wie ich war, wußte ich nicht, wie ich ihr klarmachen sollte, daß es sich um eine ganz und gar unschuldige Wunde handelte, sondern ich zog meinen Arm zurück und versteckte ihn hinter meinem Rücken. In diesem Moment bekam ich eine Gänsehaut, und ich sah mich vergebens nach einem Kleidungsstück um, um mich vor ihren stechenden Augen zu schützen.

Ehe ich mich's versah, hatte sie ihr Gesicht ganz dicht an meines herangeschoben und fragte mich flüsternd nach Beelzebubs Umarmung aus, ob die heiß sei wie höllisches Feuer oder eisigkalt wie der Hauch des Todes. Sie habe immer gehört, er sei ein grausig kalter Gevatter, aber das paßte doch nicht zu seiner Wohnstatt und den heißen Winden, die dort wehten.

Als ich sie verständnislos ansah, lachte sie leise und geheimnisvoll und meinte, ich würde das schon noch verstehen. Wenn eine Hexe böses Blut verbreiten wolle, dann schnitte sie sich an der Stelle eine Wunde in die Haut, wo sie ihrem Opfer die Todeswunde wünschte. Nachts, wenn der Böse käme, um mit ihr zu buhlen, dann sauge er sie durch diese Wunde aus und fülle ihren verdammten Körper mit seinen eigenen bitteren Säften. Und dann schrumpfe die Wunde der Hexe ein und wolle nicht heilen, während ihr unglückliches Opfer aus just dieser Stelle am Körper verblute, aus der sie selber ihre Kraft geholt habe.

Ich war zu entsetzt, um ihr auch nur ein Wort zu antworten, und ich wandte mich ab, um ihrem zwingenden Blick zu entrinnen. Sie schien mein Schweigen für Zustimmung zu halten, denn sie ließ nicht locker, sondern drang weiter mit den seltsamsten Fragen in mich.

Wenn Beelzebub mir verboten habe, sein Wesen zu verraten, sagte sie, so könne ich doch zumindest erzählen, wie er aussah, ob er Hühnerbeine und Sporen habe, wenn er Spreu zwischen den Weizen säe, oder ob er wie das verfressene Ungeheuer aussähe, das den Meister dazu bringen wolle, Steine in Brot zu verwandeln. Ob er nachts in der Gestalt eines brüllenden Löwen zu mir komme oder eher schleichenden Fußes, mit Bocksbart und einem Horn auf der Stirn? Stimmte es, daß er sich in einen gewaltigen Walfisch verwandeln könne, der Gerechte und Ungerechte verschlang und die Erlösten wie gottwohlgefälligen Rotz durch die Nase ausschneuzte? Wie konnte er sich dermaßen zusammenkrümmen, daß er in einer Nuß Platz hatte? Und was wurde aus seiner sichtbaren Gestalt, wenn er plötzlich verduftete oder wenn er in Rauch und Schwefeldampf aus dem Mund eines Menschen quoll, der seinen Namen beschworen hatte?

Obwohl sie in so drohendem Tonfall sprach, mußte ich doch lachen, und sofort war mir etwas leichter zumute. Ich antwortete ihr, es sei nicht allen gegeben, die vielen Gestalten des Teufels zu durchschauen, aber sie sollte sich doch beim Grafen oder Herrn Peder erkundigen, die beide viel besser Bescheid wüßten. Sie waren doch beide wohlbewandert, was Beelzebubs Schleichwege betraf, und sie waren Augenzeugen bei der Austreibung des bösen Geistes aus der Herrin gewesen.

»Aber die haben ja nicht einmal seinen Schwanz gesehen«, piepste die Alte und rang die Hände vor Gram darüber, daß sie so gründlich genarrt worden waren. »Nicht einmal die Kralle seines kleinen Fingers haben sie zu sehen bekommen, obwohl sie sich auf entsetzliche Dinge vorbereitet und alle Türen aufgerissen hatten, damit der Leibhaftige auf geradem Wege ausfahren konnte.«

Als ich meinte, die Herrin sei vielleicht von gar keinem Teufel besessen gewesen, riß sie zuerst die Augen auf und winkte mit der Hand ab, als habe sie mich bei unsittlichem Gerede ertappt. Aber als sie eine Weile auf ihrer Unterlippe herumgekaut hatte, schielte sie listig zu mir herüber und schnalzte mit der Zunge, als ob sie einen wahren Leckerbissen koste.

Dann fing sie an, sich über Herrn Peders Anfechtungen und seine vielen Versuche zu verbreiten, seine Seelenruhe zurückzuerlangen. Als Neuestes wolle er den Leichnam der Herrin wieder ausgraben und sich die Wunde an ihrem Unterarm genauer ansehen. Wenn jemand ihren Tod gewollt habe, dann war sie ja unschuldig und durfte nicht in der ehrlosen Erde hinten am Galgenberg vermodern. Seit Tagen durchsuche er nun schon das Pfarrhaus nach der Wachspuppe, die ihren Tod verursacht haben konnte. »Hehe«, kicherte die Alte und lachte unhörbar hinter vorgehaltener Hand, »als ob es nicht andere Mittel gäbe, um unseren Nächsten zur Strecke zu bringen, als einer Wachspuppe seinen Namen zu geben und sie dann mit Nadelstichen zu durchbohren.«

Plötzlich hob sie einen gekrümmten Finger und zeigte auf mich, und während sie laut fauchte und mit der Fingerspitze in der Luft herumfuchtelte, rief sie, daß sie dem Pastor wirklich eine brauchbare Wachspuppe zeigen könne! Verkommen und scheußlich durch ihre Buhlerei mit dem Teufel sei die, und am Arm habe sie ein unverwechselbares Zeichen! Hohohoundho, nicht jede konnte sich anstelle einer anderen in den Arm schneiden und die vom Tod holen lassen, die ihren Begierden im Weg stand! Und wie war das doch noch gleich, habe es der Teufel nicht schon nach dem Tod seiner ersten Gattin auf Herrn Peder abgesehen gehabt und versucht, ihn zu einem Leben der schrecklichsten Unzucht zu verleiten? Obwohl er es geschafft habe, dem zu widerstehen, so sei es doch nicht leicht, seinen Alp abzuschütteln. Der lag im Dunkeln auf der Lauer und bewachte alles und jeden mit seinen unnatürlichen Augen, und nur die lodernden Flammen konnten ihm etwas anhaben.

Je mehr sie mir zusetzte, um so elender fühlte ich mich, und als sie endlich von mir abließ, war mir so elend, daß ich kaum wußte, wie ich mich wieder anziehen sollte.

Noch jetzt, mehrere Stunden später, fühle ich mich seltsam ausgehöhlt von ihren Blicken und krümme mich unter den Hieben ihrer scharfen Stimme zusammen.

Während die Stunden vergehen und die Dämmerung einsetzt, kommt mir ihr Besuch fast unglaublich vor, und fast möchte ich leugnen, daß sie ein Mensch aus Fleisch und Blut gewesen sein kann. Ich blicke mich in der Zelle nach sichtbaren Spuren um, die sie vielleicht hinterlassen hat, und ich taste meine Brust und meine Arme nach ihren Fingerabdrücken ab. War sie wirklich hier, hat sie mich wirklich auf diese schändliche Weise untersucht, oder hat nur mein Gewissen eine solch böse und entlarvende Gestalt angenommen?

Langsam aber sicher überkommt mich eine große Verwirrung, und ich weiß nicht mehr sicher, was sich beim Tod der Herrin abgespielt hat. Bisweilen glaube ich, ihr den Tod gewünscht zu haben, und mein Herz sieht aus wie die Lache im Steinboden, die so herzlos ihr Blut aufgesammelt hat. Was nützt es, daß ich schreiend um Hilfe rannte und mich dermaßen beeilte, daß ich über die Schwelle zum Zimmer des Pastors gestolpert bin? Was nützt es, daß ich ihre Wunden verband und Gott mit lauter Stimme anflehte, sie überleben zu lassen? Während ich rannte oder half, steckte in meinem Herzen ein wunderliches Gefühl, das mich zurückhielt und meine Hände schwerfälliger machte als sonst. Ich war gleichzeitig das Rad, das davonwirbelte, um das Leben zu retten, und der Stock, der sich zwischen die Speichen schob, um es aufzuhalten.

Während ich versuchte, Herrn Peder zu überreden, einen Boten nach Hanna Mann zu schicken, war ich entsetzt über seinen Starrsinn, und ich weiß noch, daß ich ihm offen sagte, was ich von seiner Nächstenliebe hielt. Aber als das Leben dann im Krankenbett verebbte, stieg zu meinem Schrecken eine Art düsterer Triumph in mir auf, und ich wußte, daß es zu spät war, als ich mich endlich losriß und auf dem kürzesten Weg durch den Wald zu Hanna Mann lief.

Plötzlich hat der Winter eingesetzt, und Tag und Nacht weht dichtes Schneegestöber zu mir in die Zelle.

Tagsüber versuche ich, den Schnee mit meinem Holzteller wegzuschaufeln, aber er wird in alle Winkel geweht und vermischt sich mit dem Stroh auf meinem Lager. Ich brauche so viel Kraft, um die weißen Flocken zu verfolgen, daß ich mir die ärgste Kälte vom Leibe halte. Aber es ist eine Geschäftigkeit ohne Anfang und Ende, und wenn ich auf allen Vieren herumkrieche und mit den Armen in der Luft umherfuchtele, dann habe ich das Gefühl, mich vor einem übermächtigen Feind zur Närrin zu machen.

Abends kommt der Küster und hängt einen Sack vor das Fenster, und gegen Mitternacht erscheint er noch einmal und schmuggelt eine Felldecke und einen Kessel mit glühender Holzkohle zu mir in die Zelle. Er weiß genau, was er riskiert, wenn er uns solche Dienste erweist, aber sein gutes Herz geht immer mit ihm durch und läßt ihn seine Furcht überwinden.

Ehe er sich auf diesen verbotenen Weg begibt, versichert er sich, daß im Pfarrhaus kein Licht mehr brennt. An manchen Abenden dauert das so lange, daß ich fast schon die Hoffnung aufgegeben habe, wenn ich ein Geräusch auf der Treppe höre, und dann öffnet sich die Tür zu meiner Zelle mit ausgiebigem Kreischen. Wir wagen nie, Licht anzumachen oder die Zeit mit überflüssigem Gerede zu vergeuden. Oft sehe ich ihn nur als undeutlichen Schatten in der Dunkelheit oder als hilfreichen Arm, der mir erst das Fell reicht und mir dann den Eisenkessel hinhält.

Wenn ich die roten Kohlen in seiner Hand aufleuchten sehe, dann erkenne ich kurz, wie schwach sie ist und wie leicht es wäre, seine guten Vorsätze ins Wanken zu bringen. Wenn ich nicht so stark am Leben hinge, dann hätte ich ihn gewarnt und ihn gebeten, seine eigene Haut zu retten. Aber jetzt packe ich seinen Opferwillen mit schamlosen Händen und rate ihm auch nicht mehr so einseitig, sich nach den Anordnungen des Grafen zu richten.

Lange vor der Morgendämmerung kommt er dann zurück, um die Spuren unseres Ungehorsams zu tilgen. Während er den Boden fegt und die Zelle herrichtet, hängt mein Blick unersättlich noch an seiner kleinsten Bewegung. Er ist so still und wunderlich, wenn er sich hier bei mir zu schaffen macht, daß ich die anderen, die heraufkommen und sich aufspielen, ganz vergesse. Manchmal überlege ich mir die seltsamsten Dinge, um ihn hierzuhalten, und ich verstreue zum Beispiel Stroh auf dem Boden oder kippe die Bierkanne auf dem Tisch aus. Vielleicht denkt er sich dazu sein Teil, aber mit keinem Wort deutet er je an, daß er mein Ränkespiel durchschaut haben könnte.

Obwohl er äußerst wortkarg ist und selten ein unnötiges Wort verliert, bringen wir doch ein Gespräch zustande, das sich in seltsamen Schwüngen und Spiralen in der Zelle ausbreitet. Wenn er so auf seinem Besen lehnt, scheint er in grenzenlosem Vertrauen zu ruhen, und wenn er sich über den dreckigen Boden hermacht, bringt er Fragen zur Sprache, die eher in die fernen, einfältigen Zeiten vor dem Sündenfall gepaßt hätten.

Ohne diese Unschuld würde er es hier im Turm niemals aushalten oder uns so gut helfen können. Ein Wink von oben muß ihm gesagt haben, daß er unserer Sache nicht mit Schwäche dienen kann, sondern daß es sein Schicksal ist, sich mit einem tröstlichen Ton unter den Chor des Kummers zu mischen. So reich sein Herz auch an Mitgefühl ist, nie habe ich ihn auch nur ein Wort gegen den Grafen und das von ihm verursachte Unrecht sagen hören. Stattdessen beugt er sich der Notwendigkeit und legt seine Treue in die Waagschale, die den Verrat der anderen aufwiegen soll. Er weiß nur dieses eine Mittel, um in der Welt ein Gleichgewicht zu schaffen. Seine schwache Stimme hängt mit unglaublichem Gewicht in der Luft, und seine willigen Hände werden es nie müde, wiedergutzumachen, was die Gegenseite verbrochen hat.

Wenn ich ihn nach Hanna Mann frage, dann schüttelt er nur den Kopf und seufzt tief, oder er überhört meine Frage ganz einfach. In solchen Momenten macht er sich so klein und unsichtbar wie nur möglich und läßt seinen Besen über den Boden fegen, als gelte es die ewige Seligkeit. Wenn ich mich dann noch einmal traue, diese Frage zu stellen, dann zieht er einen Leckerbissen aus der Tasche und reicht ihn mir mit abgewandtem Gesicht, als ob es ihn trotz allem in Verlegenheit stürze, mich hinters Licht zu führen.

Wenn ich ihn stark genug bedränge, dann versichert er

mir, daß meine Stallschwester guten Mutes sei und sich mit einer Stärke aufrecht halte, die manch gottesfürchtigen Menschen beschämen könne. Wenn in ihrer Zelle nur nicht dieser schreckliche Durchzug herrschte, der dafür sorgt, daß sie die Nacht ohne Kohlenbecken überstehen muß! Aber sie überlebt doch mit Hilfe eines Kessels mit kochendem Wasser, den er ihr zu Beginn der Nacht bringt und den sie dann tief in ihrem Bettstroh vergräbt.

Weiter komme ich nie mit ihm, egal, welche List ich auch aufbiete, um ihn dazu zu bringen, zuviel zu sagen. Er wiederholt nur noch einmal, daß meine Stallschwester sich mit einem Wasserkessel rettet, der stundenlang heißbleiben kann, wenn er erst einmal gut in Stroh eingewikkelt worden ist. Was es mit den vielen Geräuschen in ihrer Zelle auf sich hat, weiß er noch immer nicht, und er weiß auch nicht, was der Gesang der alten Frau bedeuten soll. »Solange sie singen kann, besteht wohl noch Hoffnung für sie«, sagt er und wendet sein Gesicht ebenso beschämt ab wie dann, wenn er versucht, mich mit einem Leckerbissen von meiner Fragerei abzulenken.

Aber mit allem, was mit Wind und Wetter zu tun hat, kennt er sich gut aus, und er verfügt über eine eigene Fähigkeit, mir diese Dinge zu erklären, so daß sie vor meinen Augen als Zeichen und Wunder erscheinen. Je mehr er sieht und erträgt, um so klarer tritt er ins Licht und wird selber zu einer Antwort. Der Lauf der Zeit ist so deutlich in seine Haut eingeritzt, daß er einem alten Kerbstock ähnelt, an dem Feiertage und Heiligenfeste achtlos vorübergegangen sind und ihr Leiden eingekerbt haben. Seit einem Menschenalter hält sein blauer Blick Ausblick in alle Himmelsrichtungen, und noch den kleinsten Lichtpunkt hat er aufgefangen und auf seiner Regenbogenhaut bewahrt. Sein Gesicht ist von seinen Nachtwachen fast durchsichtig geworden, und es ist so voller Runen und Schriftzeichen, daß man darin lesen kann wie in einem offenen Buch.

Oft überkommt mich ein heftiger Drang, meine Hände über seine verbrauchten Züge fahren zu lassen und auf diese einfache und zuverlässige Weise die Wahrheit kennenzulernen. Er versetzt mich zurück in eine Zeit, in der das Alphabet noch nicht vom Wind verstreut worden war und die Menschen noch nicht wußten, was es bedeutet, sich in den Labyrinthen des Wortes zu verirren. Mit seinem sprechenden Wesen ist er der Sprache selber voraus und bestätigt durch jede Runzel und Furche in seinem gebrechlichen Körper die Weltordnung.

Gestern war der Graf wieder hier, um mir mit einem Dokument vor der Nase herumzuwedeln, auf das er offenbar ungeheuer stolz war.

Zuerst hielt ich es für eines von den vielen Papieren, mit denen er sich immer so wichtig macht und denen er eine ganz andere Bedeutung zuschreibt, als sie in Wirklichkeit haben. Ich denke da zum Beispiel an das Dokument mit Siegel und Stempel des Königs, das er in der Gemeinde herumgezeigt hat und das alle für einen Beweis dafür halten, daß er jetzt die höchste weltliche Autorität hier am Ort verkörpert. In Wirklichkeit ist es ein sehr viel bescheideneres dienstliches Schreiben, ein Auftrag, im Eismeer auf Beute auszufahren, Tran zu gewinnen, Felle zu sammeln und dem König Rechenschaft über die Ausbeute abzulegen. Aber dieses Papier sieht durch das königliche Siegel und das Wappen des Grafen so edel aus, daß niemand daran zweifelt, daß es sich dabei um eine Ernennung zum Amtstrichter für die Gemeinde handelt.

Das Dokument, das er mir gestern gebracht hat, war

dagegen ziemlich alt und vergilbt, und es war so abgenutzt und brüchig, daß es an mehreren Stellen geleimt worden war. Ich überlegte mir, es müsse ein Brief sein, der sich auf die Erbschaftsangelegenheiten des Grafen bezog, und ich war sofort bereit, ihn ihm vorzulesen. Allerdings kam mir die Miene des hohen Herren schadenfroher vor als nötig. Aber ich bin es bald so leid, mir über das Wesen dieses Menschen den Kopf zu zerbrechen, daß ich mich kaum noch um sein Mienenspiel schere.

Erst als ich das Papier zwischen den Händen hielt, begriff ich, worauf ich mich eingelassen hatte, und ich kann mein Entsetzen einfach nicht beschreiben. Allein schon, daß der Brief nicht mit normaler Tinte geschrieben war, sondern mit einer dicken, braunen Substanz, die nichts Gutes verhieß! Das ganze Dokument war in einem so tristen Zustand und die Schrift dermaßen zittrig und mitgenommen, daß es von einer Hand stammen mußte, die in ihrer Gemütserregung kaum noch Herrin über ihre Feder gewesen war. Über den ganzen Bogen zogen sich Streifen und Flecken aus derselben bräunlichen Substanz, und ganz unten entdeckte ich den Abdruck einer Hand, die sich ganz erschütternd echt abgestempelt hatte. Zwei Finger dieser Hand hatte der Zahn der Zeit bereits verzehrt, aber die anderen waren so deutlich wiedergegeben, daß sogar der Abdruck jedes einzelnen Fingerknöchels bewahrt war.

So mitgenommen dieses Dokument auch war, ich brauchte doch nicht lange, um den Inhalt zu erfassen. So mild und doch wild entschlossen war dieser Brief, daß ich ihn für das Produkt eines Verrückten gehalten hätte, wenn er nicht von einem so jungen Menschen in so tiefer Not gestammt hätte.

Folgendes stand in dem Brief: Ich arme, verlorene Seele

Peter Olleren schreibe dieses hier, als einziger aus meiner Sippe, der die Pestilenz überlebt hat. In meinem großen Kummer und meiner tiefen Not entsage ich der Hilfe Gottes, nachdem ich Tag und Nacht auf Knien gelegen und Ihn um Gnade angefleht habe. Weder habe ich Brot für meinen Mund noch einen Stein, mein Haupt darauf zu betten, und dennoch verfüge ich über große Kraft und bin zu jeglicher demütigen Tat bereit. Deshalb gebe ich mich der Gewalt des Luzifer, des Fürsten der Finsternis, anheim, auf daß er meinem Fleisch vierundzwanzig Jahre lang Gedeihen beschere und danach meine Seele zu sich nehme. Er, der große Widersacher, stärke mich und helfe mir in meinen besten Mannesjahren, auf daß ich der ewigen Qual anheimfalle, wenn die Zeit meiner Gnade verstrichen ist. Ich schreibe diesen Pakt mit meinem eigenen Blut und nehme meine rechte Hand als Stempel, so daß alle Welt erkennen kann, daß ich mit diesen harten Bedingungen einverstanden bin.

Als ich lange dieses Papier betrachtet hatte, ohne ein Wort über die Lippen zu bringen, wurde der Graf ungeduldig. Meine Ausflüchte waren offenbar nicht überzeugend, denn plötzlich sprang er auf, schlug sich mit der Faust in die Handfläche und ließ einen Schwall Flüche hören. Wenn ich nicht endlich Vernunft annähme, statt mich so stur zu stellen wie dieses alte Stück Ungeziefer nebenan, würden aus meinem Mund bald andere Töne strömen als Ausschweife.

Mit diesen Worten stampfte er auf den Boden auf und kam mit drohender Miene auf mich zu. Ich war sicher, daß er jetzt Gewalt anwenden würde, und deshalb war ich mehr als nur überrascht, als er plötzlich von mir abließ und eine unsichere Grimasse zog.

»Nun gut«, rief er, und er versprach, mir genügend Zeit

zu lassen, um diese erbärmliche Schrift zu entziffern. Eine Frist von sieben Tagen wollte er mir gewähren und mich dann, wenn ich mich eines Besseren besonnen hätte, abermals aufsuchen. Im Moment war er vollständig damit ausgelastet, der Alten nebenan Vernunft einzuhämmern. Aber wenn die dann erst einmal weich wäre, dann wäre es eine Kleinigkeit für ihn, mich zum Sprechen zu bringen.

Als er zur Tür ging, verabschiedete er sich noch einmal mit einem Speichelklumpen, der mich dicht unter meinem braunen Auge traf. Er lachte aasig und bedauerte, nicht besser getroffen zu haben, denn dann hätte er mein verdammtes Landfahrerauge zukleben können. Er wisse schon, was es mit meinem Wissen auf sich habe und welche Mächte mir beistünden, wenn ich meinen Blick ins Buch senkte. Aber ich solle nur probieren, meine Blicke über dieser Schrift zu kreuzen oder sie heimlich rückwärts lesen, oder sie gar auf den Kopf stellen. Er wisse schon jetzt, um welche Art von Dokument es sich hier handele, und er werde sich durch meine Hexenkünste nicht hinters Licht führen lassen.

Als er mich verließ, setzte langsam die Dämmerung ein. Im schwindenden Tageslicht rollte ich das Dokument wieder auseinander und starrte lange die gequälte Schrift an. Es war nicht schwer zu erkennen, daß diese Hand sich das Schreiben selber beigebracht hatte und daß sich hinter der schwerfälligen Federführung eine gewaltige Anstrengung verbarg. So erschüttert ich auch war, so mußte ich doch über die großen, steilen Buchstaben lachen, die nur widerwillig zu Wörtern zusammenfließen wollten, weshalb der Bogen aussah wie ein Papier voller Fliegen.

Während ich zusah, wie diese Zeichen in die Finsternis entflohen, dachte ich an den jungen Menschen, aus dem später dann Herr Peder geworden war und der so kühn sein Schicksal in die eigene Hand genommen hatte. Ein Vierteljahrhundert lang waren sie nun schon auf dem Weg zueinander, und es war schwer zu sagen, welcher von beiden sich mehr beeilte, um den anderen einzuholen. Jeder kleinste Riß in dem abgegriffenen Papier war eine Spur dieses Wettrennens, bei dem das Vergangene danach strebt, mit dem Kommenden eins zu werden.

Ich mußte daran denken, wie grob der junge Bauernbursche das Papier aufgerollt hatte und wie der suchende Pastor es in seinen einsamen Momenten auf- und wieder zusammengerollt haben mußte. Wer von beiden das letzte Wort haben würde, stand für mich jetzt völlig fest. Endlich verstand ich den langen Zerstörungsprozeß, der Herrn Peder in den verwandelt hatte, der er heute war, in einen Mann, der die letzten Beschwörungen vollführt, ehe er sich dem Teufel anheimgibt.

Als das letzte Schriftzeichen eins mit der Dunkelheit wurde, stand ich auf und machte Feuer. Ich konnte hören, wie sich das abgegriffene Papier auf dem Tisch blitzschnell zusammenrollte und diesem gottverlassenen Text einen weiteren Riß beibrachte.

Als mein Talglicht aufflammte, spürte ich in meinem Inneren eine eiskalte Ruhe, ein Echo der tiefen Qual, die sich in dem vergilbten Dokument versteckte. Ohne einen weiteren Gedanken nahm ich es vom Tisch und hielt es ins Feuer, wo es langsam in meiner Hand zu einem verkohlten Rest zusammenschrumpfte.

Unmittelbar vor dem Gottesdienst kam abermals mein böser Geist, die Milchmuhme, zu Besuch.

Als sie eine Weile in meiner Zelle herumgeschnüffelt hatte und mit ihrem Begehr offenbar nicht herausrücken wollte, gestand sie mir, es sei ihr aufgetragen worden, mich in die Kirche zum Gottesdienst zu holen. Aus diesem Grunde befahl sie mir, mich nackt auszuziehen und das Bußgewand anzulegen, das sie für mich mitgebracht hatte.

Das Bußgewand war ein ziemlich notdürftiges, aus zwei Säcken zusammengenähtes Teil. Das Sackleinen war so rauh, daß es meine Haut aufkratzte, und es konnte meine Blöße nur teilweise bedecken. Als ich sie daran erinnerte, daß es, jetzt im Winter, in der Kirche eiskalt sei, gab sie keine Antwort, sie forderte mich nur auf, meine Haare aufzubinden, die sie dann sorgfältig mit Asche bestreute.

Als ich aus der Zelle geführt wurde, sah ich Hanna Mann in der gleichen Bußtracht, wie ich sie trug, aus ihrer Zelle kommen. Sie war so hilflos und sah so verändert aus, daß ich mein Entsetzen nicht verbergen konnte. Ohne wirklich zu wissen, was passiert war, wußte ich, was ihr bevorstand. Wenn ein Mensch anfängt, all den Beschimpfungen zu ähneln, die er viele Jahre lang abgeschüttelt hat, dann hat er nicht mehr lange zu leben. Dann hat das Böse feste Form angenommen – oder das Wort ist Fleisch geworden, wie es in etwas erhöhterer Sprache heißt.

Als wir den Turm verließen, hatte sich im Vorraum der Kirche eine große Anzahl von Kirchgängern versammelt. Die meisten wichen beiseite, als wie in die Kirche gejagt wurden, aber einzelne drohten uns auch mit der Faust oder hatten Kuhfladen und anderen Kot mitgebracht, um uns damit zu bewerfen.

Auch in der Kirche ließen sie nicht von uns ab, obwohl der Pastor vor dem Altar stand und versuchte, sie zur Ruhe zu mahnen. Ganz sichtlich hatte er die Gemeinde nicht mehr im Griff. Als er den Segen sprach, brach in der Kirche eine solcher Lärm aus, daß diese heilige Handlung eher wie eine Art feierlicher Gauklerei wirkte.

Die Stimmung um die Schandbank herum, wo Hanna Mann und ich standen, wurde immer bedrohlicher, auch wenn es nicht zu Handgreiflichkeiten kam. Daß niemand Hand an uns legte, kam sicher von der Anklage, die über unseren Häuptern schwebte. Selbst wenn wir Pest oder eine andere ansteckende Krankheit gehabt hätten, so hätten wir nicht schlimmer gefürchtet und verabscheut werden können, als es uns in diesem Augenblick wegen unseres Unglücks widerfuhr.

Als wir uns nun in der Schandbank aneinanderdrückten, half mir die Erinnerung an die klugen und klaren Worte meiner Stallschwester über die Seuche, die sich derzeit in der Gemeinde ausbreitete. Als wir eines Abends in ihrer Hütte saßen, überraschte sie mich damit, daß sie das Werk des Teufels als ansteckende Krankheit bezeichnete, die durchaus Ähnlichkeit mit körperlichen Krankheiten haben konnte. Mit kurzem Lachen erwähnte sie die ungeheure Anzahl von kleinen Teufeln, die von den Lutheranern auf genau zwei Trillionen sechshundertfünfzig Billionen achthundertsechsundsechzig Millionen siebenhundertsechsundvierzigtausend dreihundertvierundsechzig festgesetzt worden ist. Sie erzählte mir auch, daß manche Menschen ein waches Auge auf diese Heerscharen der Ansteckung hatten, nur waren die Gelehrten hier vorsichtiger und wagten nicht, eine genaue Anzahl zu nennen.

Aber ebenso unsichtbar, wie das Wesen der Krankheit für das bloße Auge sei, so unmöglich sei es, die Invasion der Schrecken zu durchschauen, die die Schrift als Geisterheer des Bösen im Himmelsraum bezeichnet. Ob die eine Landplage unwirklicher sei als die andere, wagte sie nicht zu sagen. Aber sie ihrerseits hatte sich dafür entschieden, sich mit dem Feind zu befassen, der den Körper angriff, da dessen Wirkung offensichtlicher und die Mittel dagegen greif- und spürbar waren. Vielleicht würde es irgendwann einmal Menschen geben, die sich ebensogut darauf verstanden, böse Geister auszutreiben. Aber wenn sie sich nicht sehr irrte, dann würden die wohl kaum einen priesterlichen Talar tragen.

Als ich aufblickte, war mein Freund der Küster in den Chor getreten. Ganz unangefochten von der vielen Unruhe in der Kirche stimmte er die Gesangbuchverse an, die Herr Peder auf der Grundlage grober alter Formen gedichtet oder aus fremder Zunge übersetzt hat. In den Tagen seiner Macht hat der Pastor den kleinen Mann immer als lebendiges Gesangbuch bezeichnet, und er wurde es nie müde, dessen beglückende Seiten zu drehen und zu wenden. Es erfreute sein Herz, wenn er sah, wie die Gemeinde an den Lippen des Frommen hing und seine Fehler und Mängel in die köstlichsten Tugenden verwandelte. Seine spröde und langsame Art zu singen war ein für allemal zum Gesetz erhöht worden, und Schande über alle, die es nicht schafften, bis zum Ende mitzuhalten.

Erst nachdem er schon eine Weile gesungen hatte, kam mir das Gefühl, daß hier etwas nicht stimmte. Ich wandte mich um und blickte Hanna Mann fragend an, aber die klammerte sich wie eine Schiffbrüchige an die Wand an und starrte mit einem Blick vor sich hin, der es satt hatte, die Torheit der Welt widerzuspiegeln.

Während sich der Gesang hob und senkte, fühlte ich mich immer unbehaglicher und beklommener. Der Text, den die Gemeinde wiederholte, konnte unmöglich derselbe sein, den der Küster vorne angestimmt hatte. Ich sah, daß alle Münder gewissermaßen ihren eigenen Text murmelten und die Frohe Botschaft in ihr Gegenteil verkehrten. Ich kann nicht sagen, ob dabei auch Gotteslästerliches vorgetragen wurde. Aber je mehr der Gesang die Kirche erfüllte, um so mehr ergriff das Gemurmelte, Verbissene die Oberhand. Vielleicht konnte in Wirklichkeit überhaupt keine Rede von einer Verzerrung des gütigen Textes sein. Aber in dem Geist, in dem das alles geschah, lag etwas Böses und Neiderfülltes, das verderblicher wirkte als jegliches Sakrileg.

Plötzlich fiel mein Blick auf Herrn Peder, der vor dem Altar stand und seinen Gemeindekindern den Rücken zukehrte. Es war ganz deutlich, daß die Zeit seiner Gnade beendet war, denn seine schwere Gestalt strahlte eine dumpfe Verzweiflung aus, und er konnte sich nur mit Mühe und Not aufrecht halten. Ab und zu hob er die Hände von der Altardecke und faßte in die leere Luft, als schnappe er nach einem unsichtbaren Fliegenschwarm. Ich konnte seinen hängenden Wangen ansehen, daß er ununterbrochen Selbstgespräche führte, und plötzlich hob er die Stimme, und ein Stück seines verwirrten Monologes mischte sich unter den Gesang.

Wenn der Küster nicht auf seinem Posten im Chor gestanden hätte, dann wäre der gesamte Gottesdienst in Auflösung übergegangen. Als er da zwischen den rätselhaften Gebärden des Pastors und dem verworfenen Gesang der Gemeinde stand, sah er aus wie ein milder Cherub, und obwohl er sich nicht von der Stelle rührte, schien er unermüdlich durch die Kirche zu fliegen und alle daran zu erinnern, daß sie sich an einer heiligen Stätte aufhielten.

Kaum war das Lied verklungen, da wurde die allgemeine Unruhe in der Kirche auch schon vom Vorraum her von gewaltigem Lärm übertönt. Obwohl alle wußten, daß es der Graf war, der zu spät zum Gottesdienst erschien, fuhr die gesamte Gemeinde herum und starrte die Tür an. Das Getöse, das vom Vorraum her zu uns drang, beruhte zweifellos auf unerhörten Begebenheiten und lag nicht nur daran, daß der Graf seinen Säbel aufhängte oder sein Pferd mit hereinzog, um es am Getreideverschlag der Kirche anzubinden. Während wir darauf warteten, daß sich die Tür öffne, verloren alle Gesichter ihre frechen Mienen, und ich sah, wie einer nach dem anderen die Hände faltete oder sich auf alte, ehrwürdige Weise bekreuzigte.

Als der Graf endlich seinen Einzug in die Kirche hielt, hätte er unmöglich noch größeres Aufsehen erregen können. Hinter ihm brachten vier Bauern eine Bahre, deren Holz noch so frisch war und aus dem so viel Harz tropfte, daß der herbe Duft sich wie Weihrauch in der erstarrten Kirche ausbreitete. Auf der Bahre stand der Sarg der Herrin, von Schimmel überzogen und stockfleckig und so besudelt durch seine Nachbarschaft zum Galgen, daß ein Schauer des Entsetzens die fröstelnde Menschenmenge durchfuhr.

In diesem Moment sah ich, wie Herr Peder vor dem Altar in die Knie sank und die Arme über den Kopf hob, als wolle er um Gnade flehen. Kaum war der Sarg zu Boden gelassen worden, da brach Herr Peder auch schon in lautes Weinen aus und betastete mit den Händen auf äußerst unziemliche Weise das morsche Holz. Als er endlich die Kraft fand, aufzustehen und ein Gebet über die Tote zu sprechen, war er so von Trauer und Reue erfüllt, daß er sich immer wieder in der Schrift verirrte und über seine eigenen Worte stolperte.

In dieser ganzen Zeit hatte der Graf vor seiner Bank gestanden und gleichsam zerstreut seine Hand über sein neues Fellwams fahren lassen. Sowie er die Kirche betreten hatte, war mir aufgefallen, daß seine Kleidung etwas Vertrautes hatte, aber erst jetzt war mir klar, woran das lag.

Doch, wirklich, er hatte das Blut aus der besudelten Bettdecke seiner Schwester herauswaschen und sich daraus ein Wams schneidern lassen. Ich weiß nicht, ob ich die einzige war, der der starke rötliche Schimmer des Fells auffiel, der es schwierig machte, zu erraten, von welchem Tier es wohl stammen mochte. Nur, weil ich die Vorgeschichte kannte, konnte ich die Fellart erkennen und der Herrin einen letzten gerechten Gedanken zukommen lassen. Ich dachte an ihre Frostanfälle unter dem weichen Fell und an ihre Klage darüber, daß so viele warmblütige Tiere um ihretwillen ihr Leben hatten lassen müssen. Indem sie die Felle mit ihrem eigenen Blut durchtränkt hatte, hatte sie sie zu dem gemacht, was sie wirklich waren, und sie hatte ein Verbrechen ans Tageslicht gebracht, das sich lange in den seidenweichen Haaren des Fells verborgen hatte.

Auf ein Zeichen des Grafen hin strömte die Gemeinde plötzlich aus ihren Bänken und wanderte am Sarg der Herrin vorbei. Die meisten verneigten sich nur kurz im Vorübergehen oder strichen mit unbeholfener Hand über das morsche Holz. Aber vor allem von den Frauen fielen viele auf die Knie und berührten ihr Todesbett mit den Lippen. Für mich, die das Ganze nur aus der Entfernung sah, war es schwer zu verstehen, daß dieselben Menschen mich eben erst mit Kuhfladen beworfen hatten. Die Herrin hatte zwar immer im Herzen des Volkes über einen merkwürdig großen Platz verfügt, und ich wußte ja auch noch, daß ihre innere Glut etwas Unverlöschbares gehabt hatte, das man gut hätte »heilig« nennen können.

Aber diese Verehrung, die nun ihrem Leichnam zuteil wurde, war so grob und heftig, daß sie einfach nichts mit der Wirklichkeit zu tun haben konnte. Alle Welt schien plötzlich vergessen zu haben, daß sie nicht als Gläubige gestorben war, sondern daß ihre letzte Zeit ein einziger Aufruhr gewesen war, der Gott in Seinem hohen Himmel gelästert hatte. War es denn möglich, daß niemand hier über ihren Todeskampf Bescheid wußte? Oder verhielt es sich mit ihrer Widerspenstigkeit wie mit den vielen Rätseln des Fleisches, die sich in der Stunde des Todes in ihr Gegenteil verkehren?

Und was war mit ihrem Bruder, dem Grafen, und seiner Rolle in diesem düsteren, ungeheuerlichen Passionsspiel? Allem Anschein nach hatte er die Tote gequält, seit er groß genug gewesen war, um die Hand gegen Schwächere zu erheben. Als ich seine scheinheiligen Gebärden beobachtete, fand ich, er müsse es so höllisch heiß in seinem Pelzwerk haben, wie seine Schwester es jetzt einsam und kalt hatte. Ob der peinliche Gedanke an Erbe und Schulden noch immer in seinem Kopf herumspukte und ihn dazu zwang, ihr Genugtuung zu bereiten? Oder war er jetzt nur der Krieger, der sich aus alter Gewohnheit umdrehte, um über seinem Opfer das Kreuz zu schlagen? Ich mußte mich fragen, was der Tod wohl für ein ungetreuer Diener oder listiger Herr sein mochte, der Hiebe in Liebkosungen und Blutdurst in erlesene Höflichkeit verwandelte.

Aber das alles geschah so unerwartet, daß Hanna Mann und ich vergessen wurden und in den Turm zurückkehren konnten, ohne daß uns die uns zugedachte Züchtigung zuteil geworden wäre. Als die Alte uns die Treppe hochbrachte, murrte sie laut über die viele Mühe, die sie sich gemacht hatte, und sie war wütend auf Herrn Peder, der nicht einmal seine eigenen Teufel im Zaum halten konnte. Was sollte es denn, vor dem Altar des Herrn zu stehen und mit den Händen nach ihnen zu schnappen, wenn alle Erfahrung zeigte, daß nicht einmal Mücken und Fliegen auf dermaßen ungeschickte Weise zu fangen waren?

Und was die ganze Aufregung um den Sarg der Herrin anging, so war es leicht, eine von Frost erstarrte Leiche anzubeten, die die Winterkälte frisch erhalten hatte. Aber wir sollten doch bloß bis zum nächsten Sonntag warten, wenn das Heiligtum eine Woche alt sein und die Bahre nicht mehr nur nach Erde und Harz stinken würde. So fromm und gottergeben sei die Tote nun auch nicht gewesen, wenn man sich nur die Mühe machte, sich richtig zu erinnern. Waren ihre Wochenbetten nicht ebenso jammer- und schmerzvoll gewesen wie die jeder anderen, und hatte sie nicht lästerliche Reden geführt, wenn ihre Stunde gekommen war? Welch böse und verderbte Frucht sie beim dritten Mal ausgebrütet hatte, ließe sich nun wirklich nicht sagen. Aber etwas Entsetzliches müsse es doch gewesen sein, wo es das Licht des Tages scheuen mußte.

Als die Alte uns in den Turm führte, stieß sie immer wieder Hanna Mann an, die mehr als nur gebrechlich war und große Mühe mit den Treppenstufen hatte. »Ei der Daus«, bemerkte sie ganz erstaunt und stieß meiner Stallschwester ihren spitzen Ellbogen in die Seite. »Mit dem Leibhaftigen einen Vertrag schließen, um weise Frau zu werden, und dann nicht einmal genug Verstand haben, um die eigenen Krankheiten zu kurieren! – Beim süßen

Tode Gottes, wozu denn von Hof zu Hof rennen und andere um ihr Brot bringen, wenn alles damit endet, daß man nicht einmal eine Treppe hochkommt?

Jetzt nimm dich aber zusammen«, fauchte sie und drückte ihren Zeigefinger ins Gesicht ihrer Konkurrentin, »von nun an wird alles seine Ordnung haben, und keine kann sich mehr auf ihren Besenstiel setzen und längst schon angekommen sein, wenn die andere gerade erst ihre Wanderschuhe angezogen hat.«

Als ich mich umdrehte, sah ich, daß eine schwache Bewegung über das Gesicht meiner Stallschwester huschte, etwas, das dem Schatten eines Lächelns ähnelte, das aber auch ein Ausdruck von Schmerz sein konnte. Ohne ihren Blick von den Treppenstufen zu heben, mit denen sie sich abmühte, schleppte sie sich von einem Absatz zum anderen, während ihr Atem wie ein Blasebalg keuchte und der Schweiß ihr in Strömen über ihr verquältes Gesicht lief. Das einzige an ihr, was noch unverändert war, war das Zielbewußte in ihren Anstrengungen, nur war das Ziel nun auf die einzige Notwendigkeit geschrumpft, ihr eigenes Körpergewicht zu tragen.

Alles in allem hat es keinen Zweck, den Grafen zu unterschätzen und zu behaupten, er habe seine neue Aufgabe nicht gemeistert. Wieviele Dummheiten er auch aufeinander türmen mag, immer hat er das Glück auf seiner Seite und erzielt ein Ergebnis, das sehr kluge Planung verrät.

Gott weiß, welch' seltsames Gespür ihm geholfen hat, die Verbindung zwischen Hanna Mann und mir herauszubringen und dann im richtigen Moment zuzuschlagen. Obwohl es auf purem Zufall beruhte, daß wir unter einem Dach überrascht und festgenommen wurden, schlägt er sich nicht ohne Grund vor die Brust und bezeichnet alles, was geschehen ist, als Fingerzeig des Schicksals.

Insofern ist es auch eine kluge Taktik von ihm, uns Wand an Wand einzuschließen und die Not der einen als Mittel zu benutzen, um auf die andere Einfluß zu nehmen. Wenn er bei mir ist, erzählt er mir immer wieder, welchen Dienst ich Hanna Mann erweisen würde, wenn ich nur mitteilsamer wäre, und ähnliches sagt er ihr sicher auch. Er hat sicher in gewisser Hinsicht recht, wenn er uns für Verschworene hält und uns über einen Kamm schert. Nur hat er keine Ahnung davon, worin unsere gemeinsame Schuld besteht, und er glaubt, das herausfinden zu können, wenn er uns hart zu Leibe rückt.

Wer die Hand des Grafen an der Kehle spürt, findet ja immer Erklärungen, die einfach genug sind, um ihn zufriedenzustellen. Sowie er seinen Griff löst, strömen die Wörter mit derselben Naturnotwendigkeit aus dem Mund, wie das Blut im Hals frei dahinfließen kann und sich die Lunge mit Luft erfüllt. Zu meiner Überraschung gestehe ich Dinge, die ich kaum für die Wahrheit halte, zum Beispiel, daß ich bei Hanna Mann in die Lehre gegangen bin, um eines Tages ihre Nachfolgerin zu werden.

Natürlich liegt immer ein Körnchen Wahrheit in meinen Geständnissen, wie dann, wenn ich zugebe, daß ich mich zu Hanna Mann hingezogen gefühlt und sie oft begleitet habe, wenn sie Kräuter sammeln ging. Es ist wohl nichts besonderes, wenn die eine Umherstreiferin die andere findet, und wenn sie in einer Sprache miteinander reden, die die Landesgrenzen überschreitet. Thymian ist und bleibt nun einmal eine Heilpflanze, auch wenn sie bei den Landfahrern anders heißt als bei einer weisen Frau. In Bäumen und Sträuchern versteckt sich eine Weisheit, die sich nicht in klare Worte kleiden läßt, und unter der sichtbaren Welt aus Stengeln und Blättern streckt eine tiefere Wahrheit ihre Wurzelfasern aus.

Wenn ich stark genug unter Druck gesetzt werde, dann werde ich mir sicher Hanna Manns Worte aneignen und behaupten, es gebe entweder nichts Übernatürliches, oder die ganze Welt sei beseelt und stecke voller Zauberwerk. Wenn eine weise Frau den Boden nach Wurzeln umgräbt, dann erkundigt sie sich nach dem versteckten Wesen der Dinge, genau so, wie der Graf ein unbekanntes Gelände durchsucht, wenn er uns zu Leibe rückt. Welche Fragen und welche Wurzeln an den Tag kommen werden, hängt nicht nur davon ab, was sich verborgen hält, sondern auch von den grabenden Händen und der fragenden Stimme. Wenn es Zauberei ist, heilende Kräuter ausfindig zu machen, dann gehört vielleicht auch große Beschwörungskraft zu der Kunst, einer verdächtigten Person Geständnisse zu entlocken.

Sollte der Tag jemals kommen, an dem Hanna Mann zum Schweigen gebracht wird, dann muß ich den Faden aufgreifen und den langen Monolog fortsetzen, den sie dort am Waldrand geführt hat. Dann werde ich die Gottesfürchtigen fragen, ob nicht auch der Glaube eigentlich eine Form von höherer Magie ist und ob die Kirche nicht den offenkundigsten Verwandlungskünsten als Schauplatz dient. Ich denke dabei nicht so sehr an die Mystik, die Brot und Wein umgibt, sondern an die gewaltige Beschwörung, die im Wort selber liegt.

Wie ist es möglich, werde ich dann fragen, daß eine Lehre, die einst als die »Frohe Botschaft« bezeichnet worden ist, all ihre Kraft verlieren und ihre Klauen zu so vielen kleinen Teufeln ausstrecken konnte? Was ist das für ein verdammter Finger, der im heiligen Gefäß herumgerührt und dieses Sammelsurium aus Gift und Gegengift geschaffen hat? Ist die Wahrheit vielleicht die, daß der Trost ohne Furcht überflüssig und die Furcht ohne Trost unerträglich wäre? Ja, wäre es möglich, daß das gesamte heilige System so sinnreich eingerichtet worden ist, daß es sich selber aufheben würde, sollte das Gute eines Tages die Alleinherrschaft an sich reißen?

TEIL 3

Nachschrift

Spätherbst 1618

»Der Schrei ist der einzig wahre Ausdruck für den Schmerz!« sagte Hanna Mann eines Abends vor vielen Jahren zu mir, als ich sie in ihrer Hütte besuchte. Es war nur wenige Tage, bevor wir festgenommen und in den Kirchturm gesperrt wurden, und ich weiß noch, daß ich mich über diesen Ausspruch gewundert habe. Ob es nun daran lag, daß ich den Schmerz damals noch nicht kennengelernt hatte, daran, daß ich ihm noch nicht nahe genug gekommen war, oder daß der Schrei so tief in meiner Brust eingeschlossen war, daß er nur erlöst werden konnte, indem er eine tödliche Wunde hinterließ.

Seither ist der Schmerz mir näher gekommen, und ich habe gesehen, wie stumm er sich verhalten muß, um in der Welt kein Ärgernis zu erregen. Ich habe Angeklagte stotternd und stammelnd vor einem beredten Richter stehen sehen, der die mangelhafte Ausdrucksweise immer für ein Schuldbekenntnis hält. Von Angesicht zu Angesicht mit dem Henker wird das Opfer in ein stummes Wesen verwandelt, und wenn die Klage endlich losbricht, dann wird sie zu einem unmenschlichen Gebrüll, das bei den Zuhörenden nur Abscheu und Verachtung erregen kann. Ich habe Mütter gesehen, die in der losen Luft nach ihren getöteten Kindern suchten, die ihre Hände mit wahnwitziger Leere füllten und ihre Lippen unaufhörlich bewegten, ohne daß auch nur ein Wort des Kummers sich hätte aus ihren Herzen befreien können.

Mit dieser allzu späten Erkenntnis blättere ich jetzt in meinen Aufzeichnungen und ahne die Hoffnungslosigkeit meiner Schreiberinnentätigkeit. Wenn ein menschliches Gefühl es so weit bringt, daß es zu Papier gebracht wird, dann hat es einen dämpfenden Prozeß durchgemacht, der ihm seinen eigentlichen Stachel nimmt und es für die Umwelt begreiflich macht. Mit dem geschriebenen Wort verhält es sich wohl wie mit Hanna Manns Schmerzensschrei im Kirchturm: Ohne von den Lippen so geformt zu werden, daß es zum Gesang wird, wird es nur Anstoß erregen und der Sache der Schreiberin schaden.

Heute, nach fast zwanzig Jahren, verstehe ich besser, warum meine Schreibkünste damals nicht ausgereicht haben und ich am Ende nicht mehr konnte. Nachdem mein Freund der Küster hingerichtet worden war und ich jeden Tag am Fenster stehen und seine baumelnde Leiche ansehen mußte, vertrocknete der letzte Rest Tinte in meinem Tintenfaß.

Ich weiß noch, daß sein Leichnam so klein und leicht war, daß er sich im leisesten Lufthauch bewegte, nicht einmal die Vögel fanden etwas für ihre Schnäbel an ihm, so vertrocknet und ausgezehrt war er. Als ich mich zum Grafen umdrehte und schrie, er solle mich doch daneben hängen, hob er nur scherzhaft einen Finger und erinnerte mich daran, daß ich eine Frau war und außerdem keine Diebin. Im Namen des Anstandes ging es nun wirklich nicht, ein Frauenzimmer mit flatternden Röcken am Galgen hängen zu haben. Nein, wenn mein gebrechliches Geschlecht gestohlen hatte, dann wurde ihnen eine andere Strafe zuteil, sie wurden unter dem Galgen lebendig begraben.

Dann zwang er mich abermals, mich umzudrehen und aus dem Fenster zu schauen, schlug mir dabei den Säbelknauf in den Rücken und sagte einen alten deutschen Spruch über Verbrechen und ihre gerechte Strafe auf. Ich kann mich nicht mehr an alles erinnern, ich weiß nur noch zwei Zeilen, die mich nach Ansicht des Grafen wohl angingen, da er sie mir so gründlich in den Rücken hämmerte: »Die Hure ertränkt man, die Hexe verbrennt man.« Welchen Tod von beiden er mir zugedacht hatte, konnte ich nie herausfinden. Aber ich kann mir vorstellen, daß er mich zur Hure ernannt hätte, da Hanna Mann ja schon für die Rolle der Hexe ausersehen war.

Unser Freund der Küster jedoch mußte den schmählichen Tod des Diebes erleiden, obwohl sein Diebstahl fast nichts war. Es handelte sich doch nur um zwei rostige Eisenkessel und einige verrottete Schafsfelle, an denen er sich im Namen der Barmherzigkeit vergriffen hatte. Aber damals war der Galgenberg bereit zur Einweihung, und da der kleine Mann gerade zur Hand und auf frischer Tat ertappt worden war, lag es ja nahe, ihn als erstes die Schlinge kosten zu lassen.

Er war so klein und leicht, daß sie sich um seinen Hals fast nicht zusammenzog und er lange Zeit röchelnd dahing, bis der Tod ihm endlich gnädig war. Danach mußte die Leiche lange als abschreckendes Beispiel am Galgen hängen, während sich die Leute mit abgewandtem Gesicht und zu später Erkenntnis der Wirklichkeit dieses Ortes daran vorüberschlichen.

Erst damals gingen auch mir die Augen auf, und ich konnte mich dem unbezwinglichen Anblick stellen, dem ich sie über elf Jahre lang verschlossen hatte. Plötzlich schienen Zweige und verwelktes Blattwerk aus dem nackten Holz des Galgens zu entspringen, und ich sah meinen

Vater am untersten Ast hängen und seinen plötzlichen, irrwitzigen Todeskampf kämpfen. »Hast du schon einmal eine Hinrichtung gesehen?« hat mich einmal jemand gefragt, und als ich schwieg, sah sie mich herablassend an und nannte mich ein Wickelkind, nur weil ich noch keine Hinrichtung erlebt hatte.

Auch andere haben ihre Finger in meine Wunden legen und verständnisvoll an meinen allerwundesten Punkten herumdrücken wollen. Sie begingen dabei nur den Fehler, daß sie das zu früh versuchten und auf den Panzer stießen, der das verletzliche Innere des Weichtieres schützt.

Heute wage ich es endlich, mich zu dem unseligen Schicksal meines Vaters zu bekennen und unter die Haut des stummen Kindes zu kriechen, das zur Zeugin seiner Wut und seines Schmerzes wurde. Als Leiter eines diebischen Volkes wurde er zum ehrlosen Tod des Diebes verurteilt, während seine Getreuen um ihn gefallen waren und mit ihrem Blut den gefrorenen Boden zum Auftauen brachten.

Das einzige, was die gegnerischen Parteien versöhnen konnte, war die Wahl eines Sündenbockes, und in ihrer Wut packte eine von meinem Volk mich und stieß mich hinüber in die Schar der Feinde. Sie dachte vielleicht, mein blaues Auge habe das Unheil auf die Sippe der Braunäugigen herabbeschworen. Nun konnten sie mich zurückhaben, dachte sie wohl, als sie mich von sich stieß und mich Hals über Kopf zwischen die drohenden Bauern stürzen ließ.

Aber dort achteten sie mehr auf mein braunes Auge, denn ich wurde so hart zurückgestoßen, daß ich dahin zurückstolperte, wo ich hergekommen war. Auf diese Weise wurde ich zu einem Ball, der zwischen zwei feindlichen Sippen hin und hergeworfen wurde, die beide nichts von mir wissen wollten, nicht als Landfahrerin und nicht als Kind von Seßhaften. Wenn nicht in diesem Moment Herr Peder vorbeigeritten gekommen wäre, dann hätten sie mich wohl totgeschlagen oder in Stücke gerissen.

Als ich auf seinem Sattelknauf saß, reinigte plötzlich ein gewaltiges Schneegestöber die Luft, und ich duckte mich unter seine Körperwärme und war noch zu verwirrt von meiner Rettung, um Widerstand zu leisten. Erst Tage später fand ich den Weg zurück zu dieser Stelle, und der Boden war jetzt nicht mehr so unwegsam, da der Schnee seine Wunden und Schrammen bedeckt hatte.

Auf dem Leichnam meines Vaters saßen die Vögel so dicht wie Meisen auf einem aufgehängten Stück Speck – ja, ich weiß noch genau, daß mir dieses Bild vorschwebte, als ich zu dem Ast hochstarrte, an dem er hing. Wenn mir damals ein Schrei in der Brust steckte, dann war er dermaßen mit Fleisch und Blut verwoben, daß er mich zerrissen hätte, hätte er sich aus mir befreien können. Elf Jahre mußten verstreichen und eine unschuldigere Seele seinen Platz am Ast einnehmen, ehe ich zu mir kam und fassen konnte, was passiert war.

Ja, vielleicht begreife ich das erst heute, in meinem vierzigsten Lebensjahr, wo das Schlachtfeld mir ein vertrauter Aufenthaltsort geworden ist und die Blutspuren mir in allen Himmelsrichtungen folgen. Ich mußte weit umherziehen und oft voller Qualen meinen Blick senken, ehe sich in mir der Knoten löste und ich einen Richtplatz vom anderen unterscheiden konnte.

Nun endlich haben sich die beiden schwebenden Körper voneinander getrennt und zeichnen sich in meiner Erinnerung als zwei sehr unterschiedliche Lebensläufe ab. Ich habe die schwere Frage nach Schuld und Unschuld mit mir herumschleppen müssen, obwohl die Welt um mich herum sich gleichgültig stellt und der Henker noch immer sein Schwert mit einem Zipfel der Robe des Richters abwischt.

Das Seltsamste an der ganzen Sache ist jedoch, daß ich kein braunes und blaues Auge mehr habe, sondern daß mein Zwiespalt geendet ist und ich mich in der Welt mit zwei versöhnlichen braunen Augen umsehen kann.

Das eine Auge ist zwar nur ein Glasauge und kann nicht einmal eine Katze erkennen. Aber es ist eine meisterhafte Nachahmung, und ich möchte durchaus behaupten, daß sich meine Sicht im Grunde verbessert hat, seit es mir eingesetzt worden ist. Wie ich mein blaues Auge verloren habe, gehört zu einer ganz anderen Geschichte, die nicht gerade ein Grund zum Prahlen ist.

Zu meiner Verteidigung läßt sich anführen, daß es nicht immer leicht ist, eine junge Frau auf Wanderschaft zu sein, wenn überall Krieg herrscht und die Soldaten die Landstraßen nach Frauen absuchen, um an ihnen ihre Begierde zu stillen. In meiner Not schnitt ich mir die Haare ab, kleidete mich in Männertracht und dachte nicht daran, daß andere Soldaten die Landstraßen nach Deserteuren absuchen. Und auf diese Weise wurde ich als Soldat in den Dienst gepreßt und geriet in die Schlacht, in der ich mein eines Auge verlor. Bei dieser Gelegenheit kam auch mein wahres Geschlecht an den Tag, und deshalb wurde ich wieder umgekleidet und als Regimentshure von einem Schlachtfeld zum anderen geschleift.

Wenn ich mich über diese beiden Gewerbe äußern soll, dann ziehe ich offen und guten Mutes das zweite vor. Natürlich ist es kein Vergnügen, der Lust aller Welt ausgesetzt zu sein und einem ganzen Heer als Notdurft zu dienen. Keuchende Krieger hatte ich recht bald satt, ja, leider sehr viel schneller, als sie bei mir ein Ende zu finden schienen. Es ist auch kein Spaß, mit Krankheiten und Ungeziefer behaftet zu werden und die Krankheit kennenzulernen, die im einen Land als die »französische« und im anderen als Lues bekannt ist oder die sich hinter dem Namen einer griechischen Liebesgöttin verbirgt. Es ist überall dasselbe Elend, und überall ist es von derselben zuverlässigen Wirkung.

Nachdem ich sieben Jahre lang über die Heerstraßen gezogen war, war ich so ungefähr verbraucht und konnte nur noch die verlocken, denen alles egal war und die nur noch eine Scheide brauchten, in die sie ihr Schwert stekken konnten. Meine rote Haarpracht verblich und ähnelte mehr und mehr den Büßerhaaren von einst, als ich mit Asche auf dem Haupt in Gottes Haus vorgeführt worden war.

Aber was die meisten abschreckte, war wohl meine leere Augenhöhle, ein Mangel, der immer spürbarer wurde, je mehr mein Körper verfiel und mein Gesicht von Frost und Hitze verwüstet wurde. Am Ende schlich ich mich wie ein räudiger Hund über die Heerstraßen, verfolgt von den Flüchen der Soldaten und gepeinigt vom Hohn meiner Geschlechtsgenossinnen, die jünger und frischer in Diensten waren.

Wenn ich diese Erniedrigung trotz allem für ein Menschenleben halte, dann, weil ich kräftigere Kost kennenlernen mußte und einen Nahkampf kenne, der verderblicher ist als irgendeine Umarmung. Mit dem Schwert in der Hand vereinfachen sich alle Fragen des Lebens zu einem Sein oder Nichtsein – wenn du nicht selber tötest, dann wird ein anderer die Hand ausstrecken und den Gnadenstoß verpassen. Unter solchen Verhältnissen ist es unmöglich, zwischen Henker und Opfer zu unterscheiden. Wir alle müssen beides sein, während das Blutbad in einem nebligen Niemandsland stattfindet, wo die Grenzen verwischt sind und alles erlaubt ist. Das schlimmste Verbrechen unterscheidet sich kaum vom reinen Heldenmut, jegliche Schande kann sich hinter wohlklingenden Worten verstecken, und noch an der Stirn des erbärmlichsten Gewalttäters läßt sich ein Heiligenschein anbringen.

Während meiner Dienstpflicht als Hure kam es ein seltenes Mal vor, daß mir etwas wie Zärtlichkeit begegnete. Eine rauhe Hand strich unbeholfen über mein Kinn, oder ein seltsames, vergessenes Wort wurde plötzlich aus dem Bündel der Sprache gezogen. Das Schwert, das der Mann in die Scheide der Frau steckt, ist ebenfalls nicht unverwundbar, denn es ist aus dem gebrechlichen Stoff, der »Fleisch und Blut« genannt wird. Deshalb kann sich noch die gröbste Umarmung als eine dieser seltenen Fügungen erweisen, in der die Macht plötzlich ihren Zugriff lockert und in der Umarmung dahinschmilzt.

Mitten im Kampfesgetümmel konnte ich manchmal diesen Ton von Milde hören, die Saite, die sich in der Tiefe einer Menschenbrust rührte und die Welt einen flüchtigen Moment lang durchbebte. Natürlich trugen sich solche Verwandlungen nicht oft zu, und dennoch ist die Welt nicht verloren, solange solche Wunder geschehen können.

Daß ich trotz allem von den Heerstraßen verschwand, ist etwas anderes, und es hängt mit dem Glückstreffer zusammen, daß ich im Feld einen Freund fand, der uns beide von dort retten konnte. Er war selber als Feldscher inzwischen so untauglich wie ich als Freudenmädchen, obwohl er in seinem Fach ein Tausendkünstler war und ich ihm mein braunes Glasauge verdanke. Er war einst noch blauäugiger als ich selber ins Heer eingetreten. Aber das Leben dort war zu streng für ihn und brachte ihn noch schneller um seine Kräfte, als es mich und meine Jugend verbrauchte. Schließlich erlosch seine Entschlußkraft, und er wankte über die Schlachtfelder, ohne eine Hand zur Hilfe für die Verletzten heben zu können. Wenn er aufs Feld geholt wurde und die Schreie der Verwundeten hörte, dann mochte er nicht länger entscheiden, wem geholfen werden und wer liegenbleiben sollte.

Nach unserer Flucht streiften wir beide jahrelang umher, ohne irgendwo zur Ruhe zu kommen. Offiziell war ich die ganze Zeit seine Magd, aber nach und nach entwickelte er große Achtung vor mir und betrachtete mich mehr und mehr als seine Helferin. Als er mir einmal meine übergroße Bescheidenheit vorwarf, erzählte ich ihm von meinem Aufenthalt im Kirchturm und gab ihm zu verstehen, daß ich es ein für allemal aufgegeben hatte, die Blicke der Welt auf mich zu lenken. Mit leisem Lachen wiederholte ich Hanna Manns Rede, daß der Diener klüger ist als sein Herr, wenn sie ansonsten von der Natur ungefähr gleich ausgerüstet worden sind. Die Lebensanschauung, die wir uns von unten her bilden, wird immer die zuverlässigere sein, da der Diener sich ebenso gekonnt verstellt, wie der Herr sich zu erkennen gibt.

Als erstes Kunststück machte mein Freund mein braunes Glasauge und setzte es wie eine Herausforderung an mein natürliches Auge in meine leere Augenhöhle. Er behauptete, das neue Auge strahle mehr Leben und Fröhlichkeit aus als das alte, und ich antwortete ihm etwas wehmütig, daß ich ihm das gerne glauben wollte.

Als ich ihm viel später erzählte, daß mein verlorenes Augen blau gewesen war, zürnte er mir fast ein wenig und sagte, das hätte ich ihm ja auch früher sagen können. Er begriff wohl nicht, welch friedliches Gefühl es war, zwei gleiche Augen zu haben, und welches Zeichen des Schicksals mir die Tatsache war, daß mein Landfahrerauge überlebt hatte. Die Bauerntochter schien mich endlich loszulassen, als ich das blaue Auge eingebüßt hatte, und die unbezwingliche Sippe meines Vaters kam in meinem braunen Blick zu ihrer Auferstehung. Endlich wußte ich mit Sicherheit, was mein Los im Leben war, daß ich nicht länger nach einem festen Wohnort suchen, sondern Flucht und Heimatlosigkeit annehmen und darin meine eigene Form der Sicherheit finden mußte.

Als mein Freund mein Glasauge vollendet hatte, flickte er weiter an mir herum und stellte meinen mißhandelten Leib Stück für Stück wieder her.

Nur für meinen toten Mutterleib gab es keine Rettung, da der Graf ihn einst mit einem Tritt seines Reitstiefels unfruchtbar gemacht hatte. Mit diesem Tritt gab er sich endlich zu erkennen und hörte auf, mit Drohungen seine Zeit zu vergeuden. Drei Tage lang schwebte ich zwischen Leben und Tod, und ich war noch nicht wieder bei vollem Bewußtsein, als der Küster festgenommen und Hanna Mann in meine Zelle geschoben wurde. Durch ihre Hilfe überlebte ich, aber ich war zu schwach, um aufrecht zu stehen, und ich schleppte mich wie ein verletztes Tier durch den Raum. Mit Hanna Mann sah es nicht viel besser aus, und sicher waren wir ein lustiger Anblick für alle, die in den Turm kamen und uns ans Leder wollten. Kein Wunder, daß der Graf uns für zwei leibhaftige Meerkatzen hielt, die er endlich auf alle Viere hatte zwingen können.

Für sein Gerichtsverfahren war es ein Glück, daß unsere Kräfte abnahmen, während seine Stimme sich senkte und immer ekelhafter wurde. Als er meine Stallschwester in die Knie gezwungen hatte, konnte er besser mit ihr umgeben und ihr auf einer Höhe begegnen, auf der ihm die Oberhand gesichert war. Solange sie bei den Verhören noch mit Worten gestritten hatten, hatte er ihrer scharfen Zunge gegenüber immer wieder den Kürzeren ziehen müssen. Aber bald entdeckte er, daß ihre Fußsohlen eine bloße und einfältige Stelle waren, die keine Widerworte zu leisten vermochten. Nach zwanzig Schlägen mit der Eisenstange konnte er andere Töne hören, und sofort war ihm klar, daß ihre Schmerzen ihm recht gaben.

Bei mir brauchte es nur die Hälfte dieser Schläge, um mich in einen Klumpen fügsamen Fleisches zu verwandeln, egal, wie tief ich auch die Hand in den Mund steckte und meine Finger bis aufs Blut zerbiß. Ich mußte mir eingestehen, daß ich für die Folter eine leichte Beute war und daß der Graf mich zu den entsetzlichsten Dingen bringen könnte, wenn er sich über meine Schwäche im klaren wäre.

Ich verfügte auch nicht über die besondere Fähigkeit, den Schrei zu einer milderen Klage werden zu lassen, die ihn in die Irre leitete und ihn glauben machte, der Schmerz sei auszuhalten. Erst viel später habe ich das Geheimnis dieses umgekehrten Schreis durchschaut, der so lange in der Mundhöhle festgehalten wird, bis er am Ende als Gesang erklingt. In gewisser Hinsicht hatte der Graf recht, es war widernatürlich und mußte auf einer ganz besonders bösartigen Form von Zauberei beruhen. Noch heute kann ich über diesen verhexten Schrei staunen, der von einer strengen Herrschaft über die Möglichkeiten des Körpers zeugte. Aber vielleicht handelte es sich auch um eines dieser großen und wilden hohen Lieder, die jenseits von Lust und Schmerz entstehen und die nur Heilige und Hexen zustandebringen können.

Abends, wenn er uns endlich Frieden gewährte, sanken wir stöhnend zu Boden und verkrochen uns wie gequälte

Tiere in unseren Strohbetten. Dasselbe blinde Entsetzen steckte uns beiden im Leib, dieselben Ohren horchten auf Schritte auf der Treppe. Unsere gemeinsame Qual war der sechste Sinn, mit dem wir die Zelle umfingen, und unser naher Tod war die schwarze Magie, die in unserem Fleisch und Blut herumspukte.

Erst gegen Ende unserer Haft löste sich das Band unserer Zunge, und die Wörter brachen wie ein Blutsturz aus uns heraus. Vor allem verschaffte meine Stallschwester sich auf diese Weise Linderung, während ich mich in der dunklen Nacht an sie schmiegte und ihre Stimme wie einen warmen Luftzug an meinem Gesicht spürte.

Aber die Zeiten, in denen sie sich in der Sprache der Menschen hatte verständlich machen können, waren vorbei, ihre Worte waren gewaltige Blutblumen, die aus dem Boden des Leidens emporschossen. Es war ein Bericht ohne Anfang und Ende, über den Blütenflor des Schmerzes hier auf dieser Welt. Während sie die Lippen bewegte, durchwanderte sie ferne Stätten der Qual. Aus der Stummheit ihrer Zunge entsproß eine wilde Vegetation der Schrecken, für die die Sprache keine Worte besitzt.

Um ihre Symbolik zu verstehen, mußte ich immer wieder ihre sichtbare Gestalt vor Augen haben, diesen Körper, der so schief und mißgestaltet war, daß er mir schon als Kind Angst gemacht hatte. Ich hatte wohl die ganze Zeit begriffen, daß sie irgendeiner Folter zum Opfer gefallen sein mußte, aber ich hatte mir nur die Verwüstungen des Alters und den unerbittlichen Schraubstock des Alters vorstellen können.

Endlich begriff ich, was übrig bleibt, wenn eines Tages alle Verhöre ein Ende nehmen und das Geständnis wie der Saft einer reifen Frucht aus dem Menschen herausspritzt. Ein Rest von Fleisch und Fasern bleibt immer übrig, eine verrunzelte und nicht wiederzuerkennende Schale, eine dermaßen verzerrte und angsteinjagende Gestalt, daß sie weggeworfen werden und aus den Reihen der Menschen verschwinden muß.

Während ein neues Lied aus dem Mund meiner Stallschwester herausbrach, wurde sie unmerklich immer jünger, bis sie schließlich von ihrer grünsten Jugend eingeholt wurde. Ich sah sie in einer Landschaft Wurzeln schlagen, wo noch kein Krieger ihren Boden aufgewühlt und keine Verfolgung ihren Stengel gebrochen hatte. In den späten Nachtstunden wurde ihre Stimme immer zarter und heller, als ob sie rückwärts durch die Wüste der Erfahrungen wandere und eine Gegend wiederfinde, die noch nicht von Staub und Asche bedeckt war.

Plötzlich sagte mir etwas, daß Haß die Gegenwehr der Verärgerung ist und daß es möglich ist, ein Ziel des Schmerzes zu erreichen, wo jegliche Anklage ihren Sinn verliert. Ich merkte, daß meine Stallschwester diesen Weg einschlug, wenn sie mich an der Hand nahm und uns über die Schwelle der Gnade führte, wo Freund und Feind eins werden und jegliches Gericht ein Ende nimmt.

Wenn sie dort neben mir lag und aus ihrem schreienden Unglück Milde gewinnen konnte, dann näherte sie sich dem Zustand der Unschuld, dem sie einst in ihren Fabeltieren vorgegriffen hatte. Wie sie damals zum Spaß versucht hatte, wilde und zahme Tiere zu vereinen, so hob sie nun in ihrer alleräußersten Not die Trennung zwischen Henker und Opfer auf. Mit ihrer frommen und gottverlassenen Stimme holte sie das tausendjährige Reich auf die Erde und sang das himmlische Lied über das Blut des Lammes, das alle Ungerechtigkeit hinwegspült.

Als ich bei dem Feldscher diente, war die Beziehung zumeist seltsam zurückhaltend, und er erfuhr nicht viel über meine Vergangenheit. Ich quälte ihn auch nicht mit Fragen, ich konnte seinem gebeugten Rücken und seinen seltsamen alten Augen seine Lebensgeschichte ablesen.

Er mußte ein Leben gelebt haben, in dem er seit seiner frühesten Jugend hin und hergeschleudert worden war, was ihn dann in ein allzu frühes Alter eingeschlossen hatte – das entnahm ich Einzelheiten, die er erwähnte und die nicht zum Kalender zu passen schienen. Plötzlich ging mir auf, daß er um die Jahrhundertwende ein junger Mann gewesen sein mußte, so wie ich eine junge Frau gewesen war. Ab und zu bemerkte ich, wie er mich mit demselben fragenden Blick ansah, als ob er meine Worte nicht mit dem Geständnis in Einklang bringen konnte, das mein Gesicht und mein Körper ablegten.

Gegen Ende unserer Bekanntschaft brach unsere Vertraulichkeit wie durch einen Aderlaß auf, eine Wiederholung dessen, was im Kirchturm zwischen Hanna Mann und mir geschehen war. Es stellte sich heraus, daß er zum Zeugen eines großen, erschütternden Ereignisses geworden war, das sich auf der Schwelle des neuen Jahrhunderts zugetragen und sein gesamtes Weltbild umgestürzt hatte.

Der große Weise aus Nola wurde in jenem Jahr des Herrn auf dem Scheiterhaufen verbrannt, wurde ausgespien aus dem Mund der Kirche, aber mit Gebeten und frommen Liedern in den Tod geleitet. Seine Schreie in den Flammen waren nicht laut genug, um nicht von einer Schar von Meßdienern übertönt zu werden, die im Kreis auf dem Platz standen, ihre Fackeln zum Himmel hoben und das Te Deum sangen. Sie waren nach Alter und Rang um den Scheiterhaufen postiert, und ganz vorne stand ein zwanzig Jahre alter junger Geistlicher aus vornehmer Familie, der seit seiner Geburt für einen hohen Rang in der Kirche ausersehen gewesen war.

Am Tag nach der Hinrichtung schlug seine Laufbahn dann eine andere Richtung ein, denn er verließ seine Heimatstadt und suchte sich eine Lehrstelle in einer Schlachterei. In seiner großen Einfalt hatte er felsenfest an die Barmherzigkeit der Kirche geglaubt, wenn sie einen Ketzer der weltlichen Gerichtsbarkeit überließ und ihr gleichzeitig zuflüsterte, sie solle Blutvergießen vermeiden. Er hatte das für eine Art Begnadigung gehalten, bis er mit Rauch im Hals die Flucht ergriff und sich für das blutigste aller Handwerke entschied. Aber die Schreie, die er hier hören mußte, unterschieden sich so wenig von denen der Menschen, daß er, nachdem er zuerst den Glauben an Gott verloren hatte, nun auch noch den Glauben an den Menschen als Herrn der Schöpfung einbüßte.

Nach seiner Lehrzeit in der Schlachterei glaubte er sich so weit mit Herz und Nieren auszukennen, daß er den Versuch wagte, Menschenkörper zu heilen. Gewaltige Gemütsbewegungen hatten ihm ein für allemal die Henker verleidet – die geistlichen, die die Hände falteten und Menschen in Gottes Namen umbrachten, und die weltlichen, die eigenmächtiger ans Werk gingen. Er begriff nicht, wie irgendwer es zu seinem Beruf machen konnte, anderen das Leben zu nehmen, und er beschloß, diesen Kaltblütigen Widerstand zu leisten, indem er Heilkraft höher stellte als Ausrottung. Mit solch hochmütigen Gedanken trat er ins Heer ein, wo er sofort alle Hände voll damit zu tun hatte, Eingeweide in aufgeschlitzte Bauchhöhlen zurückzustopfen.

Aber ziemlich bald begann dieses Handwerk ihn zu zersetzen. Das merkte er daran, wie er sich an die Schrekken des Krieges gewöhnte und wie abwesend er sich fühlte, wenn er sich über eine Bahre beugte und ein Bein oder einen Arm absägte. Um solche Operationen durchführen zu können, mußte er sich zuerst mit einer inneren Kälte wappnen, um dann mit derselben Gemütsruhe ans Werk gehen zu können, mit der er im Wald Brennholz sägte.

Immer häufiger kam ihm der Gedanke, daß seine Auswahl nicht vertretbar sei und daß die wenigen, die er rettete, vielleicht mehr zu bedauern seien als die vielen, die in Frieden verbluten durften. Wenn seine Eingriffe wirklich Erfolg hatten, dann konnte er es doch riskieren, daß so ein armer Teufel abermals für diensttauglich erklärt wurde und bald auf einem anderen Schlachtfeld aus ganz anderen Wunden verblutete. Wenn ein Menschenleben also nichts zählte, dann fragte es sich doch, wie sinnvoll es war, sich ins Feld zu begeben, um in Massen zu heilen. Solange der Krieg als Geißel Gottes galt und die Schlachtfelder den großen Feldherren als Spielplatz dienten, ließ es sich ja nicht vermeiden, daß eine bestimmte Menge Menschenmaterial benötigt wurde.

Plötzlich überkam ihn der Gedanke, daß er mit seinem Handwerk vielleicht gar nicht dem Leben diente, sondern daß er sich an die Seite von Gott und den anderen Menschenverbrauchern stellte. Was war seine Auswahl denn, wenn nicht eine neue Form von Willkür, eine Art, Vorsehung zu spielen und dem lieben Gott ins Handwerk zu pfuschen? Mit welchem Recht wollte er entscheiden, daß ein Menschenleben wertvoller war als das andere, oder die Hand ins Blutbad stecken, um einen zufälligen Körper herauszufischen, der für's Überleben geeignet war?

Auf diese Weise verlor er auch noch den Glauben an einen gerechten Krieg und verfügte schließlich nur noch über so wenig Einbildungskraft, daß er sein Handwerk nicht mehr ausüben konnte. Und nun blieb ihm nichts anderes übrig, als sein Bündel zu schnüren und aufs Geratewohl unter einem unfreundlichen Himmel einherzuwandern, um selber eine Beute der Willkür zu werden.

Um ihm in seinen schweren Stunden beizustehen, erzählte ich ihm ab und zu ein wenig über Hanna Mann und ihr Leben. Ich erzählte ihm mal dieses, mal jenes, wie demütig sie sich den Fügungen des Lebens unterworfen hatte, und wie unermüdlich sie sich über unsere menschliche Gebrechlichkeit gebeugt hatte.

Da das keinen größeren Eindruck auf ihn zu machen schien, war ich wohl auch ein wenig zornig auf ihn, wegen seiner Gefühllosigkeit. Ich beschloß, daß ich ihn jetzt wirklich das Fürchten lehren wollte, und deshalb erzählte ich ihm von dem Tag, an dem die Herrin im Sterben gelegen hatte und ich durch den Wald geeilt war, um Hanna Mann zu holen.

Anfänglich saß mein Zuhörer mit seinem üblichen leeren Gesichtsausdruck da. Ich übertrieb vielleicht meine Angst in dem Moment, als ich mit meinem schlechten Gewissen durch den Wald gerannt war und meinen Weg durch das Dickicht gesucht hatte, wo ich jederzeit von der Treibjagd des Grafen umringt werden konnte.

Als ich Hanna Manns Haus erreicht hatte, fand ich sie weder in der Wohnstube noch im Stall, und mit hämmerndem Herzen betrat ich die Kammer hinter ihrem Schornstein. Auch dort fand ich sie nicht, aber im trüben Schein meines Talglichtes konnte ich nicht richtig sehen, und deshalb stolperte ich über einen Eisengriff, der vom Fußboden aufragte. Als ich ihn mir genauer ansehen wollte, entdeckte ich um ein Viereck im Boden einen schwachen Lichtstreifen. Ich konnte unter mir jemanden rumoren hören, und deshalb wußte ich, daß es sich bei dem Eisen, über das ich gestolpert war, um den Griff einer Luke handelte, die von der Schmiede in den Keller führte.

Ehe ich Mut fassen konnte, um den Ring anzufassen, hörte ich Schritte auf der Kellertreppe, und als sich die Luke langsam hob, sah ich Hanna Manns leichenblasses Gesicht in der Öffnung zum Vorschein kommen. Es sah entstellter aus als je zuvor in meiner Erinnerung, und das jagte mir einen entsetzlichen Schrecken ein, obwohl sie sanft auf mich einredete und sich alle Mühe gab, mich zu beruhigen.

Aber das Allerentsetzlichste war der Anblick, der mir durch die offene Kellerluke ins Auge sprang. Ich sah alles ganz scharf und gleichsam vergrößert, obwohl sie sich auf der Treppe breit machte und die Öffnung so gut wie möglich zu verdecken versuchte. Ich sah den tiefen, von vielen Lampen erhellten Keller, und mitten auf dem nackten Steinboden stand ein langer Tisch, dem offenbar diese ganze verschwenderische Beleuchtung galt. Auf dem Tisch lag ein Leichnam, in dem ich die Köhlerstochter erkannte, obwohl er fast erdfarben und seltsam aufgequollen aussah. In diesem Moment trat Hanna Mann beiseite, und ich hörte, wie ich einen seltsam gedämpften Schrei ausstieß, der im Zimmer fast gar nicht zu hören war.

»Sie hat also Leichen seziert«, sagte mein Freund erbarmungslos, als ich mich am letzten Teil meines Berichts vorbeidrücken wollte.

Ich nickte und antwortete zögernd, daß das wohl zutreffe, auch, wenn das der einzige mir bekannte Fall sei. Und sicher kam sie auch nicht jeden Tag zufällig an einem Tümpel vorbei, aus dem gerade eine Ertrunkene gezogen worden war. Ich erklärte ihm, daß sie zumeist an toten Tieren herumschneiden mußte, die sie für die Bauern der Gegend ausstopfte.

Er lachte ein kurzes, trockenes Lachen und versicherte mir, daß die Vierbeinigen gutes Material darstellten und daß ihre Eingeweide sich von unseren nicht nennenswert unterschieden. Die meisten Feldschere hatten das Metzgerhandwerk erlernt und sich an allerlei sprachlosen Geschöpfen zu schaffen gemacht, ehe sie sich an das Ebenbild Gottes herangetraut hatten. Nur die Allerverworfensten wagten es, jegliche Vorsicht aufzugeben und sich die Finger an dem heiligen Verbrennungsofen zu versengen, der als »Menschenleib« bekannt ist.

Welch unglaubliche Neugier doch dazu gehörte, dem Beispiel Leonardos zu folgen, und das noch hundert Jahre nach seinem Tod! Der Teufel nehme sich derer an, die sich an der Leiche einer Schwangeren zu schaffen machen, die ihren Mutterleib öffnen, wie andere eine Frucht schälen, und die kühne Vergleiche über die Verwandtschaft des Ungeborenen mit anderen Hülsenfrüchten anstellen. Oder die bei Nacht und Nebel die Kehle eines Toten durchschneiden und Luft durch die klaffende Wunde blasen, um größeres Wissen über die Schwingungen der Stimmbänder zu erringen!

Ich antwortete ihm, daß ich Hanna Mann nicht für sonderlich verworfen hielt und daß ich auch nicht glaubte, sie sei von übertriebener Neugier geplagt worden. Wenn sie eine Leiche aufschnitt, dann wohl eher aus bitterer Not und Verlegenheit. Sie wußte, was es hieß, sich an den Lebenden zu versuchen, und wieviel Blutvergießen sich hätte vermeiden lassen, wenn sie über größere Kenntnisse verfügt hätte. Wenn nicht die Niederkunft der Herrin bevorgestanden hätte, dann hätte sie niemals den Mut gefunden, diese Last zu sich nach Hause zu schleppen. Vor allem hatte es sie wohl überrascht, die Tote zu finden und zu erfahren, daß sich in diesem leblosen Körper ein fast vollständig ausgebildetes Kind befand.

Erst im Kirchturm wagte sie zu gestehen, wie sie sich gesträubt und für und wider abgewägt hatte, ehe sie mit der Toten davongegangen war. Immer wieder hatte sie innehalten und sich den kalten Schweiß von der Stirn wischen und sich daran erinnern müssen, daß sie es hier nur mit einer leeren Hülle zu tun hatte. Sie mußte sich am Ende wirklich verhärten und sich sagen, daß diese Leiche für ihr Mitleid viel weniger Verwendung habe als die lebenden Bäume und Pflanzen im Wald. Wenn sie es über ihr Herz bringen konnte, den Stengel einer Blume zu knikken, dann mußte sie auch mit diesem bereits toten Organismus fertigwerden, der ihr soviel dringend benötigtes Wissen liefern konnte.

Ich fragte meinen Freund, warum die Kirche so starke Einwände gegen das Sezieren von Leichen erhob, daß es immer noch in tiefster Heimlichkeit stattfinden mußte. Nachdem er eine Weile nachgedacht hatte, antwortete er, das liege wohl an der Frage, wie weit die Existenz der Seele an das dazugehörige Fleisch und Blut geknüpft sei. Gott bewahre, er respektierte die wahren Anhänger der Auferstehung des Fleisches, die nur ungern ihren Lieben im Jenseits mit zerschnittener Kehle und verstümmeltem Unterleib gegenübertreten wollten. Aber was war dann mit allen, die eines gewaltsamen Todes starben und vom Schwert des Scharfrichters übler zugerichtet wurden als andere vom Messer des Anatomen? Wenn die Geistlichen sich nicht dazu aufraffen konnten, Krieg und Gewalttätigkeit zu verdammen, warum schrien sie dann auf, wenn eine verlassene Seele kurz von der Pinzette eines Forschers gekniffen wurde?

Nein, die Kirche sollte ganz schnell den Weg zurück in

die frommen Zeiten finden, in denen die Seele noch geistesgegenwärtig genug war, im Moment des Todes aus dem Mund der Sterbenden zu springen. Warum wurde sonst der alte Brauch beibehalten, bei einem Todesfall die Fenster zu öffnen, wenn dadurch nicht die kleine Himmelsstreberin freie Bahn haben sollte?

Und was die Auferstehung des Fleisches betraf, so war diese Angelegenheit mit so vielen unnötigen Ängsten umgeben, daß ein armer Wicht nicht mehr wußte, ob er lachen oder weinen sollte. Natürlich würden alle am liebsten in ihrer blühendsten Gestalt auferstehen. Aber es war nun eben nicht allen vergönnt, jung zu sterben oder eine schöne Leiche zu werden.

In unserem letzten Wanderjahr kam die Pest und machte uns seßhaft.

Wir hatten uns gerade in einer dieser mittelgroßen Städte niedergelassen, wo wir leicht unser Brot verdienen und ebenso leicht weiterziehen konnten. Unsere Wohngegend war immer wieder dieselbe – ein Viertel, in dem es von braven Leuten und Schalksnarren nur so wimmelte, eine Gasse, in der wir unbemerkt leben konnten und nicht wegen unlauteren Wettbewerbs verfolgt wurden. Wir hatten uns in einem Hinterhof zwei Zimmer genommen, und mein Freund hatte zur Straße hin sein Schild aufgehängt, das verkündete, daß er Aderlässe anbieten könne – die sicherste Methode, um bekanntzugeben, daß man den niedergelassenen Ärzten ins Handwerk pfuschen wollte.

Ansonsten waren wir bereit, uns auf jegliche Weise durchzuschlagen und keinen Kunstgriff zu scheuen, der uns die benötigte Kundschaft zutreiben könnte. Wenn Schmalhans regierte, konnte ich immer noch die Situation retten, indem ich die Karten legte oder im simpelsten

Fall Blei schmolz und in ein Glas kalten Wassers fließen ließ. Und im äußersten Notfall nahm ich wieder mein altes Gewerbe auf und verkaufte meinen Körper zum Tagespreis – wenn ich nicht das Glück hatte, mich als Schreiberin in einen Torweg setzen und für solide Bürger ausufernde Briefe verfassen zu können.

Auch mein Freund nahm seinen Berufsstolz nicht allzu genau und kurierte die Haustiere der Nachbarschaft mit derselben Sorgfalt, die er für die Zweibeinigen aufbrachte. Er wußte, daß es für einen Hausstand oft einen größeren Verlust bedeutete, ein Schwein einzubüßen als ein Kind, denn das Kind riß immer wieder hungrig den Schnabel auf, während das Schwein mit der Schnauze in der Gosse wühlte und eine Mahlzeit auf vier Beinen darstellte. Wenn eine Familie noch zeugungskräftig war, dann stellte sich ja ohnehin jedes Jahr ein neuer Säugling ein, während Mastkalb und Spanferkel unersetzliche Besitztümer waren, die für teures Geld gekauft werden mußten.

Mit seiner üblichen Nüchternheit gab mein Freund mir zu verstehen, daß alles nur eine Frage von Überfluß und Mangel war. Solange die Menschen sich hemmungslos vermehrten, würde das Einzelindividuum niemals hoch im Kurs stehen, und der Begriff Menschenwert könnte erst an dem Tag verständlich werden, wenn der Schoß unfruchtbar würde und die Münder satt. In den Wolfszeiten, in denen wir lebten, mußte dem Begriff »Nachkommenschaft« zwangsläufig etwas Unpersönliches anhaften. Ein Hausvater liebte sicher seine Kinder und wünschte sich immer noch mehr. Aber wenn er sie durch Kriege oder Seuchen verlor, dann zeugte er neue und war mit denen ebenso zufrieden. Diese Haltung ließ sich bis zu den Tagen Hiobs zurückverfolgen, dessen Glück wiederhergestellt wurde, als der Herr ihm neue Söhne und Töchter schenkte. Wie sinnlos wäre es doch von ihm gewesen, gegen den Allmächtigen zu wüten und dieselben Kinder zurückzufordern, die ihm einst genommen worden waren!

Von solchen Lektionen gab es in den acht Jahren, in denen ich bei meinem Freund diente, recht viele. Seine Tätigkeit war im Grunde eine Art Illustration für seine kühnen Gedanken, die immer den Erfahrungen, die er machte, zuvorkamen und dann durch Experimente überprüft werden mußten. »Das Experiment lügt nie«, sagte er und verwies auf den größten unter seinen Lehrmeistern. »Die Gedanken jedoch, die wir uns darüber machen, können falsch sein und uns in die Irre führen. Obwohl die Natur mit dem Gesetz beginnt und mit der Illustration endet, müssen wir Sterblichen den entgegengesetzten Weg gehen und die Ursache von der Wirkung ableiten.« Ich dachte mir dabei, er sei selber ein Stück reine Natur, da er so oft den Gang der Ereignisse voraussah und über Dinge fabelte, die noch in der Zukunft lagen.

Aber wenn die Ursache dann bisweilen zu weit entfernt lag, dann geschahen doch immer wieder Dinge, die uns in die Welt der Wirkungen zurückholten. Wenn in der Nachbarschaft irgendetwas nicht so war, wie es sein sollte, dann wurden wir gerufen, ob nun ein totes Pferd abgehäutet oder ein Stück Fleisch auf seine Eßbarkeit hin untersucht werden mußte, ob wir einen ertrunkenen Säugling aus einem Brunnen fischen oder dafür sorgen mußten, daß danach das Trinkwasser gereinigt wurde. Letzteres passierte so regelmäßig, daß mein Freund langsam am hippokratischen Eid zweifelte, der die Ärzte der Stadt daran hindern sollte, Abtreibungen vorzunehmen.

Wenn wir nicht immer wieder so rasch aufgebrochen wären, dann hätten wir uns wohl diesen einzigartigen Ruf zuziehen können, der bei unglücklichen Frauen lautlos von Mund zu Mund weiterwandert. Ich kann mich nur an ein einziges Mal erinnern, wo er mich mit dem Finger auf den Lippen zu sich winkte und mich bat, ihm bei der Tilgung aller Spuren zu helfen. Hinter dem Vorhang in seinem großen Bett lag eine Vierzehnjährige mit glühenden Wangen, der es bereits gelungen war, sich mit einem Stahldraht zu zerstören, ehe sie sich die Treppen zu unserem Quartier hochgeschleppt hatte. Erst nachdem wir ihr Kind im Hinterhof begraben hatten, fielen uns die Blutspuren auf der Treppe ein, die uns im Morgengrauen hätten verraten und das arme Kind der Axt hätten überantworten können.

Als die Seuche ausbrach, wollten wir gerade weiterziehen und hatten unser weniges Hab und Gut in zwei Bündel gepackt. Wir waren noch nie so kurz an irgendeinem Ort geblieben, und ich weiß noch, daß mein Freund mißmutig war und die Kranken bedauerte, die er verlassen mußte. Ich versuchte, ihn damit zu trösten, daß es überall Krankheit gibt und daß ein Arzt immer irgendwen im Stich lassen muß, um einem anderen zu helfen. Ich konnte sehen, daß ihn ein Ruck des Erstaunens durchfuhr, als ich ihn als Arzt bezeichnete. Er selber hielt sich wohl eher für einen der vielen Schwindler, die bei einem ihrer Unternehmen Glück hatten und beim nächsten dann eben Pech.

Aber er griff willig zu dem Trost, den ich ihm bot, und er gab zu, daß die Krankheit wichtiger war als die einzelnen Kranken. Wenn man dann erst zu heilen versuchte, dann hatte es keinen Zweck, sich die Leute zu genau anzusehen oder sie zu fragen, ob sie Freund oder Feind wären. Seines Wissens hatte ein guter Mensch kein edleres Gedärm als der Schurke, und der Eiter, der sich im

Urin des Verbrechers ablagerte, wog auch nicht mehr als anderer.

Für einen Schalk des Fleisches galt es, sich an jegliches Übel anzuschleichen und es rasch in den Sack seiner Erfahrungen zu sperren. Es ließ sich nicht ändern, daß Eingeweide keine Moral hatten und den Rechtschaffenen dieselben Qualen bereiteten, die die Schlingel verdient hatten. Je mehr man sich in der Welt umsah, desto schlechter sah es mit der berühmten höheren Gerechtigkeit aus, die die Menschen in Böcke und Lämmer unterteilte und sie nach Verdienst belohnte.

Am Abend vor unserer geplanten Abreise läuteten die Kirchenglocken plötzlich auf eine Weise, die wir gut kannten. Es war nicht der gewaltige, triumphierende Klang, der Krieg verkündete, sondern ein tieferer und mehrdeutiger Ton, der schlimmere Prüfungen verhieß. Das ganze spöttische Wesen des Todes schien sich in diesem Alarm zu verstecken, der zwischen tiefer Sorge und schlecht verhohlener Munterkeit hin und herschwankte. Und nur der große Spaßmacher konnte am Seil ziehen, er, der durchaus Greise davonkommen ließ, um sich in den Jüngsten und Lebenskräftigsten zu suhlen.

Als wir uns dieses Geläute eine Weile lang angehört hatten, erhob mein Freund sich und begann, die Schnüre seines Bündels zu lösen. Ein tiefer Seufzer entrang sich seiner Brust, und er sah aus wie ein Flüchtling, der endlich zur Strecke gebracht worden war und nicht mehr weiterkonnte. Er wußte so gut wie ich, daß wir am nächsten Morgen zu spät kommen würden, wenn wir unsere Bündel nähmen und zum Stadttor gingen. Es würde bereits geschlossen sein, und wir würden umkehren und zum ersten Mal seit Beginn unserer Wanderungen in unseren eigenen Fußspuren zurückgehen müssen. Endlich war der Moment gekommen, in dem uns unsere eigene Flucht einholte und wir uns ihren stummen Befehlen unterordnen mußten. Wir konnten uns nicht länger hinter dem Verbot des unlauteren Wettbewerbs verstecken, sondern mußten Front gegen den Feind in all seinen Gestalten und Verkleidungen beziehen.

Bald stellte sich heraus, daß die Pest alle Maßnahmen aufhob, auch das Verbot der unzulässigen Konkurrenz. Wenn manche uns bisher wegen unserer blühenden Praxis scheelen Auges betrachtet hatten, so waren sie jetzt wie vom Erdboden verschluckt. Wenn die Ärzte der Stadt in pestbefallene Häuser gerufen wurden, dann führten sie sofort ihre Patienten an und weigerten sich, sie der Gefahr auszusetzen, die darin liegt, mit Todgeweihten den Arzt zu teilen.

Plötzlich legte eine ganze Reihe von Quacksalbern ihre Tarnkappe ab und den blutroten Mantel an, der den Pestärzten vorgeschrieben war. Ich weiß noch, daß mein Freund viele Scherze über dieses farbenfrohe Kleidungsstück machte, denn er fand, es stehe ihm wirklich sehr gut und ersetze das Meßgewand, das er niemals hatte tragen können.

Wenn ich fand, daß er zu grobe Scherze damit trieb, dann bat ich ihn zu schweigen und fragte, ob er denn kein Herz im Leibe habe. Und dann antwortete er mir fast genauso wie einst die Herrin, als sie kein Mitleid für die großen Märtyrer empfinden konnte. »Ich sollte mich wohl hinlegen und mit ihnen zusammen krepieren«, schrie er. »Das sollte ich wohl, ja! Aber wer sollte sich dann um die kümmern, die noch die Hoffnung haben, zu überleben?«

Nach solchen Ausbrüchen empfanden wir eine Art stummes Verständnis füreinander, und ich konnte seinen

Einsatz besser würdigen. Ich lernte zu verstehen, daß jede menschliche Tat einen so großen Vorrat an Gnade enthalten kann, daß er sich weder durch fromme Worte vergrößern noch durch bitteren Spott verringern läßt. Wenn die Tür hinter der Todesverachtung meines Freundes ins Schloß fiel, dann trat er in eine Welt hinaus, in der er leise vorgehen und sich die schwersten Bürden und Verzichtleistungen auferlegen mußte. Dort, wo er ging, konnte der rote Umhang nur ein Zeichen der Freude sein – eine Fahne der Hoffnung und ein flammendroter Flicken auf der düsteren Tracht des Todes.

Je mehr die Pest um sich griff, um so mehr mußte ich meine Angst vergessen und mich an der Seite meines Freundes dem Leben zur Verfügung stellen. Anfangs lief ich mit einem riesigen Schnupftuch vor dem Mund hinter ihm her, aber dann konnte er mich davon überzeugen, daß das nun wirklich keine Rolle spielte. Die Pest lag in unseren Blutbahnen bereits auf der Lauer, und ob wir überleben würden, lag eher an unserer Widerstandskraft als an irgendwelchen Vorbeugungsmaßnahmen. Wenn er mir diese Dinge erklärte, dann schien hinter allem, was er sagte, ein Hintergedanke zu stecken, und die Pest erschien ebenso als seelisches Übel wie als Seuche, die den Körper angreift.

Wenn Hanna Mann noch gelebt und seine Worte gehört hätte, dann hätte sie ihm sicher recht gegeben, und sie hätte einen echten Medizinmann gesehen, der sich hinter dem roten Umhang verbarg. Je dichter ich an seinen Schatten herantrat, um so stärker wurde ich mir dieser Kraft bewußt, die im Stillen wirkt und die den seltsamsten Dingen entspringt.

Wenn ich mir den großen Maskenball der Pest ansah, dann war ich verblüfft von ihrem doppelten Gesicht und von der Angst, die in jeder Verkleidung zum Ausdruck kam. Die ewig läutenden Kirchenglocken waren ebenso von magischer Wirkung wie das Poltern der Leichenwagen, die nachts über die Pflastersteine rumpelten. Wenn ich an die großen Massengräber denke, in denen die nackten Körper einander ohne Scham umarmten, dann kann ich noch immer ein leises Lachen hören, eine Stimme, die alle Sitten verhöhnte und die der Wollust befahl, sich mit der Verwesung zu paaren.

Ja, sogar die Arzneien, die mein Freund mischte, enthielten ihr Quantum Zauberkraft, wenn sie den Lebenswillen stärkten und gleichzeitig die Krankheit bekämpften. Dafür erhielten wir gegen Ende der Epidemie einen schlagenden Beweis, als uns die Medizin zu Ende ging und wir gefärbtes Wasser in die Flaschen füllen mußten. Wir errangen damit so überraschende Ergebnisse, daß mein Freund langsam glaubte, man könnte den Leuten einflößen, was man wolle, solange sie nur an ein Wunder zu glauben bereit waren. Und umgekehrt war es eine Vergeudung von teuren Tropfen, wenn man damit verhärtete Kampfhälse kurierte, die das Wunder leugneten und alles für miese Taschenspielertricks hielten. Kein Wunder, daß die Religion ein großes Aufgebot an Zeremonien brauchte, die das ungläubige Auge blenden und die Erwartungen ins Unerhörte steigern konnten.

Aber bis zuletzt verwarf er die Mittel, die er als höheren Schwindel bezeichnete, und versuchte geduldig, die Krankheit mit anerkannten Mitteln zu überlisten. Er lehrte mich, die Lymphdrüsen im Auge zu behalten, in denen sich die Pest verschanzte wie ein Heerführer in seinem Hauptquartier. Er ernannte mich zur Wächterin über das Feuer des Fiebers und ließ mich die jagenden Pulsschläge zählen, die in derselben lautlosen Hast unter meinen Fingern zuckten wie der Sand, der durch das Stundenglas rinnt. Er machte mich mit dem Durst bekannt, mit Krämpfen und trockenem Husten, mit dieser Dreifaltigkeit, die das Wesen der Pest ausmachte und die geheimen Kräfte verriet, die im Gewölbe des Körpers herrschten. Er betrachtete sie als Geständnisse der Pest, ungefähr so, wie ein Missetäter sich vergißt und mit Dingen herausplatzt, die zu seiner Überführung beitragen können.

Von ihm lernte ich, zwischen dem Symptom und dem eigentlichen Leiden zu unterscheiden, zwischen diesen beiden Übeln, die so miteinander verschworen wirken, daß wir sie oft miteinander verwechseln. Im Grunde war das Symptom nur ein erbärmlicher Verräter, der gut liquidiert werden konnte, ohne daß wir deshalb der Krankheit selber zu Leibe rücken könnten. Wenn wir die Beulen aufschnitten, den Husten linderten, das Fieber senkten oder den Durst löschten, dann entfernten wir zumeist nur die äußeren Anzeichen, während die Wurzel des Übels unverletzt blieb und sich nur in neuen Sprößlingen und Ausläufern verzweigen konnte.

Je mehr ich ihm zur Hand ging, um so größere Fortschritte machte ich, und bald wurde ich allein losgeschickt, um mich um die Opfer der Pest zu kümmern. Anfangs wurde mir überall Mißtrauen entgegengebracht, und ich war ein Dorn im Auge von vielen, die nach dem roten Umhang des Pestarztes Ausschau hielten. Obwohl sich das langsam aber sicher besserte, vergaß ich doch nie, daß ich nicht die Richtige war, und ich mußte zu schamloseren Mitteln greifen, als mein Freund das nötig hatte.

Es hatte alles keinen Zweck, ich mußte mein Glasauge und mein Landfahrerblut ausspielen und den ganzen düsteren Zauber loslassen, der in meiner fremdartigen Sprache lag. Oft genug griff ich zu Mitteln, die überhaupt nichts mit ärztlicher Kunst zu tun hatten, sondern die ich auf den Landstraßen meiner Kindheit bei den großen Gauklerinnen aufgeschnappt hatte. Wenn alles andere fehlschlug, konnte ich mich bücken und mit den Händen über dem ausgestreckten Körper der Kranken Beschwörungen vorbringen und dermaßen wilde und wüste Worte sagen, daß es selbst dem Leibhaftigen durch Mark und Bein gegangen wäre.

Daß ich zwischendurch auch ein wenig nützliche ärztliche Hilfe einschmuggeln konnte, ist nur meiner Geistesgegenwart zu verdanken. Wenn ich mein Glasauge aus der Augenhöhle nahm und es alle Aufmerksamkeit einfangen ließ, beobachtete ich blitzschnell die Lage und traf die Maßnahmen, die ich für nötig hielt. Ich mußte hinnehmen, daß ich die ganze Zeit unter doppeltem Feuer stand, und ich mußte dem Leid geben, was des Leides war, und dem Aberglauben ebenfalls das Seine lassen.

Wenn ich dem Feldscher meine Not klagte, dann meinte er, das sei schon gut so, und jeder ehrliche Quacksalber müsse sich damit abfinden. Er fand es völlig richtig, sich an die düsteren Quellen des Lebens zu wenden und Himmel und Erde zu Hilfe zu rufen, um dem Tod seine Beute zu entringen.

Wenn er es für nötig hielt, dann scheute er auch nicht davor zurück, auf seinen toten Gottesglauben zurückzugreifen und den Elenden Steine statt Brot zu geben, wie er sagte. Wenn er ihnen nicht seine Heilkunst geben konnte, dann wollte er ihnen zumindest Seelenfrieden gönnen, auch wenn er eine reichlich schwarze Messe lesen und die letzte Ölung mit den gotteslästerlichsten Händen der Welt ausführen mußte.

Ach nein, er gehörte nicht zu denen, die den Menschen ihren Glauben nehmen wollten, egal, wieviel Aufruhr und

Gottesverachtung auch in ihm stecken mochten. Die Menschheit war nun einmal eine gebrechliche Materie, und es kam ihm nicht zu, ihr die Binde von den Augen zu reißen. Er würde sein Leben lang den Glauben als gewaltige, wirksame Kraft betrachten, die auch massivere Dinge als Berge versetzen und andere als nur Fischer dazu bringen konnte, über das Wasser zu laufen.

Vielleicht war es der letzte verbliebene Rest des jungen Geistlichen, der einst auf Gott vertraut und seine brennende Fackel zu einem stummen Himmel emporgehoben hatte. Er schaffte es nie, das Wunder zu leugnen, egal, in welcher Form es sich auch zutragen und in welcher Gestalt es sich zeigen mochte.

Als die Seuche abebbte, wurde mein Freund bettlägerig und kam nie wieder auf die Beine. Wir konnten nie herausfinden, welche Schwäche ihn derartig umgeworfen hatte – ob er als eines der letzten Opfer der Pest starb, oder ob er eine andere, schleichendere Krankheit beherbergt hatte. Er wies alle Kennzeichen der Pest und doch keines in reiner Form auf – gleichsam, als wolle die Seuche abdanken und noch einmal all ihre Möglichkeiten ausspielen.

Als ich ihn mit den Mitteln behandeln wollte, die er selber entwickelt hatte, schüttelte er nur müde den Kopf und sagte, das sei vergebliche Mühe. Jeder Mixtur, die ich ihm anbieten könnte, würde eine Zutat fehlen, die für den Erfolg maßgeblich wäre. Er brauchte den Namen dieser Zutat nicht zu nennen, ich wußte auch so, daß ihm der Lebenswille fehlte und das Elixier bitter für ihn machte.

Wenn er stark genug gewesen wäre, dann wäre er wohl noch ein letztes Mal aufgebrochen und bis zum Umfallen über die Landstraßen gezogen. Aber sowie er sich mühsam aufgerappelt hatte, stieg ihm das Fieber in den Kopf, und seine Füßen wurden so schwer, als ob sie in Lehm feststeckten. Er lachte kraftlos und sprach von einer Meuterei seines Körpers – einem Aufstand, der die Schleichwege verlassen hatte und nun siegreich die Hauptader des Lebens entlangzog.

In den letzten Wochen seines Lebens stieg sein Appetit auf das geschriebene Wort ins Unermeßliche, und er schickte mich in die Stadt, um für ihn Bücher zu erbetteln. Das Sodbrennen, das das Fieber ihm sandte, war nichts im Vergleich mit dem Durst, der im Körper brannte, wenn mein Bettelgang nicht das gewünschte Resultat erbrachte.

Meistens kam ich mit den Armen voller Schriften nach Hause, die die Leute mir zuwarfen, weil sie glaubten, die Bücher seien von der Pest angesteckt, oder sie reichten sie mir als Dank für Pflege und Heilung. Es war ein Sammelsurium der seltsamsten Bücher, von gelehrten Werken über die Attribute der Engel bis zu den bescheidendsten Sagen und Fabeln. Mein Freund verschlang alles mit demselben gierigen Appetit, und seine Eile trieb mich dazu, ein Buch zu öffnen, noch ehe ich das andere geschlossen hatte.

Als unser Vorrat zur Neige zu gehen drohte, griff ich eines Tages tief in mein Bündel und zog ein abgegriffenes altes Buch für ihn heraus. Es war das Buch, das Herr Peder einst in einem Spalt in der Wand versteckt und mit dem der Graf uns im Kirchturm so gequält hatte. Nach meiner Freilassung nahm ich es mit auf meine Wanderschaft, hielt es unten in meinem Bündel gut versteckt und zog es nur ein seltenes Mal hervor, wenn ich glaubte, jemand könne es mir erklären.

Aber egal, wo ich auch war, niemand kannte sich mit

der seltsamen Sprache aus, in der große Teile des Buches verfaßt waren. Ab und zu konnte ein langbärtiger Greis mit einem Funken des Erkennens im Blick von dem Buch aufblicken. Aber dann wurde er sofort argwöhnisch und fragte mich, woher ich das Buch hätte, und warum ich es erklärt haben wollte. Nach solchen Fragen hatte ich dann nur noch mehr Angst davor, es irgend jemandem zu zeigen, und wenn ich es so tief in meinem Bündel aufbewahrte, dann, weil ich es für ein sehr gefährliches Buch hielt.

Was den Text so unergründlich machte, waren die langen Reihen von Schriftzeichen, die manchmal voneinander versetzt dastanden und manchmal zu ganzen Bauwerken aus Buchstaben übereinander getürmt waren. Kein Wunder, daß der Graf dieses System verdächtig gefunden und sich solche Mühe gegeben hatte, den Sinn der Zeichen in Erfahrung zu bringen. Obwohl ich sie nicht deuten konnte, wandte er sich meistens an mich, denn ich konnte keine Schmerzen ertragen und redete am Ende dann immer drauflos. Wenn Hanna Mann verhört wurde, kniff sie die Lippen aufeinander und murmelte vor sich hin, ließ aber kein Wort über ihre Lippen kommen, von dem irgendwer klüger geworden wäre. All ihren Ausflüchten zum Trotz war mir klar, daß sie gut Bescheid wußte, daß sie aber lieber allen Schmerz der Welt ertragen wollte, als ihrem Widersacher Einblick in das Rätsel des Buches zu verschaffen.

Mein Freund bekam es im letzten Moment in die Hände, denn seine Augenlider wurden schon schwer, und sein Atem war der tiefsinnigen Spekulationen müde. Zwei Tage lang war er vollständig in sich versunken und fuhr mit dem Zeigefinger die Zeilen entlang, während er abwechselnd den Kopf schüttelte und leicht nickte. Ich konnte sehen, daß er sich größte Mühe gab, um die Schriftzeichen zu verstehen, die seinem Blick bekannt vorkamen, die aber darauf warteten, vom Licht der Offenbarung bestrahlt zu werden.

Am dritten Tag legte er das Buch beiseite und gab den Versuch auf, den Sinn des Textes zu ergründen. Ich dürfe nicht glauben, sagte er, daß es leicht sei, dieses Buch zu lesen, obwohl er die Sprache kenne und sie einst zur Vollkommenheit beherrscht habe. Auf einem Priesterseminar die hebräischen Schriftzeichen zu deuten sei etwas ganz anderes, als sie bis in die Mysterien der Kabbala hineinzuverfolgen. »Jedes Wort ist eine Zahl, und jede Zahl ist ein Wort«, murmelte er unsicher, als ob er einen geheimen Zauberspruch übe.

Er muß meinen verdutzten Blick gesehen haben, denn plötzlich setzte er sich mit einem Ruck im Bett auf, und seine Stimme klang fester als seit langem.

Ich hätte vielleicht noch nie von dieser höheren Weisheit gehört, sagte er, die das Geheimnis der Geheimnisse genannt wurde und sich nur den Eingeweihten eröffnete. Es sei ein dunkles Wissen, das die Juden aus der babylonischen Gefangenschaft mitgebracht hatten und das sich nach und nach in die Heilige Schrift eingeschlichen und die Buchstaben des Gesetzes schwieriger gemacht hatte. Schon im voraus hatte sich die hebräische Sprache für eine solche Wortmagie angeboten, denn sie hatte keine Vokale und ermöglichte im geschlossenen Raum der Konsonanten eine Unmenge von Deutungen. Daß ihr auch besondere Zeichen für die Zahlen fehlten, zeigte sich in der Offenbarung, wo das Zeichen des Tieres mit 666 angegeben war. Welcher ungeheuerliche Name sich hinter diesem Zeichen verbarg, wußte niemand, aber viele Gelehrte neigten zu dem Glauben, Kaiser Nero sei damit gemeint.

Als ich ihn fragte, ob es sich bei den Eingeweihten um

eine Art heiliger Zauberer handle, lachte er leise und wollte das weder bejahen noch verneinen. Das Wort Kabbala allein klang ja schon wie eine Beschwörung, mit ihrer Mischung von düsterer Weisheit und anrufender Kraft. Kein Wunder, daß viele Gelehrte auswichen und durchaus nicht in den Kreis der großen Seher eingehen wollten, die im himmlischen Wagen emporstiegen und das Licht der Verklärung erblickten.

Aber wenn er nun doch seine Meinung über dieses alte Buch sagen sollte, dann hielt er es für ein opus universalis, das von einem Gelehrten jüdischer Herkunft stammen mußte. Vielleicht war der Verfasser einer der vielen verfolgten Juden, die ihrem Glauben abgeschworen hatten, um ihn im Verborgenen umso mehr am Leben zu halten. Auf den ersten Blick war es vielleicht schwer zu verstehen, daß jemand so viel nützliches Wissen mit so vielen zweifelhaften Spekulationen verbinden konnte. Aber unser Zeitalter wimmelte doch von dieser Art von zweideutigen Gestalten, die sich auf kühne Experimente stürzten und die doch die Summe ihres Instinktes in magischen Formeln und Zeichen untergehen ließen.

Plötzlich hörte ich meinen Freund tief seufzen, und als ich mich zu ihm umdrehte, sah ich, wie das Fieber über sein Gesicht strömte und die tiefen Gedankenfurchen von seiner Stirn spülten. Ich sah, wie er in den verborgenen Rätseln des Buches versank und ein Bild der Erkenntnis wurde, der er auf dessen Seiten vergebens hinterhergejagt war. Sein Blick wurde seltsam tief und verschleiert, und er murmelte unverständliche Wortfetzen vor sich hin, die aus seiner Zeit auf dem Priesterseminar stammen mußten oder die auf die Symbolwelt seiner Kindheit zurückgriffen. Ich begriff, daß sich unter seinen schweren Augenlidern gewaltige Visionen zusammenballten und zu Bauwerken wurden, die ebenso seltsam und unerklärlich wurden wie der Turmbau zu Babel.

In seinen klaren Momenten erzählte ich ihm von der letzten Zeit im Kirchturm und von dem kohlschwarzen Scherz, der den Anstoß zu unserer Rettung gab. Irgendeine Zauberei mußte das alte Buch doch enthalten, da es dem Grafen solche Angst einjagen konnte, wie es dann schließlich der Fall war.

Gegen Ende unserer Haft war unsere Not so groß geworden, daß sie nicht mehr zu ertragen war. Der Tod hing bereits über unseren Häuptern, aber da der Graf an Zeichen und Omen glaubte, war unsere Frist bis zum Johannistag verlängert worden. Das war nicht nur der Jahrestag meines unzüchtigen Tanzes mit Herrn Peder und der Keim der düsteren Frucht, die vom Reitstiefel des Grafen zertreten worden war. Just an diesem Tag war auch Hanna Mann am Feuer vorbeigekommen, und ihr war gesagt worden, daß sie beim nächsten Mittsommerfest oben auf dem Scheiterhaufen sitzen würde.

Als sich unsere Wartezeit verlängerte, überlegten Hanna Mann und ich uns, wie wir uns am besten vor der Bosheit des Grafen schützen könnten. Nachdem er den Spanischen Stiefel in Gebrauch genommen hatte, war ich ganz und gar in seiner Gewalt und hätte durchaus aufschreien und meine Stallschwester als Hexe denunzieren können.

Dieser Stiefel sah genauso handgemacht aus wie die übrigen Folterinstrumente des Grafen, und sicher hätte er weltgewandtere Henker nur zum Lachen gereizt. Aber sowie ich ihn am Fuß hatte, wußte ich, daß er seine Aufgabe erfüllte, und als der erste Keil in den Schaft getrieben wurde, öffnete sich auch schon mein Mund zu einer klaffenden Wunde der Klage.

Nach einer Nacht der Folter, die der Graf veranstaltete, um uns auf die Qualen des Tages vorzubereiten, hatten wir auch keine besondere Fassung mehr. Die nächtliche Folter bestand darin, daß sein Waffenträger im Turm Wache hielt und jede halbe Stunde hereinplatzte, um uns zu schütteln und aus dem Schlaf zu reißen. Oft waren wir so schlaftrunken, daß er uns mit der Bierkanne auf den Kopf schlagen mußte, um uns zu wecken. Meine Stallschwester gewöhnte sich schließlich so gut an diese Behandlung, daß sie zwischendurch eindöste. Aber sie schlief wohl nur mit dem einen Auge, denn ich merkte, wie sie sich hin und her wälzte, und ich ließ mich noch von der leichtesten Bewegung warnen, die ihren schlafenden Körper durchjagte.

Wir konnten auch nicht übersehen, was sich in der Nachbarzelle abspielte, wo der Küster einer ganz anderen Belehrung unterworfen wurde. Der Graf hatte den Ehrgeiz, für alle Gefangenen eine ganz natürliche Strafe zu ersinnen und uns, wie er sagte, unsere eigene Medizin zu kosten zu geben. Und da der Küster verbotenerweise mit Feuerbecken umhergewandert war, mußte er die Wirkung dieses glühenden Geschäftes ausprobieren.

Wenn wir ihn nebenan jammern hörten, dann wußten wir, daß er auf dem niedrigen Stuhl saß, dem der Graf die lustigsten Namen gab, da er wie ein alter Notdurftsstuhl ein Loch im Sitz hatte. Während er hin und herlief, amüsierte er sich köstlich über diesen Stuhlgang, der so naturgetreu wirkte, daß man glauben konnte, der alte Mann leide an einem ganz besonders bösartigen Magengrimmen.

Ich glaube, der Graf war davon enttäuscht, daß wir seinen Sinn für Humor nicht teilten und die vielen Prüfungen jedes Tages nicht witzig fanden. Manchmal machte er in der Tür kehrt und behauptete, den Anblick unserer traurigen Gesichter nicht ertragen zu können – es mußte doch Grenzen dafür geben, wie tief wir den Kopf hängen ließen und uns selber wichtig nahmen. Wie es so ist bei Henkern, wunderte er sich immer wieder über die verdrießliche Miene der Welt und dankte seinem Gott, weil der ihm einen gesunden Schlaf und einen unverwüstlichen Humor geschenkt hatte.

Um keinen Zweifel an seinem guten Willen aufkommen zu lassen, erzählte er uns, was er dem armen Wicht anbot, wenn er sich auf seinem brennenden Sitz krümmte. Wenn er Vernunft annehmen und die freie Stellung als Henker antreten wollte, dann würde der Galgen für härtere Hälse aufbewahrt werden und das Feuerbecken für breitere Hinterteile. Im Grunde war die gute Hitze an den eingeschrumpften Eiern eines Greises verschwendet und müßte einem zukommen, dessen Hintern groß genug war, um die ganze Öffnung des Sitzes auszufüllen.

An besonders bitterkalten Tagen fragte er uns, ob wir uns nicht nach Wärme sehnten, jetzt, wo die Fenster nicht mehr verdeckt und das Stroh auf unseren Lagern fast zerfallen und zerbröckelt war. Wenn sich der Dickkopf nebenan endlich besänne, dann würden wir bald die Wärme genießen können, auf die er sich so hartnäckig setzte und die er keinem anderen gönnte.

Als keine von uns ein Wort erwiderte, runzelte der Graf die Stirn und fragte, was wir gegen den Küster als Henker einzuwenden hätten. War er vielleicht nicht sehr geschickt, und hatte er nicht das richtige selbstlose Wesen, das für dieses Handwerk vonnöten war? Eine gewisse Tatkraft sei ja gut und schön, aber man könne sich niemals auf Leute verlassen, die zu versessen auf ihr Amt waren und in jede kleinste Fingerübung ihre ganze Seele legten. Eigentlich müsse der Meister ein wenig zurückhaltend sein und nicht über so große Kräfte verfügen, daß sein Arm von der Gewohnheit abgestumpft würde. Gott erbarme sich über den armen Wurm dort nebenan, wenn er sich nur aus Bescheidenheit zurückhielt. Wenn er weiter so verquer bliebe, dann würde er als erster darunter zu leiden haben – wenn man erst am Seil hing und der eigenen Torheit die Zunge herausstreckte, war es zu spät, um sich alles anders zu überlegen.

So redete der Graf immer weiter drauflos, ohne kleinliche Rücksichten auf den Beifall zu nehmen, den er dabei erntete. Er verfügte über die Fähigkeit des Schwatzhalses, das Echo aus den Wänden zu holen und es als passende Antwort für alles zu betrachten. Sein Mundwerk dröhnte gleichmäßig in unseren mißhandelten Köpfen, bis sein eitles Gerede uns wie das härteste Ohrenschmalz in den Gehörgängen saß.

Als er eines Tages in die Zelle kam, erhob Hanna Mann sich plötzlich von ihrem Strohlager und benahm sich ganz anders als sonst. Sie, die so schwach war, daß sie sich kaum auf den Beinen halten konnte, wurde plötzlich von einer unglaublichen Stärke getragen, die sie in seltsamen Sprüngen in der Zelle herumjagte.

Zuerst glaubte ich, der Tod des Küsters habe sie um den Verstand gebracht, und ich versuchte, sie mit allerlei Winken und stummen Gebärden zur Ruhe zu bringen. Aber sie achtete kaum auf mich, als sie ihren Vorrat an Gebrechen öffnete und sie wie halb verschlissene Kleidungsstükke prüfend ins Licht hielt. Bald hinkte sie wie ein Bild der Häßlichkeit der ganzen Welt um den Tisch, bald stand sie still und schnitt so entsetzliche Grimassen, daß ich die Hände vors Gesicht schlagen mußte.

Als der Graf aufschrie und sie zur Ruhe bringen wollte, lachte sie ein tiefes, grauenhaftes Lachen und entblößte ihre Zahnstümpfe so, wie ein Tier die Zähne bleckt. Es war ganz deutlich, daß sein Entsetzen sie aufmunterte, denn als er in der Zelle zurückwich, folgte sie ihm mit ihrer Wut und krümmte die Finger zu scheußlichen Klauen, mit denen sie in der losen Luft herumkratzte.

Ich sah, wie unser Quälgeist erbleichte und wie sein Blick irre wurde, aber gleich darauf faßte er Mut und versuchte, sie durch Füßetrampeln zu erschrecken. Als das nichts brachte, zog er seinen Säbel und drohte, sie mit der Klinge aufzuspießen. Aber als er sich ihr näherte und in ihr Kraftfeld geriet, schien seine Hand zu verdorren und die Waffe nicht mehr halten zu können. Wir hörten, wie sie krachend auf den Boden fiel, und als er sich nach ihr bückte, erstarrte er, als er ihre Augenhöhe erreicht hatte. Zweimal versuchte er, das Kreuzzeichen zu schlagen, aber beide Male lachte meine Stallschwester auf und antwortete ihm mit einer Handbewegung, die die Verbindung zum Himmel abzubrechen schien.

Ehe sich der Graf anderswo Verbündete suchen konnte, packte sie das alte Buch, das auf dem Tisch lag, und fing an, in aller Eile darin zu blättern. Bald steckte ihre Nase so tief zwischen den Seiten, daß man durchaus glauben konnte, die Nase sei ihr unsichtbarer Finger, der ihr half, dem Text einen finsteren Extrakt zu entziehen.

Je mehr sie sich in das uralte Buch vertiefte, um so mehr verschwamm es mit ihrem Gesicht und wurde zu einer unergründlichen Maske, die ihre menschlichen Züge verbarg. Ich fand, ihr gekrümmter Rücken habe etwas von einem Alp, und ihr Gemurmel vermischte sich mit dem Knistern der Seiten und erreichte meine Ohren als trokkenes, unheilverkündendes Raunen. In diesem Moment war sie so sehr in ihr Vorhaben vertieft, daß man glauben konnte, das Buch murmele und sie selber sei von geheimen Schriftzeichen erfüllt.

»Ja, ich bin eine Hexe«, flüsterte sie mit schleppender Stimme, als ob sie nun endlich eine langgetragene Last ans Tageslicht bringen könnte. »Ich habe mein Leben lang gezaubert und Hexenkünste betrieben, und dieses Buch ist mein Handbuch, das ich von meinem Vater, dem Ewigen Juden, geerbt habe. Er war ein so großer Zauberer, daß er sein Leben auf dem Scheiterhaufen beenden mußte, während ich, die ihn verraten hatte, mein Leben als Belohnung erhielt.«

Sie trat einen Schritt beiseite und versetzte dem Haufen von Instrumenten, mit denen der Graf uns quälte, einen leichten Tritt.

»Ich habe das auch früher schon kennengelernt«, sagte sie mit einer Stimme so voller Hohn und Todesverachtung, daß es mir kalt den Rücken hinunterlief. »Ja, vielleicht habe ich noch Schlimmeres kennengelernt – und deshalb hat es bei mir keine Wirkung.«

»Und dieser Kerkerturm«, schnaubte sie und ließ ihren Blick in einer Art düsterer Munterkeit an den Wänden entlangwandern. »Ich habe mich oft gefragt, warum das Fenster offen ist, und warum der Besen so passend in der Ecke steht. Ich hätte schon längst von hier fortfliegen können, wenn es nicht ein so helles und gemütliches Gefängnis wäre. Dort, wo ich herkomme, werden die Leute in dunklen Löchern unter der Erde aufbewahrt, in denen junge Hexen vergessen, was es für ein Gefühl war, aufrecht zu stehen, und die sie als alte Hexen wieder verlassen«.

»So ein Kerkerloch kann ich in meinem schwarzen Buch sehen«, flüsterte sie, »und just in diesem Moment wird es für jemanden hier hergerichtet. Ich brauche keinen Namen zu nennen, denn er spürt es sicher schon selber. Und deshalb kann er sich nicht bücken und das Schwert aufheben, das ihm eben erst auf den Boden gefallen ist. An diesem Schwert ist im Laufe der Jahre zuviel Blut haftengeblieben, das ist das Problem. Jetzt warten die Ratten darauf, es sauberlecken zu dürfen, und die Tropfen im Keller freuen sich darauf, rostrote Farbe anzunehmen.«

Ein letztes Mal machte der Graf noch den Versuch, sie zu packen, aber ihre mahnende Hand, die sie in die Luft ausstreckte, hielt ihn davon ab. Diese Hand allein war so entsetzlich und sprach eine so grausame Sprache über Gewalt und Mißhandlung, daß sie wirklich allen und jedem Angst hätte einjagen können.

»Du bist kein Vertreter der Obrigkeit«, rief sie mit lauter Stimme, »sondern nur ein erbärmlicher Menschenquäler, der sonst nirgendwo Glück gehabt hat. Wenn das hier kein so abgelegener Ort wäre, wärest du schon längst von hier fortgefegt worden. Aber achte auf meine Worte: Das Teufelswerk ist hier nicht so verbreitet, wie du glaubst, es kann höchstens zwei arme Frauenzimmer von fremder Abstammung zu Tode quälen.« Als sie das gesagt hatte, lachte sie ein seltsam nichtssagendes Lachen und verkroch sich mit ihrem Wahrsagebuch in der Ecke.

»Du wirst von allerhöchster Warte her im Auge behalten«, murmelte sie mit einer Stimme, die ungeheuer hohl und ganz anders klang als ihre normale. Es wäre ein Fehlschlag und eine Übertreibung gewesen, wenn sie nicht alles in Betrachtung gezogen und am Aberglauben des Grafen gemessen hätte.

»Achte auf meine Worte«, wiederholte sie und hob einen Zeigefinger, der genauso krumm und wahrsagerinnenhaft war, wie sich das gehörte. »Du wirst von der Stadt des Königs her im Auge behalten, und schon längst sind

Kräfte am Werk, die dir den Lohn zukommen lassen wollen, den du verdienst. Ich sehe das ziemlich deutlich in meinem Buch, das sich nur dem Finger des Schicksals öffnet. Nein, wahrlich, vielleicht sind schon Leute unterwegs – ich kann zwei Reiter sehen, und just in diesem Moment tauchen sie auf einem Hügelkamm auf. Und wahrlich, ich glaube wirklich, sie blicken in unsere Richtung, und ihre Augen zerreißen wie schärfster Stahl die Luft. Du liebe Zeit, ich glaube, ich erkenne das Tal, in das sie jetzt ihre Rösser lenken. O nein, es kann gar kein Zweifel mehr daran bestehen, daß sie hierher unterwegs sind, und daß sie ihren Blick auf unseren Turm richten. O du meine Güte, wie sie den Rössern die Sporen geben, um noch vor Einbruch der Dunkelheit hierzusein. Die Pferdehufe donnern so laut in der Luft, daß sie einer armen Alten die Trommelfelle sprengen können.«

Als ihr die Macht ihrer Worte bewußt wurde, schlug sie das Buch zu und starrte einen Moment lang vor sich hin, als ob sie ihren eigenen Worten nicht trauen könnte. Als der Graf rückwärts aus der Zelle stolperte, raffte sie ihre letzten Kräfte zusammen und folgte ihm bis zur Tür, wobei sie einen seltsam wilden und herzzerreißenden Tanz aufführte. Ihre Grimassen flogen wie die Splitter eines zerrissenen Bildes an meinen Augen vorbei, und ihre Schritte sprangen in alle Ecken der Welt und wurden zu Bruchstücken einer Bewegung, an der die ganze Schöpfung teilhatte.

Plötzlich waren die Grenzen ihres Wesens gebrochen, und sie wuchs in einen Zusammenhang hinein, wo ihr Schmerz als große menschliche Schönheit auferstand. Als ihr Körper schwankte und schwer auf den Zellenboden fiel, erblicke ich einen Funken des Stoffes, der verlorengegangen war, als das Leben auf sie eingehämmert und der

Schraubstock die Knochen in ihren Händen zerbrochen hatte.

»Die Natur ist die weiseste unter allen Ärztinnen und immer offen für Notlösungen und ketzerische Einfälle.«

Ich lockere meinen Griff um die Gänsefeder und bleibe bei diesen Worten hängen, die meine Stallschwester so oft gesagt hat, daß sie als Überschrift für ihr ganzes Leben dienen könnten.

Was war dieser mißhandelte Körper denn anderes als eine Notlösung, wo die Gebrechen als seltsame Verstärkungen für ihren natürlichen Bau hervorwuchsen! Was waren ihre Hände denn anderes als zwei zerstörte Glieder, die vielleicht nicht so fürsorglich gewesen wären, wenn sie ihre ursprüngliche Form hätten behalten dürfen! Was war ihre Wanderung auf Erden denn anderes als eine Reihe von hinkenden, gebrochenen Schritten, die sich in der Kunst verirrten, das Schiefe und Gebrechliche zu verstehen!

Wenn ich an unsere Streifzüge unter offenem Himmel denke, verschwimmen sie zu einem einzigen sonnenflimmernden Ausflug, bei dem wir den Tag zur Neige gehen sahen, während wir über Straßengräben stiegen und über vergilbte Wiesen schwärmten. Wie zwei verspätete Insekten flogen wir von Blüte zu Blüte und sammelten die letzten Reste der Ernte des Jahres ein. Unsere Kräuterbeutel dufteten süß nach Thymian und Rosmarin – sich darüber zu beugen, war, wie das Gesicht in einen ganzen Sommer zu stecken.

Fast wortlos machte sie mich auf unsere umgekehrten Lebensläufe aufmerksam, die die eine dort enden ließen, wo die andere angefangen hatte. Während sie eine Heilpflanze pflückte, erinnerte sie mich plötzlich an meine

Schreibfeder und bat mich, deren Stengel nie trocken werden zu lassen. Was sie mit Kräutern begonnen hatte, würde ich vielleicht eines Tages mit meiner künstlichen Blüte vollenden.

Dort, wo unsere Wege sich trennten, blieb sie stehen und zeigte auf einen Baum, der eine Lebenskraft besaß, die niemand begriff. Der Baum zeigte alle Anzeichen bevorstehenden Todes, aber ganz oben am Stamm wuchs ganz unerwartet ein grüner, saftiger Zweig. Der Baum schien sich seinem sicheren Tod widersetzen zu wollen, indem er sich einen letzten, lebensfähigen Sprößling aus dem Boden geholt hatte. Irgendwo unter der trockenen Rinde verlief eine Ader wilden, unbezwinglichen Lebens, die im toten Stamm aufstieg und sich einen Weg ins Licht sprengte.

Sie zeigte mir auch Bäume mit Schrammen und Wunden in der Rinde und fuhr mit der Hand über das goldene Harz, das der Baum absonderte, um den Schaden zu heilen. Ich weiß noch, daß sie es als Gold der Wunde bezeichnete und tief in Gedanken über die verborgene Kraft versank, die Krankheit in Schönheit verwandelte.

So trieb und lockte sie mich zu meiner Bestimmung, während sie mich vom Feld in den tiefsten Wald und wieder zurück aufs Feld führte. An aller Not und Verfolgung, die sie erlitten hatte, ließ sie mich Anteil nehmen und setzte sie in einen neuen Zusammenhang. Von allen ketzerischen Einfällen der Natur war dieser wohl der überraschendste: Daß ein Leid, das nicht zum Tode führte, seine Richtung änderte und zu einer stärkeren Form des Lebens wurde.

Ich weiß nicht, ob ich jemals ihre Werkstatt gesehen hätte, wenn der Zufall mich nicht dort wie in einer Falle gefangengesetzt hätte. In diesem geheimen Kellerloch, in dem sie sich unsichtbar machte und sich der Ordnung der

Natur widersetzte. Wieviele Versöhnungsversuche mußten fehlgeschlagen sein, ehe sie unter die Erde ging und zum unerhörtesten aller Hilfsmittel griff! Die gestohlene Leiche war nur die Krönung ihres Werkes und das Ergebnis endlosen Suchens, das mit aller Kraft einen natürlichen Ausweg für diejenige finden wollte, die sich mit einer Notlösung behelfen mußte.

Noch heute sehe ich diesen Keller in dem Licht vor mir, in dem ich ihn damals erlebt habe: Phantastisch gefärbt von vielen Lampen und mit einem Schwarm von Schatten, der unter der gekalkten Decke tanzt. Es ist ein Bild, das in meiner Erinnerung niemals zur Ruhe kommen wird, sondern das sich immer wieder in dem Wirbel dreht, den wir den »Lauf der Ereignisse« nennen. Sicher vermischt mein Entsetzen sich mit Bildern, die ich vom Untergang der Welt gesehen habe, so, wie meine Erinnerung die Stiefeltritte verstärkt, die mir von allen Seiten zuteil geworden sind.

Irre ich mich, oder stand sie dort unten und winkte mir zu, wie sie das einst in meinen nächtlichen Alpträumen getan hat? Ist es möglich, daß ich kostbare Zeit mit Protesten vergeudet habe, während ich mich zum allerletzten Mal nach einem anderen Ausweg umsah? Als sie mir die Hand reichte und mir die schmale Kellertreppe hinunterhalf, ging das Licht der Welt unter, und sie zog mich in einen Abgrund, aus dem ich mich nie wieder herausretten kann.